Mein Lover, mein Ex und der Andere

Für die
Leseratte Dorota!

Herzlich, Uli Aechtner

D1854706

Uli Aechtner arbeitete als Journalistin, bevor sie zu schreiben begann. Sie war Reporterin für den französischen Fernsehsender TF1, Nachrichtenmoderatorin beim SWF in Mainz und gestaltete Filmbeiträge für ARD und ZDF. Seit 1992 lebt die eingeplackte Hessin in der idyllischen Wetterau vor den Toren von Frankfurt am Main.

ULI AECHTNER

Mein Lover mein Ex und der Andere

ROMAN

emons:

Bibliografische Information der Deutschen Nationalbibliothek
Die Deutsche Nationalbibliothek verzeichnet diese Publikation in der Deutschen Nationalbibliografie; detaillierte bibliografische Daten sind im Internet über http://dnb.d-nb.de abrufbar.

Umschlaggestaltung: Nina Schäfer, unter Verwendung der Bildmotive mauritius images/Sina Ettmer/Alamy/Alamy Stock Photos, shutterstock.com/Repina Valeriya
Gestaltung Innenteil: DÜDE Satz und Grafik, Odenthal, nach einem Layout von Nina Schäfer
Lektorat: Marit Obsen
Druck und Bindung: CPI – Clausen & Bosse, Leck
Printed in Germany 2023
ISBN 978-3-7408-1799-2
Roman
Originalausgabe

Indem ich dem Gemeinen einen hohen Sinn,
dem Gewöhnlichen ein geheimnisvolles Ansehn,
dem Bekannten die Würde des Unbekannten,
dem Endlichen einen unendlichen Schein gebe,
so romantisiere ich es.

Novalis

Eins

In der Goldenen Waage drängten sich die Gäste am frühen Nachmittag so dicht zusammen, als gebe es hier etwas umsonst. Schuld daran war das verregnete Wetter. Bei Sonnenschein saßen die Besucher gern unter den großen Marktschirmen vor dem Frankfurter-Altstadt-Café, doch heute bahnte sich der Juniregen seinen Weg sogar zwischen den aufgespannten Schirmen hindurch und ließ seine Tropfen vom Boden aufspritzen, als wollte er den Passanten die Beine waschen.

Drinnen hatte Henni den letzten freien Tisch erwischt. Erlöst glitt ihr Blick über die goldverzierten Sandsteinsäulen bis zur meterhohen weißen Stuckdecke und über die in einem warmen Rotton gestrichenen Wände zur prall gefüllten Kuchentheke, aus der sie sich gleich etwas aussuchen würde. Heute war ihr Geburtstag. Die gefürchtete Vier hatte sich angeschlichen, und Henni hatte beschlossen, den Abschied von ihren Dreißigern achtsam mit sich selbst zu feiern.

Entschleunigen, nachdenken, Pläne machen.

»Kind, du siehst noch phantastisch aus«, hatte Tante Alma vergangene Woche anerkennend gesagt. Mit vierzig wird der Sex endlich gut, hatte ein Internetblog versprochen. Doch das halbe Leben war mit vierzig vorbei, rein rechnerisch betrachtet. Noch Kinder in die Welt zu setzen, war gewagt, wollte man nicht riskieren, dass einem die Kniegelenke knackten, wenn man mit dem Nachwuchs Kuchen im Sandkasten buk.

»Haben Sie schon bestellt?« Ein junges Mädchen stand an ihrem Tisch. In ihren schwarzen Leggins, ihrem engen schwarzen Shirt und mit den weißen Sneakers sah sie aus, als wollte sie gerade ins Fitnessstudio, doch eine kleine weiße Rüschenschürze wies sie als Kellnerin aus.

»Ein Glas Crémant, bitte«, orderte Henni. »Und einen Frankfurter Kranz.«

Den Klassiker aus Rührteig, Buttercreme und Haselnusskrokant gab es hier im Miniformat, so klein, dass er auf eine Handfläche passte. Schon im Schaufenster konnte man die niedlichen Gebilde betrachten, die wie ihr großes Vorbild mit Buttercremetupfen und roten Belegkirschen verziert waren.

Die junge Kellnerin tippte etwas in ihr elektronisches Notizbuch und schwebte zur Theke. Henni streckte zufrieden ihre Beine aus. Der Geschmack des Crémants lag ihr in Gedanken bereits auf der Zunge. Immer mehr Menschen suchten derweil Unterschlupf im trockenen Innenraum des Cafés. Eine Blondine, schätzungsweise etwas jünger als sie selbst, rückte einen der beiden Stühle zurecht, die unbenutzt an ihrem Tisch standen.

»Entschuldigen Sie, sind bei Ihnen noch zwei Plätze frei?«

Henni atmete tief durch. Frei waren die bequem gepolsterten Sitzgelegenheiten, na klar. Aber die eigentliche Frage war ja, ob die Blonde sich – mit wem auch immer – daraufsetzen und ihr Gesellschaft leisten durfte. An ihrem Geburtstag, den sie allein feiern wollte. Was sollte sie sagen? Verzeihung, ich erwarte meinen Mann mit unseren Kindern? Sie hatte derzeit keinen Mann, nicht mal einen gelegentlichen Lover, und leider auch kein einziges Kind.

Die Blonde zog ihr regennasses Strickjäckchen enger um sich und strich eine feuchte Haarsträhne aus ihrem Gesicht. Ein wenig Wimperntusche hatte sich unter ihren Augen selbstständig gemacht und ließ sie aussehen wie einen Pandabären. Einen liebenswürdigen Pandabären, der dringend eine trockene Höhle suchte. Hennis innerer Widerstand schmolz.

»Ja, setzen Sie sich ruhig zu mir«, hörte sie sich sagen.

Die Blonde seufzte erleichtert. Sekunden später lagen ihr nasses Jäckchen und ihre feuerrote Clutch so besitzergreifend auf den freien Stühlen wie die Hier-ist-reserviert-Badelaken an den Pools von Malle. Hennis neue Tischnachbarin huschte derweil zur Tür.

»Hier!«, rief sie freudig winkend hinaus. »Hier ist tatsächlich noch was frei!«

Hennis Bestellung kam. Sachte ließ die Bedienung den Crémant in ein schräg gehaltenes Glas laufen. Henni lächelte ihr dankbar zu. Sie nippte an ihrem Schaumwein, beugte sich über ihr Frankfurter Kränzchen und zögerte noch, das kleine Kunstwerk mit der Kuchengabel zu zerstören, da trat der Mann, der zu der Blonden gehörte, an den Tisch. Aus den Augenwinkeln nahm sie die Bewegung wahr, mit der er die rote Clutch vom Stuhl nahm und seiner Begleiterin reichte, ehe er sich setzte. Als Henni den Blick hob, wäre sie am liebsten im Erdboden versunken, tief unter den schönen, schachbrettartigen schwarzweißen Marmorboden des Cafés, wenn das nur irgendwie möglich gewesen wäre.

»Hallo«, sagte der Mann.

Henni gegenüber saß ihr Ex, ihr letzter Lebensabschnittsgefährte. Niko, der Ökofreak. Na ja, öko war er durch und durch, aber kein Freak. Er sah gepflegt aus, trug schicke Anzüge zu offenen weißen Hemden, Lederschuhe, ging zum Friseur. Und er besaß sogar ein SUV, wenngleich er es fast nie benutzte und zur Minimierung seines ökologischen Fußabdrucks die Öffis oder das Fahrrad bevorzugte. Die Umwelt rettete er mit seinen kritischen Zeitungsberichten, und nur gelegentlich ließ er sich dazu herab, auch mal etwas für das Feuilleton zu schreiben. Niko war freier Journalist. Der Planet Erde war in seinen Augen ein einziger Schandfleck, vermüllt und ausgeraubt durch die Spezies Mensch, die zwangsläufig bald aussterben würde. Und dann? Dann würde etwas ungeheuer Neues entstehen. Eine neue Spezies vielleicht. Zumindest etwas ganz anderes als Menschen.

Er lehnte sich ein wenig zu ihr vor. »Henriette?«

Henni zuckte zusammen. Den Namen Henriette hatte ihre Mutter ihr gegeben, weil sie sich nach diversen Krächen mit ihrer bestimmenden älteren Schwester versöhnen wollte. Und Henni sah unwillkürlich Tante Henriette mit ihrem von Falten umzogenen, verkniffenen Mund vor sich, sowie der Name fiel. Doch Niko hatte er immer gefallen, und manches Mal hatte er ihn lachend benutzt, nur um sie hochzunehmen.

»Hallo, Nikolaus«, rächte sie sich. »Lange nicht gesehen.«

Niko grinste amüsiert, dann schien ihm wohl einzufallen, dass er seine Begleiterin gerade vernachlässigte.

»Doris, das ist Henriette Arends. Henriette, das ist Doris Heim«, stellte er sie einander vor. Henni fühlte sich wie in einem amerikanischen Film, in dem der Protagonist seine beiden Tischdamen miteinander bekannt machte.

Die Bedienung eilte herbei; Niko und Doris bestellten Milchkaffee und Tee.

»Gibt's was zu feiern?« Ungeniert wies Niko auf ihr Glas, in dem der Crémant seine Perlen aufsteigen ließ.

Henni seufzte gequält. Früher hatte ihr seine Direktheit gefallen. Er war halt ein Frankfurter Bub, und sein Humor war so herb-frisch wie sein geliebter Ebbelwoi. Nun umwölkte sich sein Blick. So schaute er aus, wenn er angestrengt über etwas nachdachte. In vielen Gesprächen hatte dieser Blick sie fasziniert, selbst in ihrer letzten entscheidenden Diskussion, die nun etwas mehr als ein Jahr zurücklag.

Er sah auf seine Uhr und las wohl das Datum ab.

»Mein Gott, Henriette, du hast heute Geburtstag! Einen runden noch dazu. Du wirst …«

»… älter«, sagte Henni rasch. »Wie wir alle. Wer nicht alt werden will, muss jung sterben.«

»Wie schrecklich!«, kam es von Doris. Sie hatte ihre rote Clutch aufgeklappt und betrachtete in dem darin montierten Spiegel ihre Panda-Augen. »Bin mal kurz für kleine Königstiger«, flüsterte sie entschuldigend, während sie sich von ihrem Platz erhob. Ehe sie wegging, winkte sie Henni zu und intonierte leise ein Kinderlied: »Zum Geburtstag viel Glück …«

Niko folgte Doris mit seinem Blick, und seinen Mund umspielte ein bewunderndes Lächeln. »Sie ist wirklich eine Schauspielerin.«

Henni war nicht so recht klar, was er damit sagen wollte. »Du meinst, sie spielt dir gern etwas vor?«

»Nicht doch. Sie tritt im Theater auf.« Er schüttelte den Kopf, als wollte er ihn von jedem weiteren Gedanken an Doris frei machen, und fasste in einer fürsorglichen Geste nach Hennis Hand. »Und? Wie kommst du so zurecht? Geht es dir auch gut?«

»Alles bestens«, gab sie zurück. »Ich hab nur gerade heute nicht viel Zeit.«

»Ich meine, weil du so ganz allein hier …« Er stockte.

Henni ging nicht darauf ein. »Mein Vermieter, Herr Simon, du kennst ihn doch … Er will nachher meine Wohnung inspizieren. Er saniert sie weiterhin, wo er nur kann, und jedes Mal erhöht er anschließend die Miete.«

»Verstehe«, murmelte Niko.

Im letzten Jahr ihrer Beziehung hatte Niko bei ihr gewohnt und die Hälfte der Mietkosten getragen. Seit Henni wieder allein für ihre Wohnung aufkommen musste und ihren Job verloren hatte, kam sie mit den Mietzahlungen kaum noch nach. Sie war bereits im Rückstand, aber was nützte es, ihrem Ex davon vorzujammern.

»Hast du deinen Job noch? Den in der Boutique am Flughafen?« Niko hatte nun diesen Sozialarbeiterton drauf, bei dem Henni nie wusste, ob sie sich freuen sollte, weil er so besorgt um sie war, oder ob es sie einfach bloß nervte.

Sie hob bedauernd die Schultern. »Die Besitzerin ist pleitegegangen.«

»Wenn ich dir helfen kann, ich meine, finanziell …«

»Ach was, ich finde bald was Neues. Du kennst mich doch.«

»Und wenn ich dir zur Überbrückung etwas leihe? Du brauchst dich vor mir nicht zu schämen.«

»Nein, wirklich nicht.« Sie konnte selbst hören, wie pampig sie klang. Hilfe anzunehmen gab ihr das Gefühl, unvollkommen und klein zu sein. Lieber nahm sie ihre Probleme selbst in die Hand. Und was Niko anging, hatte sie ihr Leben mit ihm teilen wollen, nicht sein Geld oder das seiner Eltern. Mit einem Rechtsanwalt als Vater und einer Immobilienmaklerin als Mutter kannte Niko von Haus aus keine Ebbe im Portemonnaie. Selbst verdiente er auch recht gut, und vermutlich konnte er sich auch nicht vorstellen, dass sie keine Almosen von ihm annehmen mochte, obwohl sie jeden Cent umdrehen musste.

Schweigend machte sie sich über ihr Kränzchen her und atmete auf, als Doris an ihren Tisch zurückkam. Ihre Panda-Augen waren verschwunden und frisch renovierten Smokey Eyes gewichen.

»Da bin ich wieder. Wie wär's mit einem Gläschen Sekt, um mit dem Geburtstagskind anzustoßen?«, fragte sie Niko.

»Ja klar, lassen wir die Korken knallen!« Er gab sich leutselig und winkte der Bedienung.

Als die Kellnerin an ihrem Tisch stand, griff Henni zum Portemonnaie und nestelte den Zwanziger heraus, den Tante Alma ihr wie jedes Jahr in die Geburtstagskarte gelegt hatte. »Ich würde gern zahlen.«

Niko und Doris sahen sie vorwurfsvoll an.

»Ich muss leider heim«, beharrte Henni, beglich ihre Rechnung und leerte ihr Glas. »Ich erwarte doch Herrn Simon, meinen Vermieter.«

»An Ihrem Geburtstag?« Doris zog einen niedlichen Flunsch. »Will er Ihnen Blumen vorbeibringen?«

»Eher nicht, so wie der Typ drauf ist«, lästerte Niko.

»Er hatte keinen anderen Termin frei«, erklärte Henni sachlich.

»Ach, wie schade. Wir haben uns noch gar nicht richtig unterhalten!«, bedauerte Doris. Sie wirkte tatsächlich enttäuscht.

»Na ja, vielleicht ein andermal«, entgegnete Henni, den Rest ihrer anerzogenen Höflichkeit zusammenkratzend. Dass Herr Simon sie erst in einigen Stunden heimsuchen würde, behielt sie für sich. Je eher sie hier wegkam, umso besser. Ihr Ex und seine neue Flamme waren nun mal nicht die Geburtstagsgäste, die sie sich freiwillig ausgesucht hätte.

Niko beendete ihr zufälliges Zusammentreffen auf seine Art: »Kopf hoch, Henriette! Wir sehen uns!«

Minuten später bummelte Henni durch die neue Frankfurter Altstadt. Deren im Krieg zerstörte Bauten waren, wie auch die Goldene Waage, vor nicht allzu langer Zeit wieder aufgebaut worden, und das mittelalterliche Stadtzentrum war wie von

Zauberhand neu entstanden, wenn auch ohne all die lärmenden Handwerksbetriebe, die es hier früher einmal gegeben hatte, oder gar die Schweine, die hier vor Jahrhunderten frei herumgelaufen waren. Wo einst kaum Licht in enge Gassen gefallen war, erstrahlten heute bunte Häuser, vor denen Touristen und Touristinnen mit gezückten Handys Selfies machten, und in den Schaufenstern sah man Panamahüte, filigranen Schmuck oder die Paulskirche als Souvenir, in handlicher Größe aus Ton getöpfert.

»Es ist die Erinnerung an das Schöne, die hier bewahrt wird«, hatte Niko einmal gesagt, »deshalb gefällt es den Leuten so gut.« Er selbst hätte sich eine Neubebauung der Altstadt mit ökologischen Wohnungen für Geringverdiener gewünscht.

Vermutlich war es Doris' Einfluss zu verdanken, dass auch er sich inzwischen in der Goldenen Waage wohlfühlte.

***

Mischen, schütteln, auftragen. In ihrem Badezimmer studierte Henni die Gebrauchsanleitung für die dunkle Haartönung, die sie auf dem Heimweg in einem Drogeriemarkt erstanden hatte. Jahrelang hatte sie ihr Aschblond mit Strähnchen aufgehellt. Niko hatte es so gefallen, aber der hatte nun eine neue Blonde. Es war Zeit für eine radikale Veränderung. Sie schnippelte an ihrem Pony herum, bis sie ihn zu kurz fand. Nun, Haare wuchsen bekanntlich nach. Dann zog sie die Plastikhandschuhe über, die der Farbpackung beigelegt waren, legte sich ein Handtuch über die Schultern und schritt zur Tat. Klar, ein Besuch beim Friseur wäre komfortabler gewesen, aber leider auch viel teurer. Die Chemikalien wurden wie vorgeschrieben von ihr gemischt, und Haarsträhne für Haarsträhne musste dran glauben. Wer wagt, gewinnt, sprach Henni sich in Gedanken Mut zu.

Sie wanderte von Zimmer zu Zimmer, während die Farbe einwirkte. Ihre kleine Altbauwohnung hatte sie sich von Anfang an nur leisten können, weil sie in Nied lag, einem der weniger mondänen und daher preiswerteren Stadtteile Frankfurts. Das

Gebäude war an die zweihundert Jahre alt, aber in bestem Zustand, weil Herr Simon, der nicht nur der Eigentümer, sondern zudem Vorarbeiter bei einer Baufirma war, alles dransetzte, es zu hegen und zu pflegen. Es war sein Elternhaus, und er hatte die hohen alten Holztüren und die Jugendstilfliesen in Küche und Flur aus Pietät erhalten. Hübsch sah das aus. Jetzt kam alles drauf an, dass er so lange Geduld mit ihr hatte, bis sie einen neuen Job fand, mit dem sie Miete und Mietschulden bezahlen konnte. Eine zahlende Mitbewohnerin war eine andere Idee, die Henni als zusätzliche Lösung vorschwebte. Sie schwor sich, ihren ganzen Charme aufzubieten, um Herrn Simon auf ihre Seite zu ziehen, wenn er gleich kam.

Schellt er pünktlich, gelingt mir das, prophezeite sie sich selbst. Nicht dass sie abergläubisch war. Diese kleinen Wenn-dann-Spiele machten ihr einfach Spaß und ließen sie Stress oder manchmal auch Langeweile besser ertragen.

Sie spähte aus dem Küchenfenster, von dem aus sie die Straße mit den parkenden Autos einsehen konnte. Ein Blick auf die Uhr sagte ihr, dass sie gut in der Zeit lag.

Es läutete an der Tür, bevor sie die Haarfarbe ausgewaschen hatte. Mist, zu früh war dennoch unpünktlich, oder? Rasch riss sie das Handtuch von ihren Schultern, wickelte es um ihren Kopf und öffnete.

»Hallo, Frau Arends.« Herr Simon streifte seine Schuhe länger als nötig an der Fußmatte ab und starrte irritiert ihren Frotteeturban an. Schon klar, so hatte der Gute sie noch nie gesehen. Er war auch nicht allein, in seiner Begleitung war ein junges Mädel. »Meine Tochter Maja«, stellte er sie vor. Und nicht ohne Stolz in der Stimme fügte er hinzu: »Sie studiert demnächst Dramaturgie an der Goethe-Universität.«

»Das klingt ja spannend!« Henni wurde direkt neugierig. »Lernt man da auch, Theaterstücke zu schreiben? So für die Bühne?« Sie selbst notierte verrückte Erlebnisse in ihrem Internetblog, manchmal setzte sie auch einen kleinen Sketch ab. An etwas Längeres hatte sie sich noch nie gewagt.

Herr Simon rieb sich die Hände. »Und ob meine Tochter da lernt, Bühnenstücke zu schreiben! Wie eine echte Dramaturgin.«

»Ich studiere Theater-, Film- und Medienwissenschaft, Papa«, kam es gequält von Maja. »Ich will Filmemacherin werden.«

»Ist ja kein großer Unterschied.« Herr Simon winkte unwillig ab, und Maja wandte sich an Henni.

»Wir dürfen uns doch umsehen?«

Ohne ihre Antwort abzuwarten, begannen die beiden eine Art Rundgang durch ihre Wohnung und inspizierten Raum für Raum, Maja immer einen Schritt voraus. Dabei unterhielt sie sich mit ihrem Vater über die Schulter, als sei Henni gar nicht anwesend.

»Das Parkett könnte mal aufgearbeitet werden«, schlug sie im Wohnzimmer vor. Nicht nur ihr Ton, auch ihre rote Igelfrisur mit der langen Ponysträhne, ihre schwarzen Cargohosen und ihr schlaksiger Gang waren ein wenig burschikos. Sie schlenderte zum Fenster, öffnete es und schaute hinaus. »Der Hof wäre auch mal dran.« Eine Inspektion des Schlafzimmers und der winzigen Küche führte zu einem halbwegs zufriedenen Nicken. »Der Rest geht ja so gerade.«

Henni hielt den Atem an.

»Aha«, ließ Maja im Bad mit einem wissenden Blick auf Hennis leere Farbfläschchen hören. Dann wandte sie ihr Interesse der Badewanne zu. »Diese großen Wannen hat man heute nicht mehr, Papa, da verbraucht man viel zu viel Wasser, bis die voll sind. Ich fände eine Walk-in-Dusche besser.«

Ihr Vater schob die Daumen unter die Hosenträger, die sein kleines Bäuchlein einrahmten. »Das lässt sich sicherlich machen.«

»Also bitte, Herr Simon«, ging Henni dazwischen. »Mit der Badewanne bin ich vollkommen zufrieden. Erst vor einem halben Jahr haben Sie doppelt verglaste Fenster eingesetzt. Und vor einem Jahr gab's neue Wasserleitungen. Ich brauche weder neuen Bauschutt noch die nächste Mieterhöhung. Und die steht mir doch sicherlich ins Haus, wenn Sie schon wieder etwas renovieren.«

»Sie schulden mir noch drei Monatsmieten«, sagte Herr Simon mit einer Ruhe, als hätte er verkündet, welcher Wochentag heute war.

»Und schöner geht immer«, ergänzte Maja leichthin. »Schließlich muss es mir gefallen.«

»Ihnen? Wieso Ihnen?« Ein ungutes Gefühl stieg in Henni auf. Was kam jetzt noch?

»Ja, also …« Herr Simon blickte kurz verlegen zu Boden. Dann hob er energisch den Kopf und sah Henni fest an. »Maja zieht hier ein.«

Sie hatte das Gefühl, als habe ihr jemand Eiswürfel unter den Kragen geschoben. Eiskaltes, gefrorenes Wasser, das nun ganz langsam schmolz und ihren Rücken hinablief. Gerade hatte sie fragen wollen, ob sie ein Zimmer untervermieten dürfe. Aber das hatte sich wohl erledigt. Und die angehende Jungfilmerin sah auch nicht so aus, als wollte sie mit ihr zusammen hier leben.

»Ich werde meiner Tochter die Wohnung zu ihrem Studienbeginn überlassen«, erläuterte Herr Simon seine Pläne. »Ihnen kündigen wir hiermit wegen Eigenbedarf.«

Henni atmete tief durch. »Da müssen Sie mich erst rausklagen!«, wehrte sie sich eine Spur zu laut. »Und das dürfte dauern. Es gibt schließlich Sperrfristen.«

Herr Simon lächelte mitleidig. »Ist Ihnen denn eine außerordentliche Kündigung wegen Ihres Mietrückstands lieber? Wir machen Ihnen ein Angebot. Sie ziehen freiwillig zum nächsten Ersten aus, und wir erlassen Ihnen Ihre Mietschulden.«

In der Wohnung war es plötzlich so ruhig, dass man eine Stecknadel hätte fallen hören.

»Das macht drei volle Monatsmieten, die Sie nicht mehr bezahlen müssen«, sagte Maja in die Stille hinein. »Ist das nicht ein toller Deal?«

Hennis Gedanken rasten. Ihre Schulden erlassen zu bekommen, war eine Sache. Einen Job und eine neue Bleibe zu finden, eine andere. Aber klar, sie saß am kürzeren Hebel, über kurz oder lang müsste sie ja doch ausziehen. Vielleicht könnte sie fürs Erste bei Tante Alma unterkommen?

»Ich werde es mir überlegen«, meinte sie zögernd.

»Das freut uns.« Herr Simon klang beinahe erlöst. Offenbar war er dankbar, um einen größeren Konflikt herumgekommen zu sein.

Seine Tochter erwies sich als weniger zartbesaitet. »Denken Sie nicht zu lange nach«, ermahnte sie Henni forsch. »Der nächste Erste ist schon bald.«

Als die Wohnungstür hinter den beiden zufiel, fasste Henni sich an die Stirn und ertastete den Handtuchturban auf ihrem Kopf. Himmel, die Haarfarbe! Die hatte sie ganz vergessen. Nicht so schlimm, falls das Frotteetuch mittlerweile verfärbt war, es war eines von denen, die Niko hier vergessen hatte. Doch was war inzwischen mit ihren Haaren geschehen? Hätte die Tönung nicht längst rausgewaschen werden müssen? Im Badezimmer wickelte sie das Handtuch vorsichtig ab und besah sich das Ergebnis im Spiegel. Die Chemikalien hatten ganze Arbeit geleistet. Ihr Haar war tiefdunkel geworden. Mit ihrem arg kurzen Pony sah sie nun aus wie Beth Ditto in schlank.

Zwei

Tante Alma erinnerte Henni stets an ein aus dem Nest gefallenes Vögelchen. Ihre altmodische Dauerwelle kriegte sie nie in den Griff, und ihre grauen Löckchen lagen fluffig auf ihrem Kopf wie vom Wind zerzauste Daunen. Ihre schmale prominente Nase trug nicht unwesentlich zu ihrem Vogeläußeren bei. Zudem war sie so klein und zierlich, dass man sie sogleich beschützen wollte, egal wovor. Nur ihre Stimme war für ihre fast achtzig Jahre erstaunlich jung und kräftig.

»Henni, mein Kind! Da bist du ja!«

»Hallo, Tante Alma.«

»Ich hätte dich ja kaum wiedererkannt. Was hast du nur mit deinen Haaren gemacht?«

»Neue Farbe. Pechmarie-Schwarz.« Henni lachte und zupfte an ihrem kurzen Pony. Mit ihrer Frisur hatte sie sich inzwischen arrangiert. Sie sah damit nicht mehr so aus wie alle. Zwar war sie immer noch mittelalt und mitteldünn, aber nicht mehr mittelblond. Ein Grund weniger, sich »Henni Mittel« zu schimpfen, wenn sie wütend auf sich war. Sie schob ihr Rad in einen freien Fahrradständer, dann umarmte sie ihre Tante. Die alte Dame hatte den Dottenfelderhof als Treffpunkt vorgeschlagen, und Henni war den Weg von Nied bis hierher nach Bad Vilbel geradelt. Eine gute Stunde Strampeln in frischer Luft, die meiste Zeit am Flüsschen Nidda entlang, das machte den Kopf frei.

»Lass uns für dich einkaufen, Kind.« Tante Alma fasste sie am Arm und wollte sie in Richtung des großen Hofladens ziehen, der wie eine überdimensionale hölzerne Auster im Sonnenschein lag. »Du brauchst bestimmt Gemüse, Brot und Käse. Das meiste produzieren sie hier selbst, es kommt frisch vom Feld, aus dem eigenen Holzofen oder von glücklichen Kühen.«

»Das ist lieb von dir«, wehrte Henni ab, »aber ich habe ein

anderes Attentat auf dich vor, Tante Alma. Ich bin Job und Wohnung los. Kann ich eine Zeit lang bei dir wohnen? Nur ein paar Wochen, bis ich wieder Tritt gefasst habe?«

So, nun war es schon heraus.

Alma zwinkerte nervös. Für Henni sah es aus, als wollte sie sie mitsamt ihrem Anliegen wegbeamen, aber der Tante war wohl nur ein Insekt ins Auge geraten, so rasch, wie sie sich wieder fasste.

»Lass mich nachdenken. Die Scheune, die dein seliger Onkel Artur uns zur Wohnung ausgebaut hat, ist ja ziemlich groß. Aber ganz ehrlich? Wohngemeinschaften hatte ich in meiner Jugend, so was brauche ich heute nicht mehr.«

»Und das eigentliche Haus, das kleine Fachwerkbauernhaus an der Straße?«, beharrte Henni.

»Ach, das meinst du. Dir ist schon klar, dass es alt und halb verfallen ist? Wir haben es anfangs vermietet, aber die Ansprüche der Mieter stiegen mit der Zeit, und nachdem Artur gestorben war, hatte ich keine Lust mehr auf große Umbauten. Da habe ich das Häuschen einfach sich selbst überlassen. Die Fenster sind zugig, durch das Dach pfeift der Wind, und es gibt nur einen alten Ofen.«

»Du übertreibst doch, Tante«, schmeichelte Henni. »Außerdem haben wir Sommer. Da muss ich nicht heizen, und wenn es ein wenig reinregnet, wische ich es einfach wieder auf. Solange ich keine Eimer aufstellen muss …«

»Wir können uns die Sache ja mal ansehen«, gab Alma nach. »Aber vorher müssen wir uns unbedingt stärken.« Mit ihrem Spazierstock wies sie zum alten Hofgebäude hin. Es lag ein paar Meter entfernt auf der anderen Seite der Fahrbahn. Ein Café war dort eingezogen, und es gab einen großen Außenbereich mit Tischen und Stühlen.

Henni nickte und fasste ihre Tante unter.

»Was darf ich dir bestellen?«, wollte Alma bereits auf dem Weg dorthin wissen. »Engadiner Nusstorte oder Bobbes? Die machen hier übrigens einen Frankfurter Kranz, da wird die Mainmetropole neidisch. Sie nehmen dazu einen Teil Dinkelmehl, das macht den Kuchen schön locker und saftig. Und ihre Buttercreme ist nicht so mächtig.«

»Das klingt doch gut.«

»Im Alter verträgt der Magen nichts Schweres mehr, weißt du, und bei Zucker und Fett ist besondere Vorsicht geboten.«

»Hm, ja.« Henni war in Gedanken bei ihrem Geburtstagskränzchen in der Goldenen Waage. Sie sah Niko vor sich am Tisch sitzen, gepflegt wie immer, und neben ihm Doris mit ihren verregneten Panda-Augen.

Ob er glücklich mit ihr war?

Plötzlich knallte ihr etwas gegen die Wade, und Henni schrie gellend auf. Jemand war ihr von hinten in die Beine gefahren.

»Autsch! Was zum Henker …?« Sie drehte sich um und rieb sich die schmerzende Stelle. Der Übeltäter war ein vielleicht fünfjähriger Pimpf, der auf einem grünen Spielzeugtraktor saß.

»Hab ich dir wehgetan?« Weinerlich verzog er das Gesicht.

War sein Mitleid mit ihr so groß, oder fürchtete er sich vor einer Strafe? Henni wollte das Kind trösten und suchte nach passenden Worten. Ihr Blick fiel auf eine Tafel an der Hauswand, auf der die Gerichte des Tages angepriesen wurden. Mit bunter Kreide hatte jemand einen Spruch dazugeschrieben: *Power to the Bauer.* Sie musste lachen, was der Junge wohl als Geste des Verzeihens ansah. Brummend ahmte er einen Motor nach, stieß sich mit den Füßen vom Boden ab und fuhr auf seinem Traktor davon.

Tante Alma dirigierte sie an einen Tisch im Außenbereich des Cafés. In Sichtweite befand sich ein Spielplatz, auf dem Kinder über hölzerne Stege balancierten. An den Tischen ließen Väter Babys auf ihren Knien hopsen, Hunde lagen schläfrig zu Füßen ihrer Frauchen. Es roch nach Heu und frischem Kaffee. In Henni kam Bullerbü-Feeling auf.

»Kommst du öfter hierher?«, fragte sie Alma.

»So oft ich kann. Ich hab’s ja nicht weit.« Almas Miene besagte, dass sie sich ihrer Privilegien bewusst war. »Was macht deine Wade? Wirst du nachher laufen können, oder muss ich dich huckepack nehmen?«

»Nein danke, es geht schon wieder.« Niko hatte sie mal auf dem Rücken gefühlt durch halb Frankfurt getragen. Sie hatten das Museumsuferfest besucht, und an Hennis High Heels war ein Absatz abgebrochen. »Das kommt davon, wenn man sich derart in Schale wirft«, hatte Niko gelästert. Aber dann hatte er sie klaglos auf dem Rücken bis zum Taxistand geschleppt. Sie waren beide ein bisschen angeheitert gewesen, schließlich hatten sie ein paar Cocktails intus gehabt. Und Henni hatte die ganze Zeit albern gekichert.

Als die Bedienung an ihren Tisch kam, orderte Alma Kaffee und Kirschstreuselkuchen, Henni beließ es bei einem Wasser. Sie wollte bei ihrer Tante einziehen, ihr aber nicht auf der Tasche liegen.

»Du hast also deine Arbeit verloren?«, ging Alma zu den wichtigen Themen über.

»Ja, die Boutique im Flughafen musste leider schließen, die gibt es nicht mehr.«

»Schade. Den Job hast du geliebt, nicht wahr?«

»Oh ja! Ich mag es einfach, schicke Klamotten um mich zu haben. Und meine Kundinnen waren ausnahmslos interessant.«

Füllige Schönheiten auf der Suche nach einem Badeanzug für den Strand, der zwei Kilo Bauchfett wegschummelte. Businessfrauen, die noch schnell ein Kostüm für ein Meeting brauchten, Preis egal. Herren mit grauen Schläfen, die ganz dezent ein paar Dessous erstanden. Alle erwarteten sie große Abenteuer, und ihr Reisefieber hatte sich oft genug auf Henni übertragen.

»Der Duft von Shalimar und Kerosin«, hatte Niko gewitzelt, wenn sie ihm davon erzählte. Bei Flugzeugen konnte er an nichts anderes denken als an Energieverbrauch und Klimakrise.

»Und deine Wohnung bist du auch los?«, hakte Alma ungläubig nach.

Henni nickte traurig. »Die Tochter meines Vermieters soll sie übernehmen. Eine freche Göre, die Filmemacherin werden will. Ihr Herr Papa ist ganz wild darauf, sie in die Wohnung zu verpflanzen. Ich kann es ihm leider nicht verdenken, immerhin gehört sie ihm ja.«

»Trotzdem schade«, meinte Alma. »Vor allem, wo du in der Wohnung so glücklich warst. Mit Niko.«

Henni gab sich alle Mühe, die Erwähnung von Nikos Namen zu überhören. Es klappte.

Eine junge Frau brachte ihre Bestellung an den Tisch, und Alma machte sich gut gelaunt über ihren Kirschkuchen her.

»Erzähl mal, was es sonst noch Neues gibt«, bat sie. »Was macht mein kleiner Bruder so?«

Henni nippte an ihrem Wasser. Ihr Vater hatte sich nach dem Tod ihrer Mutter in ein Bergdorf in Italien zurückgezogen, wo Henni und Niko ihn noch kurz vor ihrer Trennung besucht hatten. Wie eine Weltreise war ihr die Fahrt in den abgelegenen Ort vorgekommen. In Serpentinen schlängelte sich die Straße durch das Gebirge, und vor jeder schlecht einsehbaren Kurve hatte Niko sicherheitshalber mehrmals gehupt.

»Die Italiener machen das auch so«, hatte er sich verteidigt, als Henni die Huperei zu viel geworden war. Und tatsächlich hatte ihr Vater Nikos Verhalten später für richtig erklärt. Nur wer ständig hupte, kam unversehrt bei ihm an. Das Dorf, in dem er nun lebte, war Henni wie eine Kuriosität vorgekommen. Es gab gefühlt nur eine Handvoll Einwohner, und wie es schien, wussten alle genauestens übereinander Bescheid. In wollenen schwarzen Kleidern, die für die dort herrschenden Temperaturen viel zu warm waren, hatte eine ältere Frau vor Vaters Haus gestanden und auf sie gewartet.

»Sono arrivati«, sie sind angekommen, hatte sie lautstark verkündet, als Niko und Henni aus dem Auto ausstiegen. Besuch aus Deutschland! Offenbar waren sie die Attraktion des Tages gewesen.

»Papa wandert über die Berge, und in seinem kleinen Garten baut er Tomaten an«, berichtete Henni nun. »Wir telefonieren öfter mal. Er ist wohl gern allein und hat versprochen, sich zu melden, falls er uns braucht.«

Am Tisch gegenüber nahm eine Frau mit drei kleinen Kindern Platz. Sie neckten einander, zogen sich gegenseitig an den Haaren, und eines versteckte sich unter dem Tisch. Ihre Mutter widmete sich gelassen der Speisekarte. Mit einem Mal hörte Henni ein Quäken, das zu keinem der Kinder gehörte. Die Mutter griff hinter sich, wo sie allem Anschein nach einen Kinderwagen abgestellt hatte, und zauberte auch noch ein winziges Baby daraus hervor. Kaum saß es auf ihrem Schoß, war es zufrieden, riss seine großen Augen auf und starrte Henni stumm und wie gebannt an.

Henni seufzte leise. Drei Jahre lang hatte sie versucht, Niko zu einem Kind zu überreden. Aber alle Liebesmühe war vergeblich gewesen. Die Verantwortung für einen neuen Erdenbürger wollte er nicht übernehmen. Er sah nur Überschwemmungen, Feuersbrünste, Dürren und Hungerplagen in einer nahen Zukunft, die er niemandem zumuten mochte, schon gar nicht dem eigenen Kind.

»Hast du noch Kontakt zu Niko?«, fragte Alma wie aufs Stichwort. »Ich habe ihn immer gemocht. Er war so ein hübscher Kerl und obendrein sehr nett.«

»Hübsch und nett ist er nach wie vor. Gerade gestern habe ich ihn zufällig getroffen.«

»Und? War er allein?«

»Er hatte eine blonde Frau dabei. Doris, er hat sie mir vorgestellt.«

»Vermisst du ihn noch?«

Henni schüttelte den Kopf. »Unsere Einstellungen zum Leben sind zu verschieden, daraus konnte nichts Gemeinsames erwachsen.« Sie hoffte, dass das Thema damit abgeschlossen war.

Das Baby schaute sie immer noch an. Ein paar Meter entfernt hob ein Vater seinen Sohn auf die Schultern und lief im Galopp mit ihm davon. Der Kleine juchzte laut auf. »Lauf, Pferdchen, lauf!«, hörte Henni ihn rufen.

In den Jahren mit Niko hatten die Diskussionen um den Nachwuchs sie viel Kraft gekostet. Sie hatte ihm vorgeschlagen, ein Kind zu adoptieren, eines, das es auf dieser Welt schon gab. Der Vorschlag war ihm entgegengekommen. Doch dann hatte ihn ein wichtiger Termin daran gehindert, sie zur Adoptionsstelle zu begleiten. Ganz allein hatte sie der Vermittlerin gegenübergesessen.

»Werden Sie weiterhin arbeiten?«, war sie gefragt worden.

»Aber sicher«, hatte sie stolz gesagt.

Es war die falsche Antwort gewesen. Man gebe die Kinder lieber an Mütter, die tagsüber daheimblieben, hieß es, adoptierte Kinder bräuchten besonders viel Zuwendung von ihren neuen Bezugspersonen, da die Bindung, die bereits im Mutterleib entstehe, ja wegfiele.

»Dann arbeite ich eben nicht«, war Henni umgeschwenkt. Niko würde es als gut verdienender Freelancer bestimmt schaffen, eine kleine Familie allein zu ernähren.

In den Ohren der Vermittlerin hatte ihre Antwort wohl zu kess geklungen, sie runzelte kritisch die Stirn. »Darf es auch ein behindertes Kind sein?«, lautete ihre nächste Frage.

Henni hatte unschlüssig die Schultern gehoben. »Was genau meinen Sie damit?«

»Wie behindert darf das Kind sein, das Sie adoptieren?«

Nun war Henni nervös geworden.

»Alle wollen ein gesundes neugeborenes Kind, verstehen Sie? Aber nicht alle Kinder, die wir an Adoptiveltern vermitteln müssen, kommen so zur Welt. Wenn Sie wirklich ein Kind adoptieren wollen, sollten Sie überlegen, eins mit einer Behinderung zu akzeptieren.«

Henni hatte versucht, sich das vorzustellen: Pflege rund um die Uhr. Arztbesuche. Sonderschule. Auch sie wollte mit ihrem Kind auf dem Spielplatz herumtoben. Im Kino über Kinderfilme gemeinsam lachen. Zusehen, wie es das Seepferdchen machte. War das zu egoistisch? Vielleicht.

»Oder Sie müssten ein schwarzes Kind annehmen«, hörte sie die Vermittlerin sagen. »Wie schwarz darf es für Sie sein?«

»Ja sind wir denn hier auf einem Basar?« Henni war abrupt aufgestanden, fast hätte sie den Tisch umgeworfen, an dem sie mit der Vermittlerin gesessen hatte. Aufgewühlt war sie nach Hause gelaufen. Ein farbiges Kind? Klar, warum nicht? Aber seit wann konnte man über die Hautfarbe eines Menschen verhandeln wie über die Farbe eines Abendkleides? Nie mehr hatte sie mit Niko über Adoption gesprochen.

***

Den Weg nach Dortelweil gingen sie zu Fuß. Für ihr Alter schritt Alma zügig voran, nur hin und wieder schien sie nach Atem zu ringen. Henni trottete mit ihrem Rad neben ihr her, eine Hand am Lenker. Sie passierten Wiesen, auf denen Hühner gemächlich pickend durchs Gras staksten, und Äcker, auf denen Störche nach Essbarem suchten. An einer Schranke mussten sie einen Regionalzug vorbeilassen. Alma sah ihm einen Moment versonnen nach. »Der fährt ins Keltenland.«

»Dorthin, wo diese Sandsteinstatue gefunden wurde?« Davon hatte Henni im Internet gelesen. Gräber aus keltischer Zeit waren vor fast drei Jahrzehnten in der Wetterau entdeckt worden, dazu Grabbeigaben und die Überreste von vier lebensgroßen Statuen. Halbwegs unversehrt war nur einer der steinernen Männer gewesen, ihm fehlten lediglich die Füße, und die Bevölkerung hatte rasch einen Namen für ihn gefunden. »Der Keltenfürst vom Glauberg«, erinnerte sich Henni.

»Ob er tatsächlich ein Fürst war, weiß niemand«, meinte Alma. »Vielleicht war er ein berühmter Feldherr, vielleicht ein hoher Priester. Auf jeden Fall war er eine wichtige Persönlichkeit. Aus hundert Kilometer Entfernung hat man ihm Met als Grabbeigabe gebracht.«

»Honigwein von so weit her?«, meinte Henni skeptisch. »Woher will man das heute noch wissen?«

Ihre Tante lächelte geheimnisvoll. »Das haben die Blütenpollen ausgeplaudert, die man im Met fand.«

Die Nachmittagssonne stand träge über der Landschaft, und auf einer kleinen Brücke legten sie eine Pause ein. Als wäre sie eine Fremdenführerin, wies Alma auf das Flüsschen unter ihnen, an dessen Ufern gelbe Teichrosen auf der Wasseroberfläche waberten. »Darf ich vorstellen? Die Nidda.«

Henni konnte nicht widerstehen. Sie lehnte ihr Rad ans Geländer, beugte sich vor, spuckte ins dahinziehende Wasser und genoss es, sich für Sekunden wieder wie ein Kind zu fühlen. Gebannt sah sie zu, wie ihr Speichel größer werdende Kreise zog, bevor er sich unter die seichten Wellen mischte.

»Früher war das hier ein schnurgerader Kanal, durch den das Wasser nur so hindurchschoss«, erzählte Alma. »Inzwischen hat man die Nidda an vielen Stellen aus ihrem zu engen Bett befreit. Hier darf sie nun wieder mäandern, und es herrscht neues Leben. Hör mal, wie die Frösche quaken! Es sind die liebestollen Männer. Das Weibchen erhört denjenigen, der sich am meisten anstrengt.«

»Arme Kerle. Bei so viel Konkurrenz …«

Kein einziger Frosch war zu sehen, aber dem Konzert nach, das sie gaben, mussten sie eine Heerschar sein.

Lachend zogen sie weiter. Ihr Weg führte sie eine kleine Anhöhe hinauf und geradewegs auf ein Ensemble alter Herrenhäuser zu, die einen Platz und eine Straße säumten.

»Wusstest du, dass mein Dorf sechshundert Jahre lang zu Frankfurt gehörte?« Alma schien sich in ihrer Rolle als Fremdenführerin wohlzufühlen. »Dortelweil war quasi der Gemüsegarten der freien Reichsstadt. Durch die Nidda und durch Haingräben war das Dorf wie eine Festung gesichert. Bis heute gibt es eine dreihundert Jahre alte Dorfmauer. Habe ich dir die tatsächlich noch nie gezeigt?«

Henni schüttelte den Kopf. »Wir sind immer viel zu sehr mit Kaffeetrinken und Ratschen beschäftigt, wenn ich dich besuche. Aber was sind denn Haingräben?«

»So nannte man tiefere Gräben, deren Aushub man am Rand zu einem Wall aufwarf und mit Hainbuchen und anderen Bäumen und Sträuchern bepflanzte. Es gab sie überall in der Gegend, durch manche floss Regen- oder Quellwasser. Im Mittelalter waren die Bauern nie sicher vor plündernden Soldatenheeren, und so mancher Wolf schreckte nicht davor zurück, sich am Vieh zu vergreifen. So konnten sie wenigstens die Höfe schützen. Die Ländereien der Gutsbesitzer lagen ja rund um das Dorf verstreut. Einige Parzellen gehörten auch Klöstern, andere dem Ritter Bechtram.«

»Alma, du bist ja ein wandelndes Lexikon!«

»Ich war mal Lehrerin, schon vergessen? Deutsch und Geschichte. Aber was ich dir hier erzähle, weiß man einfach, wenn man in der Wetterau lebt.

»Du meinst, jeder hier kennt diesen Ritter?«

»Na sicher. Der Ritter Bechtram wohnte in Vilbel in einer Wasserburg. Deren Ruine steht noch heute, und auch die können wir uns gern mal anschauen.«

»Hm, ja.« Henni sah etliche ermüdende Besichtigungstouren mit ihrer Tante auf sich zukommen, dabei suchte sie doch nur ein Dach über dem Kopf.

***

In ihrem Wohnzimmer durchsuchte Alma Schubladen, Kisten und Kästen. »Herrgott, wo hab ich nur die Schlüssel für das Häuschen? Magst du ein Glas Apfelsaft trinken? Ist von meinen eigenen Äpfeln hinten im Garten. Wir haben einen Apfelweinkelterer hier im Dorf, der hat sie mir gepresst.«

»Lieb von dir, aber nein danke.« Henni wollte das Häuschen sehen. Der Apfelsaft konnte warten.

Tante Alma eilte dennoch in die Küche, um ihr wenig später ein Glas Saft vorzusetzen.

Aus Höflichkeit trank Henni ein paar Schlucke. »Mmh, schmeckt gut!«

Ihre Blicke wanderten durch Almas Wohnzimmer. Dass der Raum einmal Teil einer Scheune gewesen war, ließ sich nicht leugnen. Dafür sprachen schon allein die hohen Decken und die luftige Weite. Das ehemalige Scheunentor war durch große Fenster ersetzt worden, und die wenigen Möbel verloren sich fast im Raum: ein hohes Bücherregal, ein Sofa, ein paar Sessel und eine Kommode. Auf dem niedrigen Couchtisch lag eine Ausgabe der Frankfurter Rundschau neben einer Obstschale voller Äpfel. Henni blätterte die Zeitung auf und vertiefte sich in die Stellenanzeigen. Rentner boten sich als Tapezierer und Gärtner an, ältere Frauen als Gesellschafterinnen. Ein Job für sie war nicht dabei, und zum Zeitvertreib wechselte sie zu den Kontaktanzeigen.

»Hör dir das an!«, rief sie amüsiert und las vor: »Welches Burgfräulein möchte sich in ihrer Freizeit von einem treuen Ritter begleiten lassen? Ich arbeite beim Theater. Alles kann, nichts muss.«

Alma zog den Kopf aus einer Schublade ihrer Kommode. »Das nenne ich mal knapp und bündig formuliert. Was hältst du davon, dem netten Ritter ein paar Zeilen zu schreiben? Vielleicht geht er mal mit dir aus. Du kannst deinem Niko ja nicht ewig nachtrauern.«

»Tue ich das denn?«

»Na, so ein bisschen machst du auf mich schon den Eindruck.«

»Ach was, Niko ist Geschichte.«

»Wenn du meinst …« Alma kramte seelenruhig weiter, und Henni befürchtete, dass sie die Druckerschwärze aus der Zeitung gelesen hätte, bis ihre Tante die Schlüssel fand.

Die Burgfestspiele seien in vollem Gange, stand auf der Wetterauer Seite der Zeitung. Den ganzen Sommer über wurden bekannte Stücke gegeben, nachmittags sogar für Kinder. Eine Regieassistentin hatte Hals über Kopf ins Ausland geheiratet. Nun suchten sie dringend eine Vertretung.

»Diese Burgfestspiele, finden die in der Ruine von diesem Ritter Bechtram statt?«, fragte Henni in Richtung der Kommode, in der ihre Tante gewissenhaft das Unterste zuoberst kehrte. »Da könnte ich mich doch bewerben!«

Eine Schublade wurde krachend zugeschoben, und Alma stand wie aus dem Boden gewachsen vor ihr. »Aber Kind, als was denn?«

Henni dachte einen Moment darüber nach. Als Regieassistentin bräuchte sie Theatererfahrung, die sie nicht hatte. Aber vielleicht konnte sie einen anderen Job übernehmen.

»Kostümbildnerin?« Sie ließ das Wort in der Luft hängen.

Alma nahm ihr kopfschüttelnd die Zeitung aus der Hand. »Das ist kein Job, den man einfach so macht«, erklärte sie sanft. »Dazu brauchst du eine Ausbildung. Als Modedesignerin oder eben als Kostümbildnerin.«

»Von Verkleidung verstehe ich aber was«, beharrte Henni. »Was meinst du, was ich in der Boutique den ganzen Tag gemacht habe? Es gibt ja Kolleginnen, die immer nur beteuern: Ja, das passt prima. Das steht Ihnen ausgesprochen gut. Und das sagen sie selbst dann, wenn die Kundin in einem Kleid wie Wurst in Pelle ausschaut. Hauptsache, die Kasse stimmt. Aber das war nie mein Ding. Die wahre Kunst ist doch, etwas zu finden, das die Kundin gut aussehen lässt und ihren Charakter unterstreicht. Bei Theaterkostümen wird das nicht so viel anders sein. Und nähen kann ich auch.«

»Da magst du recht haben«, lenkte Alma ein. »Trotzdem kann ich mir nicht vorstellen, dass sie jemanden ohne Erfahrung nehmen. Frag doch mal nach, ob sie in der Kostümabteilung eine ungelernte Hilfe brauchen. Vielleicht kannst du die Kostüme für die Schauspieler bügeln.«

»Bügeln?«, maulte Henni. »Du traust mir ja nicht viel zu.«

»Ich bin nur realistisch. Und nun schau mich nicht länger an wie ein geschlagener Hund.« Alma faltete die Zeitung zusammen, legte sie auf den Couchtisch und fischte ein Bündel altmodischer langer Schlüssel aus der Obstschale. »Da sind sie ja!«, rief sie erlöst. »Die ganze Zeit haben sie sich zwischen den Äpfeln versteckt und nichts gesagt. Jetzt aber rasch ins Häuschen.«

Das alte Bauernhaus an der Straße bestand aus nur einem Raum, in den man eine Küchenzeile eingezogen hatte. Außerdem war ein winziges Duschbad abgetrennt worden. Vor dem zur Straße ausgerichteten Fenster stand ein wackliger Holztisch, an dem zwei verstaubte Stühle auf neue Bewohner warteten. Es gab einen Kaminofen, und die Holzscheite in dem eisernen Korb daneben verrieten, wie geheizt wurde. Eine Treppe führte zu einer Art Dachboden hinauf.

»Wir haben hier nur so lange gewohnt, bis die Scheune fertig war.« Alma klang fast entschuldigend. »Als wir vor vierzig Jahren hier herauszogen, haben unsere Frankfurter Freunde uns gefragt, was wir denn nur mit diesem kleinen Bauernhäuschen wollten. Aber Artur hatte das Potenzial der Scheune gleich erkannt. Dass er den Herzinfarkt bekam, kaum dass wir sie ausgebaut hatten und eingezogen waren, konnte ja keiner ahnen. Vielleicht denkst du, ich bin eigen, weil ich als Witwe so viel Platz für mich allein haben will. Aber es hat viel mit Artur zu tun. Die Erinnerung an ihn lebt mit mir in der Scheune, und ich mag sie mit niemandem teilen.«

»Das musst du doch auch gar nicht!« Henni zog die alte Dame in ihre Arme. »Dieses Bauernhäuschen ist ein Traum. Wenn du mich den Sommer über darin wohnen lässt, machst du mich glücklich.«

»Wenn es dir reicht.« Alma hob in einer unentschlossenen Geste die Schultern. »Willst du nicht erst einmal ausprobieren, ob du hier wohnen magst? Irgendwo habe ich noch eine Matratze, die können wir oben auf den Boden legen. Noch etwas Bettzeug, und du kannst heute Nacht Probe schlafen. Vielleicht brauchst du ja doch etwas Besseres.«

Henni winkte ab. »I wo. Ich weiß jetzt schon, dass ich mich hier wohlfühlen werde.«

Es war dunkel, als Henni das Häuschen für ihre erste Übernachtung hergerichtet hatte. Sie hatte die Böden gefegt und gewischt, die Küchenzeile glänzte, und durch die kleinen Fenster konnte man nun wieder hindurchsehen. Auf dem Dachboden lag eine Matratze unter einem Berg warmer Decken, die Alma ihr überlassen hatte. Gegen Morgen könnte es vielleicht kalt sein, hatte sie besorgt gemeint.

Henni machte ein Handyfoto von dem Taubennest, das sie in einer Ecke des Dachbodens entdeckt hatte. Sicher fiel ihr dazu noch ein Text für ihren Blog ein, ein Märchen vielleicht. Das Nest war nicht sonderlich kunstvoll geflochten, die Stöckchen und Grashalme wirkten wie nachlässig hingeworfen. Aber genau das hatte seinen Charme. Dann kam ihr ein anderer Gedanke. Was, wenn die Nesterbauer zurückkamen? Sie suchte das Dach nach Luken ab, durch die die Taubeneltern ihren Weg finden konnten, aber da war nichts. Vorsorglich schloss sie alle Fenster, bevor sie sich auf der Matratze ausstreckte. Der Schlaf drohte sie zu übermannen, als ihr Handy klingelte.

Es war Niko.

»Ich weiß, dass es schon spät ist«, entschuldigte er sich und klang dabei selbst schon schläfrig. »Sag mir nur rasch, dass dein Vermieter dich nicht auf die Straße gesetzt hat. Ich hätte eine unruhige Nacht, wenn ich mir vorstellen müsste, dass du unter den Mainbrücken logierst.«

Henni lachte leise. So kannte sie Niko. Egal, ob sie sich gerade vertrugen oder nicht, er war immer ritterlich besorgt um sie. Manchmal so sehr, dass es sie ärgerte, weil sie sich unter seiner Obhut wie ein Kind vorkam.

»Die Wohnung bin ich los, aber ich konnte Tante Alma das alte Bauernhäuschen abschwatzen. Ich fühle mich hier wie im Urlaub.«

»Wie im Hilton oder wie beim Survivaltraining?«, hakte er nach.

»Von beidem etwas«, meinte Henni.

»Okay. Dann schlaf gut und träum was Schönes. Du weißt ja: Was man in der ersten Nacht in einer neuen Wohnung träumt, geht in Erfüllung.«

»Danke, dass du mich daran erinnerst. Schlaf du auch gut.« Henni drückte das Gespräch weg und starrte in ihr dämmriges neues Zuhause. Durch das kleine Dachfenster drang der Schein der hohen Straßenlaterne und legte einen fahlen Schimmer auf das leere Vogelnest.

Drei

Am nächsten Morgen glaubte Henni, jeden Knochen in ihrem Leib zu spüren. So viel Fahrradfahren und Putzen, wie sie in den vergangenen beiden Tagen auf sich genommen hatte, war sie nun mal nicht gewohnt. Geschlafen hatte sie wie ein Stein, aufgewacht war sie aus einem seltsamen Traum. Zwei Herren waren in ihrer Dachstube auf und ab geschritten, der eine gesetzt und etwas älter, der andere jung und forsch. Bekleidet waren sie mit Rüschenhemden, Kniebundhosen und Seidenstrümpfen. Der ältere trug seine grauen Locken zurückgekämmt, der jüngere hatte sein langes Haar zu einem Zopf gebunden. Während sie in Hennis Schlafgemach umhergingen, ergötzten sie sich an einem Ratespiel.

»Nachbarin, Euer Fläschchen?«, fragte der Grauhaarige.

»Faust«, antwortete der Bezopfte und wartete auch schon mit der nächsten Frage auf. »Durch diese hohle Gasse muss er kommen?«

Der Ältere winkte gelangweilt ab. »Das ist aus deinem Wilhelm Tell. Eile nun und gehe mit dem Wassertopf.«

Himmel, was für einen Wassertopf meinte er? Henni machte sich darauf gefasst, dass der Jüngere nun zur Küchenzeile herunterlaufen würde, um nach dem passenden Geschirr zu suchen, da gab dieser die passende Antwort.

»Der Zauberlehrling!«

Theaterstücke und Balladen aus der Schulzeit kämpften sich aus dem Dunkel ihrer Erinnerung, und mit einem Mal wusste Henni, wer die Kerle in ihrer Dachstube waren. Goethe und Schiller!

Nun traten die beiden Dichterfürsten näher an ihre Matratze heran. Sie betrachteten sie eingehend, und Goethe schüttelte bedauernd den Kopf.

»Für den Faust mag ich sie nicht besetzen«, flüsterte er. »Mein Gretchen ist nun mal blond. Und viel, viel jünger.«

»Du hast recht, Wölfchen«, stimmte Schiller zu. »Es ist ein Drama.«

Beim Frühstück mit Alma schob Henni den seltsamen Traum beiseite. Irgendwie schien er ihr zu schrill für ein nettes Gespräch am Morgen. Sie überlegte, ein paar Habseligkeiten aus ihrer alten Wohnung zu holen, entschied sich dann aber dagegen. Als Erstes würde sie sich um einen neuen Job kümmern.

Sie trödelte noch ein wenig herum und sprach sich selbst Mut zu, bevor sie sich mit dem Fahrrad in die Stadt aufmachte. Ihr Weg führte sie erneut an der Nidda entlang, durch ein kleines Wäldchen hindurch und vorbei an endlosen Schrebergärten mit Grillplätzen, Spielgeräten und Rabatten voller Blumen, Obst und Gemüse. Auf einem Firmengelände standen zu hohen Türmen aufgestapelte Mineralwasserkisten. Dann veränderte sich der Lauf der Nidda, der Fluss nahm sich mehr Platz, und auf kleinen Sandinseln spielten Kinder mit ihren Eltern am Wasser. Am anderen Ufer blickten ihr mit mahlenden Kiefern die Kühe vom Biohof nach.

Bald tauchte die mittelalterliche Burg vor ihr auf. Ihre mächtigen Sandsteinquader leuchteten warm in der Sonne, und die von Wind und Wetter gegerbte Ruine beflügelte sogleich ihre Phantasie. Was mochte hier in den letzten Jahrhunderten alles passiert sein? Hätte sie in jenem Zeitalter hier leben wollen, vielleicht in dem Turm, der sich im hinteren Teil des Gemäuers erhob? Wie herrschaftlich hätte es sich dort wohnen lassen, und wie kalt und ungemütlich wäre es wohl im Winter gewesen?

Ein Wassergraben umgab die Burg, hölzerne Skulpturen umringten sie wie stumme Wächter. Die schlanken, hohen Gestalten erinnerten Henni an Mönche und Gaukler. Ihre Mienen wirkten mal still und warnend, mal spitzbübisch und arrogant. Eine in der Nähe aufgestellte Tafel besagte, dass sie nur den Sommer über hier standen. Es handelte sich um eine Art Freiluftausstellung, und ihr Titel lautete »Das Paradies«.

Henni sah sich die Figuren daraufhin noch einmal genauer an. Konnte es sein, dass mit dem Paradies das Theater gemeint war? Womöglich ging es hier um die Sehnsucht, in eine andere Rolle zu schlüpfen und Wesensarten und Gefühle ausleben zu dürfen, für die man im richtigen Leben verhöhnt worden wäre.

Interessiert sah sie sich weiter um.

Eine überdachte Brücke führte zum anderen Flussufer hinüber, wo ein Restaurant leuchtend bunte Liegestühle ans Wasser gestellt hatte. Unter Sonnenschirmen stahlen entspannte Gäste dem lieben Gott den Tag.

Ehe sie sich's versah, hatte Henni ihr Rad über die Brücke geschoben und an einen Fahrradständer angeschlossen. Im Garten des Restaurants fand sie einen freien Tisch und stürzte sich auf die Speisekarte.

Zeit für einen kleinen Brunch! Nichts war schlimmer, als sich mit leerem Magen einem Bewerbungsgespräch zu stellen. Eine Kichererbsensuppe mit Crème fraîche gab der Rest von Tante Almas Geburtstagsgeld gerade noch her.

»Wie kommt es, dass dieses Restaurant ›Alte Mühle‹ heißt?«, erkundigte Henni sich bei dem tätowierten Mädel, das ihre Bestellung aufnahm.

»Das Gebäude war mal eine Getreidemühle«, erklärte ihr die Bedienung. »Über die Brücke wurden die Säcke mit Korn hierhergekarrt.« Mit einem unbestimmten Winken in Richtung der gegenüberliegenden Burg fügte sie hinzu: »Der Fluss verlief hier früher irgendwie ganz anders. – Ihr Süppchen bringe ich Ihnen sofort.«

»Ja, danke.« Henni bekam auch schon wieder Hunger.

Die beiden Schönheiten an ihrem Nebentisch schienen zu glauben, dass sie allein im Restaurantgarten saßen, so laut unterhielten sie sich.

»Vor dem Engagement hatte ich keine Ahnung, dass es das Kulturprogramm hier schon seit vielen Jahren gibt. Kino und Comedy, Ausstellungen …«

»Zeigen sie im Sommer nicht sogar Filme im Schwimmbad?«

»Schön schräg, nicht wahr? Bis es dunkel genug für den Film ist, gibt es Musik und sogar eine Tombola.«

Hennis Süppchen stand bald vor ihr, und schon nach dem

ersten Löffel wusste sie, dass sie eine gute Entscheidung getroffen hatte. Die darübergestreuten Kräuter dufteten aromatisch, die Brotbeilage war frisch und knackig, und die Wärme der kleinen Mahlzeit beruhigte ihren vor Aufregung rebellierenden Magen.

»Gefällt dir unser Regisseur eigentlich immer noch so gut?«, ging es am Nebentisch weiter. »Ich finde ja, so ein Hingucker wie der sollte keine Regie führen, der sollte unbedingt selbst auf die Bühne!«

»Da sagst du was! An seiner Stimme kann ich mich gar nicht satthören. Am liebsten möchte ich bei der Probe alles falsch machen, nur damit er mir meine Rolle noch einmal erklärt.«

»Und wie der einen anguckt! Als sei man für ihn der wichtigste Mensch auf der Welt.«

»Und doch ist er immer allein unterwegs. So ganz ohne Frau oder Mann. Kann doch nicht sein, dass den keiner will.«

Henni wollte nicht lauschen. Sie war allerdings zu neugierig, um sich die Ohren zuzuhalten. Wer war dieser Regisseur? Offenbar waren die Frauen Darstellerinnen. Traten sie hier in der Alten Mühle auf? Oder drüben in der Burg?

Sie betrachtete die beiden Schauspielerinnen, wie sie die Frauen nun insgeheim nannte, verstohlen aus den Augenwinkeln und kam rasch zu einem Urteil: gertenschlank, faltenfrei jung und langhaarig blond. Hätten sie bei »Germany's Next Topmodel« mitgemacht, hätten sie sich einen Platz auf dem Treppchen teilen müssen, so sehr ähnelten sie einander. Dass sie ihre Hände auf dem Tisch miteinander verschränkt hatten, wertete Henni als Zeichen ihrer innigen Freundschaft. Am meisten aber beeindruckten sie ihre blonden Mähnen. Verlegen griff sie an ihren kurzen schwarzen Pony. Konnte man Haare dazu bringen, schneller zu wachsen? Andererseits trugen Künstlerinnen und Schriftstellerinnen oft unkonventionelle Frisuren. Und mit der schwarzen Latzhose von Onkel Artur, die Alma ihr geliehen hatte, weil ihre Jeans vom Putzen verdreckt war, konnte sie gefühlt als Kunstschaffende durchgehen.

Nach der kleinen Mahlzeit war ihr Mut tatsächlich gestärkt. Sie zahlte, überließ die beiden Schauspielerinnen sich selbst, ließ der Einfachheit halber auch ihr Fahrrad stehen und schlenderte zur Burg hinüber.

Auf der überdachten Mühlenbrücke kam ihr ein Mann entgegen. Sein Haar und sein mächtiger Bart leuchteten noch heller als seine legere Kleidung, und der weiße Schal, den er sich kunstvoll um den Hals geschlungen hatte, schimmerte in der Sonne.

Wenn er mir sagen kann, wie ich in die Burg komme, werde ich einen Job ergattern, legte Henni sich das Orakel des Tages zurecht. Oh, hoffentlich wusste er es!

»Entschuldigung, ich suche den Eingang zur Burg«, sprach sie ihn an.

»Einmal um die Burg herum und dann über die Brücke, die über den Burggraben führt.« Er betrachtete sie einen Moment lang abwartend. »Möchten Sie sonst noch etwas wissen? Besichtigen können Sie die Burg heute nur von außen, drinnen wird alles für die Festspiele vorbereitet.«

»Danke vielmals, alles bestens«, gab Henni gut gelaunt zurück. Das Orakel hatte zu ihren Gunsten gesprochen. Der Mann in Weiß hatte den Weg gewusst.

Interessiert sah er ihr nach, als sie weiterlief.

***

Henni hatte keine Ahnung gehabt, wie viel Arbeit in einer Theateraufführung steckte. Hinter der Burg herrschte reger Betrieb. Junge Leute mit Künstlerzöpfen und lässigem Gang luden Wasserflaschen von einem Lastwagen und deckten lange Tische ein. Sirrende Sägegeräusche drangen aus einer Werkstatt, deren Türen offen standen, gleich daneben flogen in einem anderen Werkraum Funken beim Schweißen.

»Das Bühnenbild für das Kinderstück kommt direkt nach der Vorstellung in die Scheune. Anschließend bauen wir die Bühne für den Abend auf«, gab eine junge Frau Anweisungen.

»Morgens um sechs tauschen wir die Bühnenbilder für die Vormittagsvorstellung des Kinderstücks wieder aus.«

»Ja, geht klar.« Zustimmendes Nicken von mehreren jungen Männern, die sich mit durstigen Schlucken aus Mineralwasserflaschen erfrischten. Henni ging auf die Gruppe zu.

»Können wir Ihnen helfen?«, wurde sie freundlich gefragt.

Und ob sie das konnten! Einen Job sollten sie ihr geben, am liebsten in der Kostümabteilung. Sie würde sogar stundenlang bügeln und sich nicht einmal sträuben, wenn sie morgens um sechs Teile des Bühnenbildes schleppen musste.

Na ja, kleine Teile. Ab und an.

Vor Aufregung wurde sie ganz zittrig. Adrenalin schoss durch ihre Adern, und in einem Anfall von Übermut erklärte Henni: »Ich bin die neue Assistentin.«

»Ach, wie wunderbar! Der Ansgar macht schon schräge Witze, man wolle das Geld für seine Assistentin dieses Jahr einsparen. Er ist in der Burg, ich rufe ihn gleich mal an.« Die junge Frau, die eben die Anweisungen zum Bühnenaufbau gegeben hatte, zückte ihr Handy. Sie ging ein paar Schritte zur Seite, während sie telefonierte, weshalb Henni nicht verstand, was sie zu ihrem Gesprächspartner sagte. Dann wandte sie sich ihr wieder zu. »Gehen Sie schon mal über die Burgbrücke, er kommt Ihnen entgegen.«

Der Mann, den sie Ansgar nannten, ging in die Hocke und breitete beide Arme weit aus, als er sie sah. Seine Geste erinnerte Henni daran, wie sie in ihren Kindertagen einem liebenden Vater in die Arme gelaufen war, und sie eilte intuitiv auf ihn zu. Gleich würde er sie in die Luft reißen und herumwirbeln. Aber nein, er hatte sich bereits erhoben, als sie ihn erreichte.

»Meine Assistentin!«, freute er sich. »Und was für ein schönes Schneewittchen!«

Hennis Inneres wurde von Wärme und Wohlsein geflutet. Bei jedem anderen hätte sie diese Art von Begrüßung als fragwürdigen Me-too-Übergriff gewertet, aber dieser Ansgar gab die Worte so unbefangen von sich, dass es einfach nur liebenswert war. Er hatte ein schönes Lachen. Seine Stimme war tief und warm. Und er sah sie an, als sei sie für ihn der einzig wichtige Mensch auf der Welt.

»Ansgar von Stein. Und Sie sind …«

»Henni Arends.«

»Wie schön.« Einen Schritt von ihr entfernt lehnte er sich entspannt ans Geländer der Brücke. »Für heute habe ich keinen Auftrag mehr für Sie. Aber ich habe eine Bitte. Würden Sie sich Goethes Stella mal vornehmen? Ich meine seine Erstfassung von 1775, als das Dichtergenie noch jung und unkonventionell dachte. Diese Selbstmorde in den späteren Fassungen wirken doch einfach nur traurig.«

»Gern, kein Problem«, entgegnete Henni. Das Stück würde sich schon auftreiben lassen. Wenn sie es erst einmal gelesen hatte, wäre der Rest reine Hirnakrobatik. Fasziniert betrachtete sie die kleinen Lachfältchen, die seine graublauen Augen umgaben und seinem Blick etwas Schelmisches, Jungenhaftes verliehen.

»Ich will die Stella in der nächsten Saison auf die Bühne bringen. Ach, vor Vorfreude wird mir jetzt schon ganz warm.« Er schlüpfte lachend aus seinem Jackett und hängte es über das Geländer. »Obwohl, viel Text hat die Stella ja nicht«, fuhr er nachdenklich fort. »Vielleicht kann man sie dekonstruieren und mit etwas anderem kombinieren? Mit einem aktuellen Sachtext? Fällt Ihnen dazu etwas ein?«

»Bestimmt.« Henni schwor sich, standhaft zu bleiben, auch wenn das mit der spontan vereinnahmten Assistentinnenstelle gerade etwas komplizierter wurde.

»Ja, dann kommen Sie doch morgen einfach mit ein paar ungewöhnlichen Ideen wieder. Wie schön, dass Sie nun endlich zu uns gestoßen sind. Ich dachte schon, Sie finden die Burg nie.«

Er nickte zufrieden, und Henni lächelte die plötzlich aufkommende Furcht weg, dass die von ihm erwartete echte Bewerberin jeden Moment neben ihr auftauchen könnte. Es war zu schön, wie alles sich fügte, aber möglicherweise lag eine fatale Verwechslung vor, und nichts fühlte sich richtig an. Sie beschloss, wenigstens noch etwas Richtiges zu sagen.

»Letztes Jahr hatten Sie eine gute Saison mit beachtlichen Zuschauerzahlen. Sie haben wohl ein sehr erfolgreiches Stück gespielt.« Hatte das nicht so oder so ähnlich in der Zeitung gestanden?

Er winkte bescheiden ab. »Ach ja. Viel Lärm um nichts.« In Gedanken schien er längst woanders zu sein, aber auch Henni war vor lauter Aufregung nicht mehr recht bei der Sache.

»Viel Lärm um nichts? Wollen Sie etwa andeuten, dass ein nichtssagendes Stück aufgebauscht wurde?«, hörte sie sich fragen.

Ihr neuer Chef sah sie überrascht an. »Das Stück wird oft gegeben«, räumte er ein. »Aber Shakespeare ist und bleibt immer etwas Besonderes.«

Oje. Wie hatte sie so auf dem Schlauch stehen können? Sie spürte, wie ihr das Blut in die Wangen stieg. Jetzt nur keinen Kommentar draufsetzen, der alles noch schlimmer machte.

»Dann bis morgen«, meinte sie kleinlaut.

»Bis morgen, Schneewittchen. Und lass dir bitte was Gutes einfallen!« Sein Lächeln war schwer zu deuten. Es war nicht so väterlich wie Nikos. Und nicht so herzlich wie Almas. Aber es lag irgendwo dazwischen und bewirkte ein unerwartetes Kribbeln in ihrer Magengegend.

Sie liefen in entgegengesetzte Richtungen davon. Am Ende der Burgbrücke blickte Henni sich noch einmal um. Ansgar von Stein war in den Tiefen der Burg verschwunden. Nur sein Jackett hing noch vergessen über dem Geländer.

***

»Vom Vater hab ich die Statur, Des Lebens ernstes Führen, Von Mütterchen die Frohnatur, Und Lust zu fabulieren …« In ihrem geräumigen Wohnzimmer stand Alma auf einer Stehleiter vor ihrem deckenhohen Bücherregal und zitierte Johann Wolfgang von Goethe.

»Pass nur ja auf!«, bat Henni besorgt. »Nicht dass du mir von der Leiter fällst!«

»Mein Gleichgewichtssinn ist noch bestens intakt«, gab Alma angriffslustig zurück. »Sei bloß nicht so ängstlich.«

Henni hatte der alten Dame ihr Erlebnis in der Burg in allen Farben geschildert, und Alma teilte ihre Bedenken, was ihre mögliche Verwechslung mit einer gestandenen Assistentin anging, die aus irgendwelchen Gründen nicht rechtzeitig angekommen war. Sie fand aber auch, dass man nun einen Fisch an der Angel habe und das Beste aus der Situation machen müsse. Frei nach dem Motto: Mit Goethe werden wir schon fertig!

»Sein Mütterchen hat ihn ihren Hätschelhans genannt, und sie war mächtig sauer, weil er sie so selten besuchte, nachdem er von Frankfurt weggezogen war.« Alma hielt sich mit einer Hand an der Leiter fest, mit der anderen tastete sie suchend über die obersten Regale. »Als Kind soll er lieber mit seinem Puppentheater gespielt haben als mit einem Fußball. Vielleicht konnte er deswegen später so viele Geschichten erfinden. Wo hab ich nur seine Stella?«

»Lass nur, wenn du sie nicht findest«, wiegelte Henni ab, um Almas Leiterakrobatik abzukürzen. Sie konnte kaum mit ansehen, was ihre Tante da veranstaltete.

»Zu spät, hier ist sie!« Triumphierend hielt Alma ein gelbes Reclamheft in die Höhe, und Henni reichte ihr rasch eine Hand, um ihr von der Leiter zu helfen.

Sie setzten sich auf das Sofa.

»Im Grunde dreht sich die Geschichte um einen Hallodri«, begann Alma zu erklären. »Der Offizier Fernando hat vor acht Jahren ein Rittergut gekauft und ist mit seiner sechzehnjährigen Geliebten, der Baronesse Stella, dort eingezogen. Geheiratet hat er sie, soweit man im Dorf weiß, nicht. Er soll sie aber entführt haben, und sie bekam ein Kind von ihm, das bald nach der Geburt starb. Dann ist er in den Krieg gezogen, und niemand weiß, wo er jetzt steckt.«

»Oje«, meinte Henni, »die arme Baronesse. Mit ihr möchte man wirklich nicht tauschen.«

»Zweiter Akt«, rief Alma gut gelaunt, »Auftritt Cäcilie mit ihrer Tochter Lucie! Die beiden hoffen auf Lucies Anstellung als Gesellschafterin bei der Baronesse Stella. Rasch kommen die drei ins Gespräch, und Stella plaudert über ihren abhandengekommenen Gatten und ihr verlorenes Kind. Lucie bekundet ihr Mitleid, woraufhin Stella den beiden Frauen ein Gemälde zeigt, auf dem ihr Mann zu sehen ist. Tja, was soll ich sagen? Cäcilie erkennt auf dem Bild ihren gut aussehenden rechtmäßigen Gatten, Lucies Vater.«

»Was für ein Zufall!«, kam es spöttisch von Henni.

Alma ließ sich von ihrem Zwischenruf nicht irritieren. »Dritter Akt. Fernando kommt aus dem Krieg heim. Stürmisch begrüßt er seine Stella, und in ihrem Wiedersehensglück vergibt sie ihm, dass er sie so lange allein gelassen hat. Doch Stella plagt ein schlechtes Gewissen, weil sie Cäcilie und Lucie kurz vor Fernandos Ankunft schmählich fortgeschickt hat. Sie bittet ihn, die beiden zu suchen, und er tut ihr den Gefallen. Als er seine Gattin Cäcilie erkennt, überkommt ihn Reue, und er verspricht Frau und Kind, mit ihnen die Flucht zu ergreifen.«

»Der Kerl ist wirklich ziemlich wankelmütig«, warf Henni ein. »Findest du nicht?«

»Ich sag's doch: ein Hallodri.« Alma stand kurz auf, um in der Küche Verpflegung zu holen.

»Wie geht es weiter?«, drängte Henni.

»Gleich, gleich, Kind! Trink erst einmal ein Glas Saft und probier einen Haddekuchen. Aber sei vorsichtig. Wenn diese Dinger länger liegen, werden sie beinhart, und du kannst dir die Zähne daran ausbeißen.«

Henni nickte und griff artig nach einem der rautenförmigen Pfefferkuchen, während Alma ihr Glas vollgoss.

»Saft ist das aber nicht«, meinte sie nach einem ersten Schluck. »Das schmeckt verdächtig nach Apfelwein.«

»Na, da war ich wohl am falschen Fässchen«, sagte Alma und kicherte. »Ich hab ja nicht nur Saft im Keller. Lass es dir schmecken! Und tunk den Haddekuchen in den Ebbelwoi, wenn er zu hart ist.«

»Danke.« Henni hob ihr Glas, um Alma zuzuprosten. Aber ihre Tante war schon wieder bei der Stella.

»Im vierten Akt geht's hin und her. Fernando, der Feigling, schenkt seiner geliebten Stella keineswegs reinen Wein ein. Er will sich klammheimlich mit seiner rechtmäßigen Familie aus dem Staub machen. Aber dann gesteht er Stella doch noch alles, und sie fällt in Ohnmacht.«

»Grundgütiger! In alten Theaterstücken fallen die Damen ständig in Ohnmacht«, beschwerte sich Henni. »Sofern sie nicht auf der Stelle sterben oder wenigstens so tun, als ob sie gestorben wären. Denk nur an Romeo und Julia!«

»Hier entwickelt es sich auch so. Wart's ab«, meinte Alma ungerührt. Sie trank einen Schluck Apfelwein, bevor sie weitererzählte. »Im fünften Akt kommt es zum Showdown. Stella schwankt, was Fernando angeht, zwischen Liebe und Hass. Schließlich nimmt sie ein tödliches Gift zu sich, woraufhin Fernando sich aus Kummer erschießt.«

»Und das ist die Urfassung?« Henni war mächtig enttäuscht.

»Aber nein, Kind!« Almas Hände fuhren abwehrend von dem gelben Reclamheft hoch, das in ihrem Schoß lag. »In der Urfassung kommt Fernandos Ehefrau Cäcilie auf die geniale Idee, es dem Grafen Ernst von Gleichen gleichzutun und eine Ehe zu dritt zu führen, frei nach dem Motto: eine Wohnung, ein Bett, ein Grab.«

Nun war Henni ehrlich verblüfft. »Meinst du, dass so etwas gut gehen kann?«

Alma musste nicht lange überlegen. »Weißt du, als wir die sexuelle Revolution hatten, da war ich in den Zwanzigern«, sagte sie. »Wir hatten erlebt, wie unglücklich unsere Mütter oft waren. Wenn die Liebe vom Alltag überschattet wurde oder gar ganz versiegte, mussten sie bei ihren Männern bleiben, das gehörte sich damals so. Scheidungen waren verpönt, und für berufliche Karrieren war es nach vielen Mutter- und Hausfrauenjahren oft zu spät. Wir wollten diese Zwänge beseitigen und keinerlei Abhängigkeiten oder Besitzansprüche anerkennen. Die Liebe sollte vor allem ein Geben sein, und niemand sollte irgendwem gehören. Und da kam es schon mal vor, dass man zu dritt zusammenfand.«

»Du auch, Tante Alma?«

Alma nickte, und ihre grauen Löckchen hüpften auf und ab.

»Wie habt ihr das ertragen?«, wollte Henni wissen.

»Als jemand, der von zweien geliebt wurde, war es eine interessante Bereicherung. Problematischer ist es, den liebsten Menschen mit jemandem teilen zu müssen. Artur war einmal so eifersüchtig, dass er eine Tür eingetreten hat, hinter der ich mich mit einem anderen vergnügte.«

»Was, Artur?« Hennis Onkel war jeden Sonntag mit Bügelfalte zur Kirche gegangen, in der Familie hatte er als braver Mann gegolten. Eher zaghaft und leise, konnte Henni ihn sich schwerlich als jemanden vorstellen, der Türen eintrat.

Aber auch Alma, das kleine Vögelchen, überraschte sie. Und dieses Thema interessierte Ansgar von Stein?

»Erzähl mir von dem Grafen von Gleichen«, kam sie auf das Stella-Trauerspiel zurück.

»Ach so, ja.« Alma schaute einen Moment lang irritiert drein. In Gedanken schien sie noch in ihrer Studienzeit gewesen zu sein. »Der Sage nach hatte der Graf von Gleichen in Thüringen Frau und Kinder. Während eines Kreuzzugs geriet er im Orient in Gefangenschaft und wurde dort von einem Sultan als Sklave gehalten. Die Tochter des Sultans verliebte sich jedoch in ihn und versprach ihm die Freiheit, wenn er sie nach Europa mitnähme und heiratete. Und so geschah es. Der Graf floh mit ihr nach Rom und bat beim Papst um die Erlaubnis für eine zweite Ehe. Sie wurde ihm gewährt, und seine Familie nahm seine Zweitfrau dankbar auf. Schließlich hatte sie sein Leben gerettet, und seine Kinder hatten ihren Vater wieder. Man spricht von ihm als dem ›zweibeweibten‹ Grafen, der eine glückliche Doppelehe geführt haben soll, was ein Grabstein im Erfurter Dom angeblich beweist, denn der zeigt passenderweise einen Mann mit zwei Frauen.«

»Puh! Was für Geschichten. Aber wie wunderbar, dass du mir mit dem Stück helfen kannst. Das hätte vielleicht gedauert, bis ich das alles gelesen und selbst herausgefunden hätte.«

Alma lachte amüsiert. »Na, zu irgendwas muss ich ja gut

sein. Wenn du magst, machen wir später einen Ausflug zum Goethe-Haus, dann kannst du dich noch besser in Goethes Denkweise einfühlen. Ich stelle mir vor, dass er bei der ersten Fassung der Stella noch jung und stürmisch war. Später hat er verstanden, dass die Gesellschaft ihre Werte akzeptiert sehen will, und ist Kompromisse eingegangen.«

»So wird es gewesen sein. Du denkst wirklich mit und machst dir viel Mühe mit mir.«

»Ach was! Du sollst deinem Regisseur doch Rede und Antwort stehen können. Er gefällt dir, nicht wahr?«

»Hm.« Henni sah verlegen in ihr Glas, in dem der Apfelwein immer weniger geworden war. »Er ist so anders als andere Männer«, meinte sie leise.

Alma verdrehte die Augen. »Kein Wunder, Kind, er ist beim Theater! Ich kann immer noch nicht fassen, dass er dich eingestellt hat.«

»Ich auch nicht«, murmelte Henni. Der sonderbare Verdacht, den sie vorhin in der Burgruine gehabt hatte, stieg wieder in ihr auf. Was, wenn sich ihre Anstellung morgen als ein Trugschluss herausstellen würde, weil die echte Assistentin auftauchte?

***

Goethes Elternhaus lag in der Frankfurter Innenstadt. Henni hatte es vor vielen Jahren mit der Schulklasse besucht. Die schweren großen Schränke, in denen Goethes Mutter ihre Bett- und Tischwäsche aufbewahrt hatte, waren ihr in Erinnerung geblieben, und auch das winzige Fenster, durch das die Hausbewohner die Straße einsehen konnten, erkannte sie sofort wieder, als sie vor dem Gebäude standen.

»Schau mal, Alma. Dahinter hat Goethes Vater gesessen und nach seinem spät heimkehrenden Sohn Ausschau gehalten.«

Alma lachte herzlich. »Ja, ja, nur war der Wolfgang clever genug, von der anderen Seite zu kommen. In Mutter und Schwester hatte er Verbündete, die ihn heimlich ins Haus hineinließen, wenn es nötig war.«

»Wer hat dir das verraten?«, fragte Henni erstaunt.

»Der Meister selbst. Er beschreibt das alles in seinem Werk ›Dichtung und Wahrheit‹.« Alma machte ein bedeutungsvolles Gesicht, und Henni sah sie im Geiste in jungen Jahren als Lehrerin vor ihrer Klasse stehen. »Goethe plaudert in diesem Lebensbericht ausgiebig über alles und jedes. Was er studiert, mit wem er feiert, wohin er reist. Und ständig schlägt er sich mit den Weibern herum, ist verliebt oder hat Liebeskummer.«

»Der Arme!« Henni schaute noch einmal zu dem kleinen Fenster hinauf. Seit Kurzem schloss sich ein mehrgliedriger moderner Trakt an das alte Stadthaus an: das Deutsche Romantik-Museum, durch das man nun auch das Goethe-Haus betrat. Im Foyer blickte Henni durch eine große Fensterfront in einen verglasten Innenhof, in dem ein mächtiger Busch blauer Hortensien blühte.

»Die blaue Blume der Romantik«, flüsterte Alma gerührt.

»Hortensien?« Henni verstand nicht gleich, was sie meinte.

»Man weiß nicht, ob es eine Hortensie war, eine blaue Rose oder eher noch eine einfache Kornblume«, sagte Alma. »In einem Roman des Dichters Novalis trifft ein junger Mann einen Fremden, der großen Eindruck auf ihn macht und ihm von einer blauen Blume erzählt. Beim Einschlafen erinnert sich der junge Mann an die Begegnung, und der Gedanke an die blaue Blume erfüllt ihn mit Sehnsucht.«

»Seine Sehnsucht gilt der Blume? Nicht etwa dem Fremden?«, fragte Henni skeptisch. Sie hatte sich noch nie besonders tief in die Literaturgeschichte hineingewagt, aber auf ihr Bauchgefühl konnte sie sich verlassen.

Alma lächelte nur.

»In diesem Museum werden dir sämtliche Dichter der deutschen Romantik vorgestellt«, schwärmte sie. »Sie sehnten sich nach der Natur, nach Übersinnlichem und großen Gefühlen. Hier knistert es nur so vor Liebe. Und bitte, Kind, lass uns den Aufzug nehmen.«

Als Henni das schnurgerade, schmale Treppenhaus sah, begriff sie den Wunsch ihrer Tante. Die unzähligen Stufen zwischen den tiefblau gestrichenen Wänden schienen in eine blaue Endlosigkeit zu führen. Es musste wirklich mühsam sein, sie zu erklimmen. Alma zog sie auch schon zum Aufzug. Dass sie ihr eigentlich Goethes Elternhaus hatte zeigen wollen, schien sie in ihrer Begeisterung vergessen zu haben, und bald schlenderten sie durch die Räume des Romantik-Museums.

Überall gab es etwas zum Experimentieren, zum Lesen oder zum Anhören. Ein Märchenzimmer war den Gebrüdern Grimm gewidmet, die Wände und sogar die Decke waren mit Illustrationen versehen. Auf Henni wirkten sie, als hätte jemand die schwarzen Linien und Figuren mit einer riesigen Tuschfeder großzügig auf den Putz geworfen. Sie erkannte Rotkäppchen und den Wolf, die Bremer Stadtmusikanten, Hase und Igel. Bäume streckten ihre dürren Äste wie Spinnenbeine im ganzen Raum aus. Inmitten dieser Traumwelt gab es eine gemütliche Leseecke und zahlreiche Märchenbücher zum Stöbern.

In anderen Räumen zeigten große Landschaftsbilder bombastische Gebirge, Wälder und Seen. Tiereästen friedlich auf grünen Auen, Menschen aalten sich gemütlich unter belaubten Bäumen. Felsen und Wolken – alles schien mächtig und belebt zu sein. Ein weiterer kleiner Raum hing voller Porträts, eines lebendiger und genauer gemalt als das andere.

»Schön, nicht wahr?«, seufzte Alma. »Man hängte sich seine Lieben ins Wohnzimmer, um sie immer bei sich zu haben. Nicht nur die Liebe, auch die Freundschaft hatte einen hohen Wert in der Romantik.«

Henni nickte stumm. Die vielen Eindrücke erschöpften sie. Museumsbesuche war sie noch weniger gewohnt als lange Radtouren oder stundenlanges Putzen.

Alma zog sie vor eine Reihe großer Vitrinen. In einer wurden ein winziges Gemälde und eine kleine Handtasche ausgestellt. Das Täschchen war aus hellgrauen und violetten Seidenbändern geflochten. Es hatte die Form eines Beutels und einen goldenen Bügelverschluss.

»Diese Tasche gehörte der Charlotte Buff«, sagte Alma. »Auf

dem kleinen Bild kannst du sie sehen. Sie war Goethes großer Schwarm und das Vorbild für seine Lotte im Werther.«

»›Die Leiden des jungen Werther‹ musste ich in der Schule lesen«, erinnerte sich Henni. »Werther verliebt sich darin in Lotte, die sich so rührend um ihre kleinen Geschwister kümmert. Aber Lotte ist vergeben und bleibt Albert treu, ihrem Verlobten.«

»Woraufhin Werther vor Kummer krank wird und sich am Ende erschießt«, ergänzte Alma. »Der Briefroman erschien, ein Jahr bevor Goethe die Stella schrieb. Er wurde ein Bestseller mit unglaublichem Hype.«

»Ja, und er löste eine Welle von Selbstmorden aus«, sagte Henni vorwurfsvoll. »Junge Menschen mit Liebeskummer taten es dem Werther nach und erschossen sich ebenfalls.«

Alma nickte ernst. »Das hat Goethe sehr betroffen gemacht, und er hat dem Text später eine Warnung beigefügt, es seinem Helden nur ja nicht gleichzutun. Es ging ihm ja gar nicht so sehr ums Sterben, sondern um eine Liebe, die so tief war, dass man ohne sie nicht mehr leben konnte. Aber schau her: In diesen Vitrinen sind noch mehr Werther-Devotionalien zu sehen.«

»Einen Werberummel mit Nippes und Andenken, wie es ihn bei Harry Potter gab, kannte man also schon damals?« Henni betrachtete erstaunt einen Fächer, auf dem die Gestalt der Lotte abgebildet war, und einen kleinen Teller mit ihrem Porträt. Es war mit hübsch gemalten Blumen umrankt und mit einem goldenen Rahmen versehen. Ihr Name stand in Großbuchstaben darunter. Auf einer ganz ähnlich gestalteten Tasse prangte ein Bild des jungen Werther.

»Na, was sagst du?« Alma lächelte verschmitzt. »Wer solches Porzellan besaß, konnte jederzeit mit dem tragischen Liebespaar frühstücken.«

Vier

Es war kühl am nächsten Morgen, und Henni fröstelte, als sie an der Burg ankam. Wie seltsam, dass hier alles so still war. Die fast schon gespenstische Ruhe steigerte ihr Unwohlsein. Die Ahnung, dass ihre Anstellung als Regieassistentin ein Versehen gewesen sein könnte, hatte sie die halbe Nacht gequält. Am besten, sie brachte das Gespräch mit Ansgar von Stein rasch hinter sich, dann wusste sie, woran sie war.

Als sie den großen Ginkgobaum vor der Burg passierte, saß dort ein einsamer Mann auf der Parkbank. Er mochte etwas jünger sein als sie, so recht konnte sie das nicht einschätzen. Seine Haare fielen ihm jungenhaft ins Gesicht und verdeckten es halb, weil er vor sich auf den Boden starrte. Etwas stimmte nicht mit ihm, dessen war Henni sich sicher, und sie verlangsamte ihre Schritte. Als er den Kopf hob und sie ansah, begriff sie, dass er geweint hatte.

»Kann ich Ihnen helfen?«, sprach sie ihn spontan an.

Er antwortete nicht gleich, was ihr das Gefühl gab, übergriffig gewesen zu sein. Kurz verharrten sie beide in verlegenem Schweigen, und Henni suchte nach einem unverfänglichen Thema, um die Situation zu entspannen.

»Hier ist ja noch so gar nichts los«, meinte sie und sah sich nach der Burg um.

»Wir fangen heute etwas später an, weil es einen Unfall gab.« Er wischte sich mit dem Ärmel über die Augen. »Meine kleine Tochter ist vorhin von der Bühne gestürzt. Dabei wollte ich ihr nur das Bühnenbild für die Kinderaufführung zeigen. Einen Augenblick lang habe ich nicht aufgepasst.«

»Ihr ist hoffentlich nichts Schlimmes passiert?«

»Sie war zuerst ein wenig benommen, und Kollegen haben den Unfallarzt gerufen. Es hieß dann, sie habe allenfalls eine kleine Gehirnerschütterung, aber ihre Mutter lässt mich seitdem nicht zu ihr.«

Verständlich, dachte Henni. Vermutlich war die Mutter der Meinung, der Herr Papa hätte besser aufpassen müssen.

»Na, das wird schon wieder«, meinte sie tröstend. »Die Hauptsache ist doch, dass Ihrer Kleinen nichts Übleres passiert ist!« In einer Aufwallung von Mitleid hätte sie den leidenden Vater am liebsten in ihre Arme gezogen.

»Ja, danke. Ich weiß gar nicht, wieso ich Ihnen das alles erzähle. Ich bin sonst nicht so gesprächig. Aber Sie sehen einen so aufmerksam an. Und Sie können anscheinend gut zuhören.«

Als er aufstand, bemerkte Henni, dass er kaum größer war als sie. Er hatte ein ebenmäßiges Gesicht mit klaren Konturen, nur wirkte er nicht gerade gepflegt. Hemd und Hose waren abgerissen, die Hände schmutzig. Aber warum achtete sie jetzt darauf? Der Mann hatte Sorgen. Wie er aussah, konnte ihr herzlich egal sein. Sie nickte knapp zum Abschied und schlenderte weiter. Am anderen Ende der Burgbrücke stand Ansgar von Stein an der Stelle, an der er gestern seine Jacke vergessen hatte.

»Schneewittchen, da bist du ja!«, rief er, als er sie sah. »Ist dir was Originelles zur Stella eingefallen?«

Hennis Herz machte einen kleinen Doppelsalto, und sie eilte auf ihn zu. »Auf jeden Fall müssen wir die frühe Fassung von 1775 nehmen«, sprudelte sie los, angestachelt von seiner fröhlichen Begrüßung. »Aufpeppen können wir das Ganze mit der Geschichte einer Frau, die während der Studentenrevolte um 1968 herum jung war. Frauenemanzipation, Wohngemeinschaften und freie Liebe. Auch damals hat man sich nicht immer auf nur einen Partner festlegen mögen.«

Über Ansgars Gesicht glitt ein Leuchten. »Was für ein genialer Einfall! Damit wird das Stück aus seiner Zeit geholt und gleich viel universeller.«

Danke, Alma, dachte Henni im Stillen. Sie wollte auch noch ein stummes Stoßgebet an Onkel Artur schicken, in dessen Latzhose sie sich immer mehr wie eine Boheme-Dichterin vorkam, als Ansgar von Stein auch schon weitersprach.

»Dann habe ich ja nichts falsch gemacht, als ich dich gestern als meine Assistentin bestätigt habe. Es gab nämlich ein bisschen Trubel, weil du gar keine Bewerbungsunterlagen eingereicht hattest.« Seine letzten Worte klangen neckend, und er zwinkerte ihr zu.

»Ja, ich habe ... Ich bin eigentlich ...« Henni spürte, wie ihr die Hitze ins Gesicht stieg. Sie geriet ins Stocken.

»Scht! Nichts sagen! Alles gut. Ich habe schon gemerkt, dass du nur gepokert hast. Viel Lärm um nichts! Du kanntest nicht einmal dieses Shakespeare-Stück.«

»Und ob ich das kenne«, erwiderte Henni empört und verlegen zugleich. »Ich habe die Blu-Ray mit Emma Thompson daheim.«

»Außerdem hast du nicht mal wissen wollen, was wir gerade spielen.«

»Molière, Der eingebildete Kranke, das steht doch auf allen Plakaten.«

Er lachte laut und herzlich. »Deine Chuzpe und dein Mut gefallen mir! Und genau deshalb habe ich bei den Brettern, die die Welt bedeuten, geschworen, dass ich dich für die Entwicklung meines neuen Stückes brauche. Du sollst nachher im Büro deine Personalien angeben. Aber natürlich musst du dich als meine Muse auch mächtig anstrengen. Du darfst mich keinesfalls enttäuschen.«

»Bestimmt nicht.« Hennis Stimme klang vor Erleichterung belegt.

»Warte mal, du hast da was!« Ganz sachte zog Ansgar ihr etwas aus dem Haar. »Sieh an, ein Ginkgoblatt.« Er ergriff ihre Hand und legte das kleine grüne Blatt hinein. Es hatte die Form eines Fächers, den eine tiefe Kerbe in der Mitte einschnitt. Henni betrachtete es noch, da schloss er ihre Finger darum. »Heb es dir auf. Wenn du es trocknest, hast du ein schönes Lesezeichen.«

»Das ist lieb von dir. Auf was für Ideen du kommst!« Hennis Gedanken kehrten zu dem Mann unter dem Baum zurück. »Es gab einen Unfall mit einem Kind, habe ich gehört? Weiß man, ob es dem Mädchen gut geht?«

»Ich denke schon.« Ansgar von Stein nickte ernst. »Wir waren alle erschrocken, aber der Arzt klang ganz optimistisch. Kinder haben oft gute Schutzengel.«

Henni atmete unwillkürlich auf. Unfälle mit Kindern mochte sie sich gar nicht erst vorstellen. »Was die Stella angeht«, kam sie auf das Theaterstück zurück, »die könnte man doch auch modern inszenieren. Bühne und Kostüme so ganz in Schwarz-Weiß mit abgestuften Grautönen.«

Er krauste die Stirn, dann erhellte sich seine Miene. »Wie eine Hommage an alte Stummfilme? Das gefällt mir. Arbeite es noch ein wenig aus und lass uns ausführlicher darüber reden. Morgen ist ein aufführungsfreier Abend, und ich lade dich zu einem Arbeitsessen ein. Im Golfhotel hinter der alten Dorfmauer, so gegen acht? Ist das okay für dich?«

»In Dortelweil? Ja, klar.« Henni fand kaum noch Worte. Ein gestandener Theaterregisseur nahm sie ernst und fand ihre Ideen gut. Er sah noch dazu blendend aus, hatte Witz und Charisma, schien nicht liiert zu sein und wollte den morgigen Abend mit ihr verbringen. Beinahe hätte sie sich in den Arm gekniffen, um sicherzugehen, dass sie nicht träumte.

Eher zufällig glitt ihr Blick über die Burg und ihren hohen Turm. Der Eingang war einmal versetzt worden, ein früheres Tor hatte man gänzlich zugemauert. Wo hatte es hingeführt? Und was befand sich heute dahinter?

»Würden Sie mir die Burg einmal zeigen?«, fragte sie. »Oder ist ein Regisseur dafür nicht zuständig?«

»Nicht wirklich, aber als Fremdenführer wollte ich mich schon immer mal ausprobieren. Wir müssen allerdings bis nach der Vorstellung warten. Wenn du Lust hast, schauen wir sie uns gleich im Anschluss an.« Er lächelte geheimnisvoll und senkte seine Stimme. »Ich führe dich herum, wenn der letzte Applaus verhallt ist.«

»Heute schon?«

»Heute Nacht. Und sag bitte Du zu mir.« Er pflückte mit dem Zeigefinger einen Kuss von seinen Lippen und drückte ihn Henni auf die Stirn. Sie mochte sich kaum umdrehen und davongehen, aus Angst, ihn auf der anderen Seite des Burggrabens bereits zu vermissen.

***

Als sie am Abend erneut bei der Burg ankam, herrschte dort schon reges Treiben. Ein aufgeregtes Summen und Surren lag in der Luft, fast wie in einem Bienenstock. Die Theatergäste standen in festlichen Kleidern vor den diversen Theken, die rund um die Burg aufgebaut waren, kühle Getränke in ihren Gläsern. Andere hatten sich an den Tischen der Caterer niedergelassen und nahmen vor der Vorstellung noch einen kleinen Imbiss zu sich.

Ansgar lehnte an einem Weinstand, den Ellbogen lässig auf die Theke gestützt, in der Hand ein halb volles Glas. Er plauderte mit zwei jungen Frauen, die gebannt an seinen Lippen hingen. Henni brauchte nur Sekunden, um zu erkennen, dass es die beiden Schönheiten waren, die im Restaurant Alte Mühle so sehr von ihm geschwärmt hatten.

»Wir freuen uns schon auf unsere nächste Probe«, hörte Henni sie im Näherkommen zwitschern.

»Wir sind wahnsinnig gespannt darauf, wie du die Geschichte weiter umsetzen willst.«

»Und bei der Premiere lassen wir es dann schneien, oder?«

Henni fragte sich, in welchem Stück sie mitspielten und von welcher Premiere sie sprachen. Und schneien lassen wollten sie es auch noch! Die beiden steckten in ähnlich kurzen Spaghettiträger-Sommerkleidchen, und ihre Strähnchen leuchteten im gleichen Goldton. Wie Henni schon in der Alten Mühle festgestellt hatte, waren sie kaum auseinanderzuhalten. Aber doch, da war etwas. Eine von beiden hatte einen kessen Leberfleck knapp über der Lippe. Ob der aufgeklebt war? Trug man so etwas nicht im Theater?

»Da bist du ja, Schneewittchen«, murmelte Ansgar, als sie vor den dreien stand. Henni erwartete, dass er sie nun miteinander bekannt machen würde. Anscheinend hatte er das auch vor, aber als er zum Sprechen ansetzte, stellten die beiden Schönen ihre Gläser auf die Theke.

»Wir müssen los«, beteuerten sie. Noch ein abschätziger Blick zu Henni, und schon liefen sie davon. Ansgar winkte ihnen unbefangen hinterher, während Henni sich an ihre Schulzeit erinnert fühlte. Pause, Schulhof, fünfte Klasse. Da hatte es auch diese Freundinnenpärchen gegeben, die andere Mädchen merken ließen, wie überflüssig sie waren. Oft genug waren es eigenartige Dreierbündnisse gewesen, bei denen jede Woche eine andere ausgestoßen wurde. In Arturs Latzhose und mit ihrem kurzen Pony fühlte Henni sich auf einmal völlig fehl am Platz. Sah sie in diesem Aufzug wirklich wie eine Künstlerin aus? Oder hatte sie sich das nur eingeredet? Warum war sie nicht nach Nied geradelt und hatte eines ihrer Traumkleider aus Boutiquenzeiten hervorgekramt?

Ansgar legte den Arm um Hennis Schultern und beugte sich zu ihr herüber. »Schau dir das Stück gleich ganz genau an!«, bat er. »Ich will später von dir wissen, was dir so alles aufgefallen ist. Kleine Prüfungsaufgabe auf deinem langen Weg zur freien Regisseurin.«

»Puh, und worauf genau soll ich achten?«

»Auf alles, was deine Aufmerksamkeit erhöht, im Guten wie im Schlechten.«

»Und was machst du derweil? Hast du etwa nichts mehr mit den Aufführungen zu tun?«

Er lachte, trank sein Glas zügig leer und stellte es neben die Gläser der beiden Schönen auf die Theke. »Oh, sorry, wolltest du auch einen Schluck?«

Henni schüttelte den Kopf. »Nein, danke, bei dem warmen Wetter ist Alkohol nichts für mich.«

»Ich habe den Eingebildeten Kranken mit dem Ensemble einstudiert«, kam er auf ihre Frage zurück. »Aber das Stück hat längst Premiere gehabt, und ab dann bewacht ein Spielleiter die weiteren Aufführungen. Ich probiere bereits das nächste Stück, einen Krimi von Agatha Christie. Die beiden Damen gerade spielen darin mit. Doch ich sehe mir auch den Molière gern noch einmal an. Es ist spannend, wie anders sich ein Stück bei jeder Aufführung anfühlt. Mal geht eine Schauspielerin bewundernswert in ihrer Rolle auf. Mal baut ein Frechdachs etwas ein, das wir nie geprobt haben. Und manchmal springt ein Funke aufs Publikum über. Komm, lass uns unsere Plätze aufsuchen.«

Henni nickte und folgte ihm durch die Menge. Zwei schöne schattige Sitzplätze waren für sie reserviert, und sie fragte sich, ob er dafür hatte zahlen müssen.

»Freikarten für den Regisseur und seine Begleiterin«, flüsterte er, als könnte er Gedanken lesen. »Molière hat die Rolle des eingebildeten Kranken vor rund dreihundertfünfzig Jahren übrigens zunächst selbst gespielt. Nach der vierten Vorstellung ist er im Theater zusammengebrochen und noch im Kostüm gestorben.«

»Wie gruslig«, wisperte Henni.

»Ja, dabei macht er sich in dem Stück mit Humor und Sarkasmus über die verdrängte Angst vor dem Sterben lustig. Weil er dem Tod nicht ins Gesicht sehen will, entdeckt der Hypochonder Argan ständig körperliche Leiden und Wehwehchen an sich. Er hat es am liebsten nur noch mit Medizinern und Apothekern zu tun, und er wünscht sich sehnlichst, dass seine Tochter einen Arzt heiratet.«

»Doch die muss sich ausgerechnet in einen ganz anderen verlieben«, mutmaßte Henni.

»Richtig. Am Ende stellt Argan die Liebe seiner Familie auf die Probe, indem er so tut, als sei er tot.«

»Er stellt sich tot?«, rief Henni ungläubig. »Was ist das nur für ein Sterben und Totspielen in all diesen Bühnenstücken?«

In der Reihe vor ihnen sah eine Frau sich verärgert um. Ruhe, sagte ihr Blick, es fängt doch gleich an.

Und da kam auch schon Argan auf die Bühne, setzte sich an seinen Tisch und überprüfte die liebreizend formulierten Rechnungen seines Apothekers.

»Präparatives und erweichendes kleines Klistier für Herrn Argan zur Schmeidigung, Anfeuchtung und Erfrischung der Eingeweide Wohldesselben; dreißig Sous.«

Bald fühlte Henni sich in die Zeit versetzt, in der die ärztliche Kunst noch aus Aderlass und kalten Güssen bestand. Ansgar schaute wie gebannt auf die Bühne, und Henni war sich sicher, dass ihm nicht der kleinste Seufzer entging.

Es war dunkel geworden, bis die Theaterbesucher endlich die Tribüne verließen. Minutenlang hatte das Publikum im Stehen geklatscht, und der Applaus hatte die Schauspielerinnen und Schauspieler immer wieder auf die Bühne zurückgerufen. Nun harrten die letzten Gäste an den Tischen im Burghof aus, Reste von Wein und Sekt in den Gläsern. Mitglieder des Ensembles hatten sich dazugesellt. Sie trugen noch ihre glitzernden Roben zu weißen Perücken, und ihre blass geschminkten Gesichter schimmerten hell im Licht der abendlichen Beleuchtung. Rouge und Schönheitspflaster zierten Wangen und Lippen von Männern und Frauen. Über der abendlichen Szenerie lag das Flair einer längst vergangenen Theaterepoche.

Nach dem letzten Applaus war Ansgar zu Hennis Enttäuschung ohne sie hinter der Bühne verschwunden. Sie konnte sein Verhalten nicht verstehen und sah sich nervös um. Wo blieb er denn nur? Er wollte ihr doch die Burg zeigen!

Mit einem Mal entstand Unruhe an den Tischen. Ein Klackern wie von Metall war zu hören, rhythmisch und laut. Henni stockte der Atem, als ein Ritter in glitzernder Rüstung den Burghof durchquerte.

»Der Raubritter Bechtram!«, rief jemand mit gespieltem Entsetzen.

»Seid mir willkommen, ihr ehrbaren Leut.« Der Ritter hob seine Hellebarde zum Gruß in die Höhe. Mit schweren, klirrenden Schritten kam er auf Henni zu. Sein Kettenhemd reichte ihm bis zum Kinn, und der schmale Sehschlitz über dem geschlossenen Visier ließ kaum etwas von seinen Augen erkennen. Aber natürlich hatte Henni Ansgar von Stein längst erkannt. Seine Rüstung knarzte, als er eine Hand nach ihr ausstreckte. »Mein schönes Fräulein, darf ich wagen, meinen Arm und Geleit Ihr anzutragen?«

Ein Raunen ging durch den Burghof, als die noch Anwesenden leise Laute des Staunens von sich gaben. Henni ergriff ein wenig perplex die eiserne Hand des Ritters, und er führte sie eine kleine Treppe hoch. Sie musste den Kopf einziehen, als es durch einen niedrigen Torbogen ging. Noch ein paar Stufen, und sie befanden sich hoch über der Bühne auf einer Balustrade. Erschrocken stellte sie fest, dass es hier kein Geländer gab, und für einen Moment wusste sie nicht, um wen sie mehr bangen sollte, um ihren edlen Ritter oder um ihr eigenes Leben.

Sie durchquerten etliche Gänge und gelangten in einen Raum, in dem ein Spiegel neben dem anderen an der Wand hing, darunter stand jeweils ein Schminktisch. Henni seufzte leise. So ähnlich hatte sie sich die Maskenräume in den frühen Filmstudios von Hollywood vorgestellt. Hier also verwandelten sich die Schauspieler und Schauspielerinnen in die Figuren, die sie auf der Bühne darstellten. Wie oft mochten die beiden Schönheiten hier schon gesessen haben?

Ein leises Quietschen von eisernen Scharnieren rief sie in die Wirklichkeit zurück. Der Ritter hatte sein Visier hochgeklappt.

»Und, wie gefällt es dir?«, fragte Ansgar.

»Es ist phantastisch!«, rief Henni. Beinahe hätte sie wie ein Kind in die Hände geklatscht. »Aber wie bist du nur in diese Rüstung gekommen?«

»Ja, das war gar nicht so einfach bei all den vielen Einzelteilen. Einer der Schauspieler musste mir helfen, sie umzuschnallen.«

»Wie beeindruckend. Du schaust wirklich unbesiegbar aus in all dem Metall, das dich umgibt.«

»Das möchte man meinen«, gab Ansgar schmunzelnd zurück. »Aber wenn du es richtig anstellst, kannst du mich mitten ins Herz treffen.«

Henni sah ihn unsicher an. »Wie meinst du das?«

»Durch meine Achselhöhle hindurch könnte eine Lanze mein Herz durchbohren.« Er hob den Arm, und unter seiner Achsel blitzte zwischen den metallenen Rüstungsteilen der Zipfel eines weißen Hemdes auf. »Natürlich ist auch zwischen meinen eisernen Beinkleidern reichlich Luft. Sie sind mit ledernen Strapsen befestigt.«

Lederne Strapse? Henni riskierte einen vorsichtigen Blick auf die Region, in der sich sein bestes Stück befand.

»So gut gerüstet gefällst du mir«, hörte sie sich sagen, bevor ihr die Zweideutigkeit ihres Lobs bewusst wurde.

Sein Lächeln nahm ihr alle Peinlichkeit. »Die vermeintliche Stärke eines Raubritters kann ihn leider zu allerlei Dummheiten verleiten«, sinnierte Ansgar weise. »Davon abgesehen ist so eine Rüstung verdammt schwer, gut dreißig Kilo. Damit ich sie bald ausziehen kann, gibt es jetzt eine Burgvorstellung im Schweinsgalopp.«

»Hm, schade«, murrte Henni, aber ihr Ritter begann bereits mit seinem Vortrag.

»Ein Teil dieser Burg geht bis auf das 12. Jahrhundert zurück. Der Ritter Bechtram bewohnte sie vor gut sechshundert Jahren. Er war ein Frankfurter Hauptmann, hatte die Aufgabe, auf den Straßen für Ordnung zu sorgen, und trieb auch Zölle von den Durchreisenden ein. Mit der Zeit übertrieb er es damit, was den Grafen von Hanau und Falkenstein wenig gefiel. Sie köpften den Raubritter und schleiften die Burg. Später baute man sie etwas größer wieder auf. Was du heute noch siehst, haben französische Revolutionstruppen übrig gelassen, als sie die Festung ein zweites Mal zerstörten.«

Während Ansgar erzählte, führte er sie durch weitere Gänge, bis sie auf einmal allein auf der Bühne standen. Die Tische im Burghof waren inzwischen verwaist, die letzten Nachtschwärmer hatten sich verzogen.

»Im Internet gibt es Fotos, auf denen die Burg völlig verwahrlost aussieht«, erinnerte sich Henni beim Blick auf die menschenleeren Stühle im Innenhof. »Haben hier mal Bäume gestanden?«

»Ja, das kann sein. Die Stadt hat die Ruine vor dem endgültigen Zerfall gerettet und dafür gesorgt, dass man hier Theater spielen kann. Und das war auch schon mein Wort zur Nacht. Begebt Euch nun zur Ruhe, Mylady Henriette. Arbeitet morgen an Eurer Stella weiter, nach Sonnenuntergang sehen wir uns zum gemeinsamen Speisen. Ich setze große Hoffnung in Euch!«

»Erwartet nicht zu viel von mir, edler Ritter«, entgegnete Henni in seinem Sprachduktus.

Doch Ritter Bechtram hatte ihr schon den Rücken zugekehrt. Mit einem letzten Winken seiner metallbewehrten Hand und blechernen Schritten verschwand er hinter der Kulisse.

Fünf

In ihrer Wohnung in Nied begann Henni, die ersten Kisten zu packen. In aller Frühe war sie an der Nidda entlang hierhergeradelt, um sich um das Ausräumen zu kümmern, und noch hatte sie keine Ahnung, wie sie all ihre Sachen in ihr neues Zuhause transportieren sollte. Ihre leeren Umzugskartons hatten ein paar Jahre im Keller gestanden. Da er trocken war, hatte die Pappe gut durchgehalten. Gähnend faltete sie zwei Kartons auf, nahm einen Stapel Bücher aus dem Regal und verfrachtete sie hinein.

Ihr fehlten ein paar Stunden Schlaf. Bis spät in die Nacht hatte sie sich mit der Stella herumgeschlagen und war in Gedanken verschiedene Szenen und Bühnenbilder durchgegangen. Bäuchlings hatte sie auf ihrem Dachboden auf der Matratze vor Almas Reclamheft gelegen und den Text studiert, bis sie ihn fast auswendig konnte. Im Geiste sah sie eine moderne und doch historisch wirkende Inszenierung vor sich. Wie ein Stummfilm, hatte Ansgar über ihren Vorschlag für das Bühnenbild und die Kostüme gesagt. Der Vergleich gefiel ihr. Was, wenn die Menschen auf der Bühne außerdem so übertrieben theatralisch agierten wie in frühen Filmen? Wenn sie gar nichts sagten und ein Kommentar aus dem Off kam? Begleitende Klaviermusik dazu, die schnell und dröhnend klang, wenn es spannend wurde.

Sie tappte durch die Wohnung, in der alles noch so aussah, wie sie es vor drei Tagen verlassen hatte. Nur die Luft in den Zimmern roch leicht abgestanden, und Henni öffnete die Fenster. Der Wind blähte die zarten grünen Vorhänge auf, durch die das Sonnenlicht in die Küche drang und sie in farbiges Licht tauchte. Im Kühlschrank war eine Tüte Milch schlecht geworden. Im Bad lag immer noch Nikos Handtuch auf dem Rand der Wanne, verziert mit dunklen Flecken von ihrer Haartönungsaktion. Sie nahm es, betrachtete es kopfschüttelnd und legte es unschlüssig wieder zurück.

Es schellte an der Wohnungstür. Gespannt öffnete sie dem unerwarteten Gast.

»Hallo, gut, dass Sie hier sind.« Vor ihr stand Maja. »Ich hab mich schon gefragt, wann Sie die Wohnung ausräumen wollen.« Mit einem Lächeln schwächte sie den dreisten Spruch ab, dann aber schlenderte sie so lässig an Henni vorbei ins Wohnzimmer, als sei sie längst hier eingezogen, und sah sich aufmerksam um. »Wenn das in dem Schneckentempo weitergeht, kriegen wir aber ein Problem«, murmelte sie wie im Selbstgespräch. Sie betrachtete den Stapel Umzugskartons, der noch zusammengeklappt an der Wand lehnte, und die zwei aufgestellten Kartons, in denen überschaubar viele Bücher lagen. »Soll ich Ihnen vielleicht helfen?«

Ja, gern, lag Henni auf der Zunge. Gerade noch rechtzeitig wurde ihr bewusst, dass das Angebot eher zynisch gemeint war. Gott, war das Mädel frech. Wie kam man gegen so eine bloß an? Ihr Look war immer noch derselbe: Cargohosen zu einem schlabbrigen Pulli. Nur ihre Igelfrisur hatte die Farbe gewechselt. Sie war jetzt himbeerrosa.

»Schöne Farbe«, sagte Henni endlich, ein eher taktisches Lob, und griff intuitiv in ihr eigenes Haar. Mit der Geste zog sie ungewollt Majas kritische Blicke auf sich.

»Mal nachtönen?«, hörte sie ihre Besucherin fragen. »Der Ansatz ist immer etwas schwierig. Wenn Sie wollen, kann ich Ihnen rasch die Farbe auftragen.«

Diesmal klang das Angebot zuvorkommend und war offenbar ernst gemeint. Die kleine Punkerin wechselte die Stimmung wie der April das Wetter.

»Danke, ich finde, es geht noch«, wich Henni aus. Die Tönung wusch sich kaum merklich heraus, ein krasser Ansatz war nicht zu sehen.

»Okay, war ja auch nur so eine Idee.« Maja trat näher an Hennis Umzugskartons heran, nahm ungeniert ein paar Bücher heraus und betrachtete die Titel. »Stehplatz für Milliarden? Das Problem Überbevölkerung«, las sie vor. »Kampf der Kulturen. Die Neugestaltung der Weltpolitik im 21. Jahrhundert« ging es weiter. »Das Anthropozän: Klima und Umwelt im Zeitalter des Menschen.« Sie hob den Kopf und sah Henni fragend an. »Haben Sie die etwa alle gelesen?«

»Überflogen«, wich Henni aus. Mal reingeschnuppert, wäre die ehrlichere Antwort gewesen. Es waren lauter Bücher, die Niko ihr gegeben hatte. Damit auch sie Bescheid wusste.

»Ist ja echt gruslig.« Maja legte die Bücher mit spitzen Fingern in die Kartons zurück. Mit ihren Daumen und Zeigefingern formte sie ein Rechteck, hob es vor ihre Augen und betrachtete durch dieses Fenster hindurch das Wohnzimmer. Sie nahm mal diese, mal jene Ecke ins Visier, trat ein paar Schritte vor und zurück und drehte sich um die eigene Achse. »Ah, gar nicht so schlecht! Als Location für einen Film müsste es gehen.«

»Sie wollen hier einen Film drehen?«, frage Henni erschrocken. »Während meines Umzugs?«

»Warum nicht?«, meinte Maja feixend. Für Sekunden schien sie Hennis Verwirrung zu genießen, dann fügte sie beruhigend hinzu: »Natürlich erst, wenn Sie ausgezogen sind.«

Henni schenkte sich eine Erwiderung. Maja kramte aus einer Tasche ihrer Cargohose eine Visitenkarte hervor und reichte sie ihr. *Maja Simon, Filmstudierende,* stand über einer Handynummer und einer stilisierten Kamera im Graffitistil.

»Melden Sie sich, wenn Sie hier weitergekommen sind.«

Henni nickte nur, und ihre Besucherin ließ sich von ihr zur Tür geleiten.

Als Maja gegangen war, sammelte Henni in Bad und Schlafzimmer ein paar persönliche Dinge ein, die sie in ihr neues Zuhause mitnehmen wollte. T-Shirts, Wäsche, Make-up. Eine nagelneue Zahnbürste, Zahnpasta und Duschgel hatte Alma ihr bereits überlassen. Wieder im Wohnzimmer, fiel ihr Blick auf ihren Laptop. Herrje, den durfte sie nachher nicht vergessen! Sie setzte sich davor, klappte ihn auf und klickte ihren Blog an. Seit Tagen hatte sie ihn vernachlässigt. Die Begegnung mit Ansgar, ihr neuer Job als seine Assistentin und die Hirnakrobatik um das Stella-Trauerspiel hatten sie völlig in Anspruch genommen. Sollte sie einen kleinen Text über das Molière-Stück in der Wasserburg absetzen? Oder über ihr neues Leben als Regieassistentin?

Huch, da war eine Nachricht für sie. Jemand hatte ihr geschrieben.

Ei Gude, wie?, las sie. *Wissen Sie überhaupt, was für eine wunderbare Zuhörerin Sie sind? Ohne Menschen wie Sie wäre die Welt ein ganzes Stück trister. Dankbar, Ritter Bechtram.*

Henni musste lächeln. Jetzt begrüßte Ansgar sie schon auf Hessisch! Seine Rolle als Vilbeler Raubritter musste er zutiefst verinnerlicht haben.

Ich habe Ihnen sehr gern zugehört, braver Rittersmann, schrieb sie dem edlen Recken gut gelaunt und gleichermaßen höflich zurück. *Jederzeit wieder!*

***

In Dortelweil fand sie Alma in ihrem Garten vor. Die alte Dame saß so reglos im Sessel, als würde sie nicht einmal mehr atmen, und blickte unter halb geschlossenen Lidern in ihre Apfelbäume. Als Henni schon begann, sich Sorgen zu machen, erhob sie ihre Stimme.

»Wie war's?«, fragte sie, ohne den Blick von den Baumwipfeln zu nehmen. »Ich habe dich anderthalb Tage nicht mehr gesehen. Wohnst du überhaupt noch in meinem Bauernhäuschen? Komm, setz dich zu mir und erzähl mir alles.«

Henni gehorchte schlechten Gewissens. Ihre Tante hatte sich solche Mühe gegeben, ihr Literatur- und Theaterkenntnisse beizubringen, dass sie jedes Recht auf Mitwisserschaft erworben hatte. Artig berichtete sie über ihren Versuch, ihre Umzugskartons in Nied zu packen, und von Majas Angebot, ihr die Haare nachzufärben. Dann kam sie zum eigentlichen Thema.

»Ich bin zum Theater gekommen wie die Jungfrau zum Kind«, fasste sie zusammen. »Der Regisseur hatte gleich begriffen, dass ich nicht die war, die erwartet wurde. Aber er scheint mich spontan in sein Herz geschlossen zu haben. Ich darf mit ihm arbeiten. Und ich soll an der Stella dranbleiben. Meine Ideen zu dem Stück gefallen ihm.«

»Das ist doch wunderbar! Da siehst du mal, was für ein gutes Team wir sind.« Alma hatte sich ein wenig in ihrem Sessel aufgerichtet, was ganz offensichtlich für ihr Interesse und ihre Anteilnahme sprach.

»Gestern Abend hat er mir die Burg gezeigt, und heute Abend soll ich mit ihm essen gehen.«

»Alle Achtung. Das ging ja flott.«

»Es ist nur ein Arbeitsessen«, schränkte Henni ein. »Ich soll ihm weitere Vorschläge für die Stella unterbreiten. Wir treffen uns hier in Dortelweil. Im Golfhotel. Kannst du mir sagen, wo genau das ist?«

»Wir können einen kleinen Spaziergang dorthin machen«, schlug Alma vor. »Bei der Gelegenheit kann ich dir die historische Dorfmauer zeigen, das hatte ich dir ja versprochen. Hilfst du mir aus dem Sessel? Die alten Knochen wollen nicht mehr. Ständig hab ich Rücken.«

Henni reichte ihrer Tante die Hand und zog sie vorsichtig hoch. Alma ging gebeugt ein paar Schritte und fasste in ihren Rücken, ehe sie sich langsam aufrichtete.

»Ich mache mich rasch frisch, und schon geht es los«, versprach sie. Dann kam ihr etwas anderes in den Sinn. »Hast du Hunger? Wollen wir vorher noch etwas essen?«

»Nein, danke, zeig mir einfach nur das Golfhotel«, drängte Henni.

»Liebe macht satt«, bemerkte Alma wissend. »Falls wir jemals eine Hungersnot bekommen, müssen sich unbedingt alle Menschen ineinander verlieben.« Sie lachte leise und winkte ab. »Entschuldige, aber ich habe eine Schwäche für alberne Scherze.«

Bis zur Mauer sei es nicht weit, hatte Alma beteuert, doch schon kurz nachdem sie losgelaufen waren, kam Henni der Ausflug wie eine Weltreise vor. Ihre Tante blieb nämlich alle naselang stehen, um ihr die Besonderheiten des Dorfes zu erklären.

»Da drüben hat der Schultheiß gewohnt«, erzählte sie, mitten auf einer Kreuzung verharrend, »daneben war das Rathaus mit einer kleinen Gefängniszelle. Und hier vorn stand bis Mitte des 19. Jahrhunderts ein Torbogen, den alle nur die Pforte nannten. Es war von der Landseite aus der einzige Zugang zum rundum befestigten Dorf.«

Ein Kleinwagen kam näher, der Fahrer wollte vorbei und hupte. Alma blieb unbeirrt auf der Kreuzung stehen und winkte ihn wie eine Verkehrspolizistin an sich vorbei. Sie wies auf einen winzigen Park, in dem neben einer hohen Tanne mehrere Laubbäume Schatten spendeten. »Die Gerichtslinde stand dort, dem Tor direkt gegenüber«, fuhr sie fort. »Sie war eigentlich eine Ulme, aber das hat niemanden gestört. Kleinere Vergehen, Streitigkeiten um Grundstücke etwa, durften die Dortelweiler nämlich ohne Zutun der Frankfurter Obrigkeit verhandeln, und das geschah hier unter freiem Himmel. Weil einmal eine Frau Kraut gestohlen hatte, musste sie in eisernen Halskrausen stehen.«

»Oje!« Henni griff sich unwillkürlich an den eigenen Hals.

Weiter ging es, und nach wenigen Schritten hatten sie die historische Dorfmauer erreicht. Schnurgerade zog sich die steinerne Wand an einem schmalen Weg entlang, vorbei an einem Spielplatz und an zahllosen Feldern, hinter denen Siedlungshäuser ihre Dächer gen Himmel reckten. Eine einschläfernde Mittagshitze lastete über allem. Almas Lebensgeister indes erwachten erst, freudig verfiel sie in ihren Unterrichtsmodus.

»Schau, der Geschichtsverein hat ein Infoschild an der Mauer angebracht. Sie ist fast einen halben Kilometer lang. Das Baumaterial hat man vor drei Jahrhunderten in einem kalten Winter über eine Eisbrücke hergeschafft.«

»Eine Eisbrücke? Was ist das denn schon wieder?«

Alma lächelte wissend. »Mit Hilfe von Stroh, Holz und Spreu schuf man eine vereiste Furt in der Nidda. Die Quader für die Dorfmauer kamen aus einem Steinbruch nahe dem Dottenfelderhof. Zuvor sicherte an dieser Stelle ein doppelter Haingraben das Dorf.«

»Also zwei nebeneinanderliegende Gräben, deren Ufer mit Gestrüpp bepflanzt waren?« Henni erinnerte sich dunkel an Almas Vortrag an ihrem ersten Tag in der Wetterau.

»Ja, genau. Die Anwohner wollten stattdessen lieber Gemüsegärten anlegen. Die Stadt Frankfurt erlaubte ihnen, die Wallgräben zu entfernen, im Gegenzug mussten sie auf eigene Kosten diese Mauer bauen. Sie ist eins der wenigen erhaltenen Beispiele für die Umfriedung früherer Dörfer.«

Eine Weile betrachteten sie das alte Gemäuer schweigend, und jede hing ihren Gedanken nach. Dann fiel Henni der eigentliche Grund ihres Spaziergangs ein.

»Und das Golfhotel?«

»Da lang.« Alma machte eine eindeutige Kopfbewegung in Richtung der Felder. »Du kannst es nicht verfehlen.«

»Danke, Alma. Wenn ich dich nicht hätte …«

»Dafür nicht, mein Kind. Ich wünsche dir einen schönen Abend.«

***

Die Terrasse des Hotels war von einer Art Schiffsreling umgeben, orangefarbene Rettungsringe hingen zu beiden Seiten an roten Pfosten. Solange man den Blick auf den See richtete, konnte man sich einreden, auf einem Kreuzfahrtdampfer zu sein. Zugegeben auf einem sehr langsamen, der durch sehr ruhige Gewässer kreuzte. Eine nackte Frau badete im Wasser. Sie war nur eine metallene Statue, und der kleine See war künstlich angelegt, doch Henni fand, dass diese Idylle lebendiger nicht sein könnte. Rundherum bot die Rasenlandschaft, in der späte Spieler ihre letzten Golfbälle schlugen, einen beruhigenden Anblick.

»Es ist sehr schön hier«, sagte Ansgar.

»Da hast du recht.« Das Du ging ihr inzwischen ganz leicht über die Lippen.

Fast synchron schlugen sie ihre Speisekarten auf.

»Was magst du essen?«, fragte er. »Nimmst du auch die drei

Riesengarnelen im Kokos-Panko-Mantel auf buntem Tomatencarpaccio mit Avocadodip?« Es klang, als bestehe der Name des Gerichts aus einem einzigen Wort, das er so lange geübt hatte, bis er es perfekt herunterrasseln konnte.

Henni musste lachen. Sie entschied sich für einen Caesar-Salat nach Art des Hauses. »Was ist ein Panko?«

»Paniermehl«, flüsterte er. »Allerdings asiatisches, aus einer Art Weißbrot ohne Rinde. Zum Dank für meine Auskunft musst du nun die Getränke aussuchen.«

»Ja, warte mal ...«

»Oder nein, halt! Wir lassen uns einen alten Schweden an den Tisch kommen. Dann sind wir nicht so allein, und er kann ein bisschen auf uns aufpassen.« Er zwinkerte ihr zu, und Hennis Blick irrte über die Speisekarte. Aha, der alte Schwede war ein Weißwein aus der Pfalz.

Sie war bemüht, auf das Thema des Abends zu kommen. Schließlich war dieses Arbeitsessen ihre Chance, sich als gute Regieassistentin zu beweisen.

»Was die Stella angeht ...« begann sie.

Er schüttelte traurig den Kopf. »Die Stella ist gestorben.«

»Aber doch nicht in der frühen Version?«

»Nein, natürlich nicht. Aber ich werde die Stella so bald nicht aufführen können. Zumindest nicht hier. Die Stadtväter wünschen sich für die nächste Saison ein Stück mit mehr Bezug zur Region. Und da es nichts Passendes gibt, das wir aus dem Stand heraus aufführen könnten, werden wir uns selbst eins schreiben.«

Henni saß einen Moment lang wie erstarrt am Tisch. Der Ober servierte ihren Wein. Die Sonne wollte im See versinken, und über die Landschaft legte sich ein dunkler Schatten.

»Was heißt das genau?«, stieß sie endlich hervor. »Wegen der Stella hab ich meine alte Tante genervt und mich von ihr in ein Museum schleppen lassen. Was ist mit unserem Stummfilmtheater? Und mit der sexuellen Revolution?«

»Alles zu seiner Zeit.« Ansgar beugte sich ein wenig zu ihr vor. »Bleib ruhig dran an dem Stoff, wir werden die Stella eines schönen Tages inszenieren. Doch fürs Erste müssen wir uns ein wenig mit der hiesigen Gegend beschäftigen. Historische Stätten, Ausflugsziele, altes Brauchtum. Das passt schon.«

»Meinst du wirklich?«

Das Essen wurde serviert. Ansgar aß mit gutem Appetit, Henni war der Hunger vergangen. Sie starrte ihren Caesar-Salat nur böse an und vernichtete lieber den alten Schweden. Am anderen Ende des Sees flammten Lichter auf, und ein mächtiger Baum erstrahlte in warmem Goldgelb, als würde er von einem gigantischen Theaterscheinwerfer beleuchtet.

»Ich habe beschlossen, dich mit Leo Urban auf Recherche zu schicken«, ließ Ansgar hören. »Er ist ein sehr netter Bühnenhelfer, vermutlich der netteste, den wir haben. Und als Einheimischer kennt er sich in der Region gut aus. Du könntest dir von ihm ein paar Attraktionen zeigen lassen. Kelten sollen in der Nähe gelebt haben, in der Stadt gibt es ein altes römisches Wasserbecken. Besuch mal eine Apfelweinkneipe mit ihm und fühl dich in das Gemüt der Menschen hier ein.«

Henni nahm ihren nächsten Schweden vor Schreck in wenigen Schlucken. Dabei hatte sie schon einen leichten Schwips.

»Du magst mich nicht«, klagte sie. »Sonst würdest du selbst mit mir auf Motivsuche gehen.«

»Grundgütiger! Ich habe zu tun. Übermorgen haben wir die Ama von der Agatha Christie. Da musst du übrigens dabei sein.«

»Die was? Noch einen Schweden, bitte.«

Zögernd schenkte er ihr nach.

»›Ama‹ bedeutet ›Alles mit allem‹. Bei dieser Probe muss das Bühnenbild stehen. Alle Requisiten müssen verfügbar sein, und die Schauspieler müssen ihre Kostüme anhaben. Bis dahin werden Probekostüme getragen, damit man sich an schwere Mäntel, ausladende Hüte oder hohe Schuhe gewöhnen kann.« Er richtete sich ein wenig vom Stuhl auf, straffte seinen Körper und tat, als werfe er sich einen Umhang um. »Kostüme und Requisiten helfen den Darstellern, in ihre Rollen zu schlüpfen. Bei der Ama geht es dann darum festzustellen, was noch so alles für die Aufführung fehlt.«

»Wieso sollte denn etwas fehlen?«

Er wiegte den Kopf. »Etwas fehlt immer. Die Spezies Mensch ist nicht sonderlich perfekt.«

»Ach ja? Jetzt fängst du auch schon an, von den Menschen als Spezies zu reden.«

»Ich bitte dich, wer tut das denn noch?«

Niko, dachte Henni, begleitet von einem Schluckauf. Es gelang ihr gerade so, den Namen für sich zu behalten. Mit einem Mal kam es ihr grotesk vor, drei Steinwürfe von Alma und ihrem Bauernhäuschen entfernt mit einem gut aussehenden Theaterregisseur auf der Terrasse eines schicken Golfrestaurants zu sitzen, benebelt von einem alten Schweden. Sie schaute über die Reling auf den See und sprach aus, was ihr beim Anblick der sich im Wasser spiegelnden Lichter des beleuchteten Hotels durch den Kopf ging. »Haben die hier eigentlich auch Zimmer?«

Eine Sekunde lang sah Ansgar sie freudig überrascht an. Dann wurde sein Blick ernst. »Henni, das ist keine gute Idee. Zumindest nicht heute, das wäre dir gegenüber nicht fair. Immerhin hast du mehr Schweden verschluckt, als dir guttun.«

»Das ist leider wahr. Ich bin keine geübte Trinkerin. Aber du hast mich auch missverstanden«, wehrte sie rasch ab. »Ich wollte nur wissen ...« Sie stockte. Himmelherrgott, war ihr das peinlich.

»... wie viele Zimmer das Hotel hat?« Er nahm ihre Hände in die seinen und liebkoste ihre Finger mit seinen Daumen. »Weißt du was? Wenn wir jedes Wochenende eins ausprobieren, kann es darüber Herbst werden.«

Sechs

Das römische Mosaik befand sich in einem nicht allzu großen gläsernen Gebäude im Kurpark von Bad Vilbel. Wenn man es lange genug durch die Scheiben betrachtete, konnte man völlig vergessen, dass es umbaut war. In kaum sichtbaren Wellen waberte das Wasser in dem niedrigen Becken über das Bildnis aus Tausenden von Steinchen und erweckte es zum Leben. Es zeigte den Meeresgott Oceanus, wie Henni den Infotafeln entnahm, nachdem sie in das kleine Museum eingetreten war. Schlangen wuchsen aus seinem göttlichen Kopf, und vermutlich schaute er deshalb so böse drein. Wie zum Trost umschwirrten ihn geflügelte Knaben. Sie ritten auf Delphinen und stellten den Liebesgott Eros gleich mehrfach dar.

»Ich höre das Ächzen der Leute, die mit Hanteln turnen, sie stoßen kurze Pfiffe aus und keuchen angestrengt«, las ein Mann, der die Infotafeln ebenfalls studierte, halblaut vor. Er wandte sich Henni zu und fuhr beeindruckt fort: »So was schreibt der Dichter Seneca im 1. Jahrhundert nach Christus über die römischen Thermen! Ist das nicht irre? Das ginge doch glatt als Facebook-Post zu einem Vilbeler Fitnessstudio durch.«

Henni hatte dem Besucher bislang keine Beachtung geschenkt. Als sie ihn genauer ansah, erkannte sie den Mann, der unter dem Ginkgobaum geweint hatte. Er trug saubere Jeans und ein frisch gebügeltes Hemd. Das Haar fiel ihm auch nicht länger ins Gesicht, er hatte es mit Gel und Seitenscheitel zu einer modischen Frisur gestylt, was alles in allem einen ganz anderen Typ aus ihm machte.

»Ach, Sie sind das.« Henni nahm sich einen Moment, um ihre Überraschung zu verarbeiten. »Wie geht es Ihrer Kleinen?«

»Danke, dass Sie nachfragen. Es geht ihr gut. Der Schreck war wohl schlimmer als der Unfall selbst.« Er nickte wie zur Bestätigung und ergänzte: »Schön, dass Sie hier sind.«

Was sollte das nun bitte heißen? Henni rettete sich mit Small

Talk über ihre Irritation hinweg. »Der Boden, auf dem wir hier stehen, hat mal zum Römischen Reich gehört.«

Er sah sie aufmerksam an. »Stimmt. Wenn wir die Zeit weit genug zurückdrehen könnten, wären wir Bürger Roms.«

»Oder germanische Sklaven.«

Er lachte. »Das Mosaik hat man am Südbahnhof gefunden. Es gehörte vermutlich zur Therme eines römischen Gutshofs und war ziemlich zerstört. Dies hier ist eine Replik.«

»Ich weiß.« So weit hatte Henni die Texte an der Wand schon gelesen.

»Jetzt müssen wir uns nur noch ein Theaterstück dazu ausdenken. Römer im Bade. Politik bei Kaltbad, Laubad, Warmbad?«

»Wir?« Henni sog verdutzt die Luft ein. »Sie sind demnach …«

»Leo Urban. Wir beide sind hier miteinander verabredet. Unser Regisseur möchte, dass ich Ihnen die Gegend zeige.«

»Oh ja, danke. Ich bin gespannt.«

Wie dumm von ihr! Sie hatte den Bühnenarbeiter vor dem Eingang erwartet und nicht damit gerechnet, dass auch er schon ins Museum hineingegangen war.

Durch die Scheiben hindurch betrachtete sie den Spielplatz vor dem Museum, der eine kleine römische Welt darstellte. Neben einem prachtvollen Limes-Wachtturm stand ein großer Streitwagen aus Holz, auf dem begeisterte Kinder herumturnten. Und im nahen Sandkasten buddelten Väter und Mütter mit ihrem Nachwuchs so eifrig um die Wette, als hofften sie, auf römische Artefakte zu stoßen.

»Wie toll ist das denn? Der Spielplatz ist doch bestimmt etwas für Ihre Tochter?«

Leo Urban lächelte höflich. »Ja, den kennt meine Fee schon.«

Mehr schien er, warum auch immer, von seiner Tochter nicht erzählen zu wollen. Henni beließ es dabei.

»Man könnte sich bei den römischen Sagen bedienen«, überlegte sie. »Vielweiberei und Eifersucht. Die Götter der Römer hatten sehr menschliche Züge.«

»Ja, sicher. Und falls das Mosaik Sie nicht ausreichend inspiriert, fahren wir einfach zum Römerkastell Saalburg«, bot er an.

Sie nickte, wenngleich die Idee sie nicht wirklich begeisterte. Insgeheim trauerte sie noch immer der Stella nach. Wie gern hätte sie mit Ansgar an der Idee ihres Stummfilmtheaters weitergearbeitet! Sie warf dem Meeresgott in seinem Wasserbecken einen hilflosen Blick zu. Dann fiel ihr etwas ein.

»Apropos fahren. Haben Sie vielleicht Zugriff auf einen Lastwagen? So als Bühnenarbeiter?«

Er fuhr sich verlegen durch die Haare und verstrubbelte sie dabei ein wenig. »Zugriff ist zu viel gesagt. Aber natürlich haben wir einen Lastwagen, um schwere Bühnenteile zu transportieren. Was wollen Sie denn bewegen?«

»Umzugskartons.«

»Nun, da müsste ich mich mit den Kollegen absprechen und vielleicht auch noch jemanden zum Tragen mitnehmen. Wann soll denn das sein?«

»Demnächst?«

»Ich kann ja mal fragen.«

»Das wäre wirklich nett«, meinte Henni dankbar.

Leo Urban betrachtete sein Spiegelbild in einer der Vitrinen und brachte mit einer beiläufigen Handbewegung seine Frisur in Ordnung, ehe er sich wieder Henni zuwandte. »Brauchen Sie noch weitere Infos zu dem Mosaik? Soll ich Ihnen zeigen, wo es gefunden wurde?«

»Zeigen Sie mir lieber eine schattige Parkbank«, sagte Henni. »Dieser Sommer ist einfach zu warm, ich bin jetzt schon erschöpft, und mir ist eher nach Hinsetzen und Nachdenken als nach anstrengenden Wanderungen und Exkursionen.«

Über sein Gesicht huschte ein Lächeln. »Da weiß ich was! Kommen Sie mit.«

Er führte sie zu einem modernen Brückenbauwerk, das sich ein paar Steinwürfe vom römischen Mosaik entfernt über die Nidda schwang. Es war gleichzeitig Gebäude und Fußgängerüberweg.

»Das Florenz der Wetterau«, sagte er so ernst, dass Henni den Witz nicht gleich als solchen erkannte. Dann erinnerte sie sich an eine Touristenwerbung für die Stadt in der Toskana, auf der die Brücke Ponte Vecchio zu sehen war. Sie wirkte auf dem Foto wie eine Straße, weil es auf der Brücke zu beiden Seiten Läden gab.

»Unsere Brücke ist so breit, dass eine ganze Bibliothek Platz darauf hat«, ergänzte Leo Urban stolz. »Und im Erdgeschoss ist auch noch ein Café!«

Henni betrachtete die Müßiggänger, die vor dem Café in der Sonne saßen und sich mit Süßem und Herzhaftem verwöhnten. Ob sie wohl Zeit genug hatten, hier ebenfalls einzukehren?

»Und was ist das hier vorn?«

Vor der Brücke und den Stufen, die zum Fluss hinunterführten, stand ein offener weißer Wagen aus Metall. Mit seinen zwei Rädern und seinen beiden Handgriffen erinnerte er Henni an einen mobilen Marktstand. Im Wagen befanden sich ein Tisch und zwei Stühle aus dem gleichen Material. Eine schlanke Frau im langen Kleid legte Bücher auf der Tischplatte ab, Techniker schafften Lautsprecher herbei.

»Die bereiten sicher eine Lesung vor«, mutmaßte Leo Urban. »Hier ist eigentlich immer was los.«

Die Frau wandte sich zu ihnen um und zeigte ein strahlendes Lächeln. »Dies ist ein Kunstwerk, eine Installation«, erklärte sie. »Sie heißt ›Ort der Gedanken‹.«

Henni gefiel das. Sie stellte sich vor, dass die Gedanken der Menschen sich hier wie leise wispernde Geister versammelten. Womöglich flogen einige ja des Nachts aus den Romanen der nahen Bibliothek und umkreisten gemeinsam mit den Fledermäusen den weißen Wagen. Wenn sie nur Ohren hätte, die all diese Gedanken hören könnten.

»Wie schön«, sagte sie. »Und die Lesungen kosten Eintritt?«

»Aber nein. Hier draußen ist alles kostenlos.«

»Das ist echt großzügig«, lobte Henni. Seit sie so arg knapp bei Kasse gewesen war, fand sie alles gut, was es umsonst gab. »Dann wünsche ich Ihnen nachher viel Spaß bei der Veranstaltung.«

Die Frau bedankte sich mit einem Nicken, Leo Urban zog Henni weiter, und sie überquerten die Brücke mit ihren Cafégästen. Aus den Augenwinkeln begutachtete Henni die Kuchen auf ihren Tellern, und manch einem hätte sie seinen Leckerbissen gern weggemopst. Auf der anderen Seite der Nidda ging es ein Stück am Fluss entlang. Schließlich bog ihr Fremdenführer in eine Gasse ein und klopfte an ein grünes Tor.

»Hallo, jemand zu Hause?«

Es rumpelte hinter dem Tor, und eine kleine Frau reckte nicht nur ihr freundliches Gesicht empor, sondern auch einen Handbesen und ein Kehrblech. Wie es aussah, war sie dabei, ihren Hof zu reinigen.

»Ach, ihr seid es. Kommt ruhig rein. Wollt ihr was trinken?«

Im hessischen Plural konnte man Menschen duzen, mit denen man ansonsten achtungsvoll per Sie war. Auswärtige kamen da oft durcheinander, Henni amüsierte es hingegen.

»Kannst du mir sagen, wo wir hier sind?«, fragte sie Leo Urban, die lockere Ansprache der Wirtin noch im Ohr. Und er nahm das saloppe Angebot zum Du an, ohne zu zögern.

»Du bist hier in der Straußwirtschaft Hasengasse«, sagte er. »Hier wird Apfelwein gekeltert und getrunken, seit die Wirtsleute denken können.«

»Ach, dann wird dies der Recherchеteil zur regionalen Gemütlichkeit?«

»So kann man es sehen. Du musst unbedingt den Apfelsecco probieren. Der ist hier besonders gut.«

»Wollt ihr auch was essen?«, rief ihnen die Wirtin zu. Sie hatte ihren Handfeger zur Seite gelegt und stellte bereits Gläser auf den offenen Tresen vor der Küche.

»Was hast du denn da?«, wollte Leo wissen.

»Nur ein bisschen Brot vom Hof. Aber ich kann euch dick Butter draufmachen.«

»Geht klar.«

Wenig später saß Henni mit Leo unter der großen Rosskastanie, die den Hof beschattete, nippte an einem Apfelsecco und biss herzhaft in ein Körnerbrot. Die Füße weit von sich gestreckt, schwiegen sie gemeinsam vor sich hin, und Henni konnte sich kaum erinnern, sich bei einem Menschen, der einfach nichts sagte, jemals derart wohlgefühlt zu haben.

»Ich habe keine Ahnung, was ich mir da einfallen lassen soll«, bekannte sie irgendwann. »Ein Stück über die Region, über ihre Menschen und deren Brauchtum …«

»Wir könnten morgen mal die Keltenwelt besichtigen«, schlug Leo vor. »Die Kelten waren interessante Leute. Sie haben die Schädel ihrer Feinde als Tischdekoration benutzt, um ihre Gäste zu beeindrucken, Mistelkronen gebastelt und sogar Apfelwein gekeltert.«

»Wie du das erzählst, klingt es ziemlich despektierlich«, beschwerte sich Henni.

»So meine ich es aber nicht. Der Glauberg ist ein ganz besonderer Ort und nur gut vierzig Autominuten von hier entfernt. Ich wohne dort gleich um die Ecke und habe noch miterlebt, wie das Museum entstand.«

»Ach, du bist gar nicht von hier?«

»Doch, schon. Ich bin hier geboren und aufgewachsen. Aber als wir unsere Tochter bekamen, sind wir weiter raus aufs Land gezogen. Wir wollten es idyllisch haben, mit eigenem Häuschen und einem Garten für das Kind. Hier in der Stadt kann man die Immobilienpreise ja kaum noch bezahlen. Da muss man schon vor langer Zeit gekauft oder besser noch geerbt haben.«

»Für kleine Kinder ist es sicher toll auf dem Land«, meinte Henni versöhnlich.

Leo sagte nichts weiter dazu, und sie spürte wieder, dass er über dieses Thema nicht gern sprach.

»Wenn die Kinder größer werden, finden sie es in der Stadt interessanter«, nahm er ihren Gedanken schließlich doch noch auf.

»Dann fährst du also jeden Tag von Glauburg aus hierher zur Arbeit? Und nach der Vorstellung wieder zurück?«

»Aber nein. Wir schleppen oft schon in aller Frühe die erste Kulisse auf die Bühne. Da ist es angenehm, einen Schlafplatz in der Nähe zu haben. Die Stadt stellt uns Festspielleuten deshalb kleine Wohneinheiten zur Verfügung. Ich selbst schlafe aber meist in meinem Bus.«

»Aha.« Henni hob neckend eine Braue. »Ist bestimmt romantisch.«

»Wenn man es drauf anlegt.«

»Na schön, morgen kann ich allerdings nicht mit zur Keltenwelt. Da ist die Ama von der Agatha.«

»Von der Mausefalle? Dann gern übermorgen.«

Henni nickte nur. Ihre Gedanken kreisten wieder um die interessanten Orte der Region. Irgendeine Location musste sie finden, die für ein Stück taugte und Ansgar gefiel. Zu gern wollte sie ihn mit ihren Einfällen beeindrucken und ihm eine unentbehrliche Assistentin sein.

Sie stand auf und lief zum Tresen, um von dem kleinen Vorschuss, den das Festspielbüro ihr bewilligt hatte, die Zeche zu zahlen.

»Geht aufs Haus«, wehrte die Wirtin ab. »Den Leo kenn ich schon so lange, der hat bei mir so manchen Schoppen frei.«

Henni bedankte sich und schlenderte zu ihrem Platz unter der Rosskastanie zurück. Leo bemerkte sie nicht, weil er ihr den Rücken zuwandte, und sie stellte erstaunt fest, dass er leise ein Lied sang.

»Sonnenschein und Apfelwein, und dann mit dir alleine sein …« Als er ihrer gewahr wurde, verstummte er sofort. »Sind die Comedian Harmonists«, entschuldigte er sich verlegen. »Die hatten wir letzte Saison.«

Sieben

»Die Uhr«, sagte Ansgar tonlos. »Die Uhr auf dem Kaminsims fehlt.«

Henni, die neben ihm in der ersten Zuschauerreihe saß, blickte auf das Bühnenbild, und tatsächlich, das Kaminsims war leer. Sie notierte die Requisite rasch auf ihrem Zettel. Vor Anspannung wagte sie kaum, etwas zu sagen. Noch nie hatte sie Theater so aufregend gefunden.

In London wurde die Mausefalle seit über siebzig Jahren fast ohne Unterbrechung gespielt, das hatte sie im Internet recherchiert. Und die Uhr auf dem Kaminsims durfte nie fehlen. Das ganze Stück war einfach Kult. Dem Publikum hatte man bei den ersten Vorstellungen das Versprechen abgenommen, die Auflösung niemandem zu verraten, und angeblich hatten sich selbst die Zeitungsreporter daran gehalten. Schließlich war die Mausefalle ein Whodunnit, also ein Krimi zum Miträtseln, und wenn man die Lösung schon kannte, entfiel der halbe Spaß.

In dem Stück eröffnet ein junges Paar eine Pension, sechs Gäste checken ein. Ganz in der Nähe ist ein Mord geschehen, und wie bei Agatha Christie üblich, werden alle Personen unentrinnbar auf engstem Raum eingeschlossen und müssen herausfinden, wer unter ihnen der Mörder ist. Die beiden Schauspielerinnen, die Ansgar so unverhohlen umschwärmten, spielten die Pensionsbesitzerin und eine Besucherin. Henni verschlang die zwei Schönen mit ihren Augen. Sie fragte sich gerade, wie die beiden sich diese ellenlangen Dialoge merken konnten, als Ansgar neben ihr loswetterte: »Sie hat ihr Kleid nicht an! Wo zum Henker ist ihr Kleid?«

Henni brauchte einen Moment, um zu begreifen, was er meinte. Aber es stimmte, die Pensionsbesitzerin stand in Jeans und Pulli auf der Bühne.

»Das geht ja nun gar nicht«, meinte Ansgar gequält. »Henni, kannst du mal nach dem Kleid schauen?«

Henni war schon aufgesprungen. So rasch sie konnte, bahnte sie sich ihren Weg von der Tribüne aus der Burg hinaus und über die Burgbrücke bis in die alte Scheune, wo die Kostüme und die Requisiten untergebracht waren.

Treppe rauf, Kopf einziehen, die nächste Treppe hoch. Vor einem kleinen Fenster stand ein Tisch, auf dem eine Nähmaschine thronte. Eine blasse junge Frau saß daran und versuchte, Garn einzufädeln. Ihre Brille war ihr bis auf die Nasenspitze gerutscht. Sonnenstrahlen drangen durch das Fenster und warfen helle Lichtinseln auf ihr langes rotes Haar. Als Henni hereinstürmte, strich sie es in einer abwartenden Haltung aus dem Gesicht.

»Was gibt es?«

»Die Giselle hat kein Kleid an«, brachte Henni atemlos hervor. »Ich soll es holen.«

Die junge Näherin schob ihre Brille höher. »Ach, die Gisela. Das sieht ihr ähnlich. Hat wahrscheinlich verschlafen, dass heute die Ama ist.«

»Nicht die Gisela, die Giselle«, korrigierte Henni.

»Nö. Die Giselle heißt Gisela. Wir sind beide aus Mainz, und ich kenne sie noch aus meiner Schulzeit. Giselle ist ihr Künstlername. Und ihre Freundin, die Annegret, die nennt sich Aimée, seit die beiden sich diesen Sommer gefunden haben. Festspielkinder eben.«

Henni hätte zu gern gewusst, was Festspielkinder waren, aber sie wagte nicht, danach zu fragen. Erklärungen brauchten Zeit, und die Zeit lief ihr gerade davon.

»Das Kleid, das Kleid!«, rief sie bittend.

Die Rothaarige wies mit der Hand in den Raum. Dicht an dicht drängten sich hier Kleiderständer voller Mäntel, Hosen, Röcke und Blusen. In bunten Reihen standen Handtaschen, Koffer, Stiefel und High Heels darunter. Henni stemmte in einer Geste des Erstaunens die Hände in die Hüften und atmete tief durch. Die Boutique im Flughafen, in der sie so gern gearbeitet hatte, war ein armseliger kleiner Kleiderschuppen gegen diesen Fundus.

Die junge Näherin hatte sich von ihrem Stuhl erhoben, nun rückte sie einen der fahrbaren Kleiderständer näher.

»Alles, was zu einer Rolle gehört, stellen wir fein säuberlich zusammen. Bitte schön, hier sind die Kostüme für die Mausefalle.«

Henni starrte auf den fast leeren Kleiderständer. Kein Wunder, die Kostüme wurden ja gerade auf der Bühne getragen. Aber da hing noch das Kostüm für Gisela-Giselle. Ein hübsches langes Kleid mit Spitzeneinsatz und dazu passendem Schal.

Henni riss es an sich. Dann fiel ihr die Kaminuhr ein. »Ich brauche noch die Uhr.«

»Die Uhr?« Die Rothaarige schien nicht so recht zu verstehen, was Henni meinte. »Ist gleich Mittag«, sagte sie. »Allzu lange dürft ihr nicht mehr proben, das Bühnenbild für die Kindervorführung muss pünktlich aufgebaut werden.«

»Schon klar. Ich meinte die Kaminuhr.«

»Ach, die!« Ihre Gesprächspartnerin wies auf eine kompakte Uhr, die in der Nähe der Treppe stand.

»Die sieht aber schwer aus«, seufzte Henni.

»Ist sie auch.«

»Gut, dann lasse ich sie hier.«

So rasch sie konnte, eilte Henni in die Burg zurück. Giselle ließ sich hinter der Kulisse willig von ihr beim Umziehen helfen. Fast hatte Henni den Eindruck, sie sei für ihre Hilfe dankbar. So nah, wie sie ihr nun kam, konnte sie auch sehen, dass ihr Muttermal alles andere als aufgeklebt war. Es war hundert Prozent Natur.

Ansgar schaute genervt auf seine Armbanduhr, als Giselle wieder auf der Bühne stand und Henni neben ihm auf den Stuhl fiel. Endlich ging es weiter. Es fehlte noch so dies und das, eine Brille, ein Schal. Henni notierte alles gewissenhaft.

Dann war die Probe vorbei, und Gisela-Giselle saß am Rand der Bühne und vergrub ihr Gesicht in den Händen. Ihre Schultern bebten leicht, und Henni fragte sich, ob sie weinte.

Ansgar ging sofort auf Giselle zu, als er sie so dasitzen sah. »Gräm dich nicht«, meinte er und strich ihr tröstend über den Rücken. »So schlimm war es nun auch wieder nicht.«

Giselle sah ihn leidend an. »Oh doch, so was ist mir noch nie passiert. Die Ama verpennen! Das kann ich mir gar nicht verzeihen.«

Er wiegte lächelnd den Kopf. »Hast du dich denn nicht gewundert, dass alle anderen Kostüme trugen?«

»Doch, schon, aber da fing die Probe bereits an.«

»Na gut. Es ist geschehen, und wir schauen nach vorn.« Ansgars Hand fuhr liebkosend über Giselles Kopf.

Henni stand nur ein paar Schritte entfernt und beobachtete die Szene mit Verdruss. Nicht nur dass Giselle die Ama verbockt hatte, jetzt holte sie sich bei Ansgar auch noch einen Sack Streicheleinheiten dafür ab. Und er spendete ihr Lob und Liebe für ihr Versagen, während sie selbst sich die Füße für seine Locations abgelaufen hatte und leer ausging. Sie musste an sich halten, um ihre Verärgerung nicht zu äußern.

Das Ensemble zerstreute sich, und Henni fing Ansgar ab. In ihrer Not fiel sie gleich mit der Tür ins Haus.

»Wir sollten unsere Stella nicht ganz vergessen. Was meinst du?«

Er sah sie so lieb an wie zuvor die Giselle, und Hennis Ärger verwandelte sich sogleich in ein warmes Gefühl in ihrem Inneren. »Eines Tages werden wir sie bestimmt aufführen. Aber sei so nett und such uns erst einmal ein schönes regionales Thema für die nächste Saison aus. Wie war es gestern? Bist du auf eine gute Idee gekommen?«

Henni dachte an ihre Schweigestunde mit Leo unter der Rosskastanie, an den Geschmack von frischem Körnerbrot und Apfelsecco.

»Etwas mit einer Apfelweinwirtin?«, schlug sie vor.

Ansgars Blick verdunkelte sich. »Das nennst du regional? Weißt du, wo überall Apfelwein gekeltert und getrunken wird?« Die Antwort gab er sich gleich selbst: »Überall, wo Äpfel wachsen.«

»Da gibt es aber feine Unterschiede«, wandte Henni ein. Zumindest hatte Niko das immer behauptet, und sie gab großzügig etwas von dem Wissen preis, das ihr Ex so gern mit ihr geteilt hatte. »Die Herstellungsmethoden sind nicht immer gleich und die Bezeichnungen schon gar nicht. In Österreich sagt man Most dazu, in Frankreich Cidre, in England Cider.«

Ansgar stöhnte leise auf. »Schon, aber das Prinzip ist immer dasselbe. Äpfel statt Trauben.«

Giselle schien etwas vergessen zu haben. Sie kam noch einmal in den Burghof und sah sich suchend um. Schließlich kletterte sie auf die Bühne und verschwand kurz hinter den Kulissen. Mit ihrem Textbuch kehrte sie zurück und hielt erneut auf den Ausgang zu.

»Gute Nacht, ihr beiden!« Lächelnd schlenderte sie an ihnen vorbei, so nah, dass sie Ansgar fast streifte. Wollte sie etwa noch ein paar Streicheleinheiten von ihm einheimsen? Über Hennis Rücken glitt ein nervöses Kribbeln.

»Ja, ja«, nahm sie ihr Apfelweingespräch schlecht gelaunt wieder auf. »Und die Kelten hatten auch schon Apfelwein.«

»Genau!« Es war, als habe Ansgar auf dieses Stichwort gewartet. »Die Kelten! Ich sage Leo, dass er morgen mit dir zum Glauberg fahren soll. Vielleicht kann man ein Keltenstück aus der Taufe heben. Wenn das nicht in diese Gegend passt! Es soll ja sogar Einheimische geben, die Gene der Kelten in sich tragen.«

Henni sah Ansgar verblüfft an. Den Vorschlag, die Keltenwelt zu besichtigen, hatte Leo bereits gestern gemacht, und sie fand es amüsant, dass beiden das Gleiche einfiel.

»Von mir aus«, gab sie zögernd nach. »Fehle ich dir hier denn so gar nicht?«

Ansgar schüttelte den Kopf. »Gib mir einfach deine Notizen zur Ama, den Rest erledige ich. Das schaffe ich schon allein.«

***

»Er war halt im Stress«, meinte Alma tröstend, als Henni ihr die Probe haarklein schilderte und sich über Ansgars mangelnde Zuwendung beklagte. »Eine Schauspielerin ohne Kleid muss einen Regisseur doch aufregen! Willst du noch ein Glas Apfelwein vor dem Schlafengehen?«

»Nein danke, Tante Alma!« Henni hob abwehrend die Hände. Für heute hatte sie genug vom Stöffche; der Apfelweindisput mit Ansgar reichte ihr. »Immerhin hat mein Regisseur mir einen netten Bühnenarbeiter zur Seite gestellt, der mir die Gegend zeigen soll. Morgen fahre ich mit ihm zu den Kelten.«

Alma gab ein zufriedenes Brummen von sich. »Das freut mich für dich, mein Kind. Du wirst einen interessanten Tag haben.«

Auf ihrem Dachboden betrachtete Henni wenig später das leere Vogelnest. Obwohl die Grashalme langsam austrockneten, sah es immer noch schön aus, und sie hatte es bisher nicht übers Herz gebracht, es zu entsorgen. Ihre Gedanken gingen auf Wanderschaft. Wäre ihr aufregender erster Probentag einen kleinen Bericht in ihrem Blog wert? Bäuchlings legte sie sich auf ihre Matratze, den aufgeklappten Laptop vor sich. Doch je länger sie nachdachte, desto unsicherer wurde sie. Plötzlich kam es ihr zu intim vor, direkte Einblicke hinter den Vorhang zu geben. Theater arbeitete mit Illusionen, das begriff sie inzwischen, und je mehr man diese zerpflückte, desto weniger funktionierten sie.

Sie klickte ihren Blog an und fand einen neuen Kommentar. *Ein Tag mit dir ist einfach nur schön*, hatte Ritter Bechtram ihr geschrieben. Sie musste lächeln. Wie recht Alma doch gehabt hatte. Ansgar war tatsächlich nur angespannt gewesen. Er war ihr gar nicht böse, wie gut.

Erst als sie den Laptop zuklappen wollte, bemerkte sie, dass der Text schon gestern abgesetzt worden war. Wie komisch. Bezog Ansgars Kommentar sich womöglich auf ihren beschickerten Abend im Golfhotel? Gestern hatte sie ihn doch gar nicht gesehen.

Acht

Am nächsten Morgen wurde Henni durch heftiges Hupen geweckt. Noch im Schlafanzug, schaute sie durch ihre Dachluke und war überrascht, einen alten VW-Campingbus an der Straße stehen zu sehen. Er war leuchtend rot, hatte ein weißes Dach und silberne Radkappen. In Henni kam Urlaubsfeeling auf. Zu ihrem Erstaunen stieg Leo aus dem Wagen. Fröhlich winkte er ihr zu.

»He-ho, es geht zu den Kelten!«

»Moment«, rief Henni. »Einen Augenblick brauche ich noch.« Sie sprang rasch unter die Dusche, stieg in ihre Kleider, und mit noch nassen Haaren lief sie vor die Tür.

»Was für ein schickes Auto!«, schwärmte sie begeistert, als sie neben Leo auf der Straße stand.

Er nahm das Kompliment grinsend an. »Ja, mein T2 ist ein Erbstück von Vaddern. Einen Neuwagen konnte ich mir nicht leisten.«

»Aber hallo! Wer will schon einen Neuwagen, wenn man so einen tollen Oldtimer fahren kann? Ich finde, der Bulli passt prima zu dir.«

»Danke. Vor allem kann ich darin schlafen, wenn ich nach der Arbeit nicht mehr lange durch die Nacht fahren will. Ich stelle den Bus einfach irgendwo ins Feld, und am nächsten Morgen wecken mich Spatzen und Eichhörnchen.«

»Ja, das klingt praktisch.«

»Ist es auch. Und das Bett ist so schön breit und bequem.«

Henni sah ihn von der Seite an. Sie sagte nichts dazu, denn offenbar hatte er sich bei der Bemerkung nichts weiter gedacht.

»Na, dann wollen wir mal«, meinte er beschwingt.

Rasch kamen sie aus dem Dorf hinaus, und bald führten Landstraßen sie an Wiesen und Äckern entlang. Der Bullimotor brummte gemütlich vor sich hin, und Henni lehnte sich entspannt im Beifahrersitz zurück. Sie liebte weite Ebenen und mochte es, wenn nichts ihren Blick aufhielt.

»Was denkst du, ob diese Äcker schon von den Kelten bewirtschaftet wurden?«, fragte sie Leo.

»Bis ins frühe Mittelalter hinein dürfte hier überall Wald gestanden haben«, meinte er. »Die Menschen bauten ihre Siedlungen auf Lichtungen. Sie hielten ihre Schweine im Wald und fütterten sie mit Eicheln und Bucheckern.«

Sie kurbelte ihr Seitenfernster herunter, streckte eine Hand weit heraus und genoss es, als der Fahrtwind in ihren T-Shirt-Ärmel fuhr und ihre Haare zerzauste. Es ging durch ein paar Dörfer und Städtchen, dann über Serpentinen einen Berg hinauf, und völlig unerwartet erhob sich vor ihnen ein futuristisches Gebäude, rostbraun, lang gestreckt und ganz flach.

»Das Museum«, sagte Leo.

Henni gefiel es. Obwohl es recht groß war, fügte es sich gut in die Landschaft ein. Im Parterre gab es ein Restaurant, auf der Terrasse davor saß man überdacht und konnte auf die keltische Grabanlage sehen.

Sie schlenderten durch die Ausstellungsräume und betrachteten Schmuck, Geschirr und Waffen aus vergangenen Zeiten. Die Speere und Lanzen waren eher unspektakulär und interessierten Henni weniger, aber der Schmuck faszinierte sie sofort. Es gab Spangen, um Kleidungsstücke zusammenzuhalten, jede Menge Ohr-, Arm- und Fingerringe aus diversen Materialien und einen wunderschönen Halsreif mit dekorativen Anhängseln aus Gold. Fast überall waren geheimnisvolle Figuren eingearbeitet: Tiere, Menschen und Fabelwesen. Auf einer hohen, schlanken Schnabelkanne aus Bronze thronte eine Figur im Schneidersitz, umgeben von maskenhaften Köpfen mit Schnurrbart und Tierohren. Wie viel Phantasie hatten ihre Hersteller gehabt, und wie viel Kunstfertigkeit hatten sie besessen! Henni fragte sich, wem all diese Gegenstände einst gehört hatten. Was für Menschen hatten vor mehr als zweitausend Jahren hier oben am Glauberg gelebt? Auf den Infotafeln überflog sie verschiedene Texte.

An eine Anderswelt hatten die Kelten geglaubt. Wenn sie

starben, betraten sie ihrer Vorstellung nach ein anderes Universum, in dem sie so lebten und kämpften, wie sie es kannten. Der Glaube an dieses Jenseits hatte ihnen jegliche Angst vor dem Tod genommen, und die Römer führten ihre enorme Tapferkeit darauf zurück. Wobei niemand wusste, wie sehr die römischen Schriftsteller übertrieben haben mochten. Ein mächtiger Feind machte schließlich auch ihren Kampf zu etwas Besonderem. Berichte von den Kelten selbst waren dazu nicht überliefert, schließlich hatten sie keine eigene Schrift gekannt und alle wichtigen Ereignisse nur mündlich weitergegeben.

Die Statue des Fürsten vom Glauberg stand inmitten eines großen Raums. Scheinwerfer setzten sie ins rechte Licht und ließen ihren Sandstein warm leuchten. Henni betrachtete den steinernen Kelten mit einem Anflug von Ehrfurcht: seinen Panzer mit den Schulterklappen, seinen ovalen Schild und seine Blätterkrone, die bösartige Journalisten als Micky-Maus-Ohren bezeichnet hatten. Sie mochte seinen Blick und die Art, wie er seine schmale, filigrane Hand auf seine Brust legte. Wessen Abbild war er? Das eines religiösen Führers oder Druiden?

»Wollen wir dem Fürsten mal aufs Dach steigen?«, fragte Leo.

»Wie das denn?«

»Komm einfach mit.«

Über eine Treppe gelangten sie auf das Dach des Museums, und zu ihren Füßen breitete sich eine weite Landschaft aus. Felder, Wiesen, Äcker und Waldgebiete lagen unter einem graublauen Himmel voller Schäfchenwolken.

»Die Luft riecht hier so ganz anders als in der Stadt«, stellte Henni fest und atmete tief ein. »Frischer, mehr nach Wald und Kräutern.«

»Das denke ich auch jedes Mal«, sagte Leo.

»Und wie tief das Tal unter uns liegt. Wenn ich Flügel hätte, würde ich jetzt abheben.« Sie breitete die Arme aus und schloss die Augen.

»Wie in dem Film Titanic.« Er lachte heiser. Sie wusste, dass er dicht hinter ihr stand, aber er schien noch einen Schritt näher gekommen zu sein. »Warst du denn noch nie hier?«

Sie schüttelte stumm den Kopf.

»So weit weg von Frankfurt ist es doch nicht.«

»Ich weiß.« Die Arbeit in der Boutique, das Leben mit Niko, seine Ökoveranstaltungen, auf die sie ihn so oft begleitet hatte. Jeder Tag war im Nu vorbeigegangen.

»Jetzt schau dir mal diese Gören an!« Leo wies auf das Grabmal des Keltenfürsten, das wie ein grüner Hügel unter ihnen lag. Eine Schar Kinder kletterte darauf herum. Der Anzahl und dem Alter nach tippte Henni auf den Ausflug einer Grundschulklasse. Ihr Blick glitt über die beiden parallelen Gräben, die sich vom Tal her bis zum Hügel durch die Landschaft zogen und ihn umrundeten. Hohe Holzpfosten strebten ein paar Meter entfernt in den Himmel.

»Was bedeuten all diese Gräben und Pfosten?«, wollte sie wissen.

»Ach, die Pfosten haben vermutlich mal eine Tribüne für keltische Festlichkeiten getragen«, gab Leo zur Antwort. »Diese hier sind rekonstruiert. Und die Gräben? Was die bedeuten, weiß niemand. Vielleicht sollten sie die Anderswelt vom Hier und Jetzt trennen. Sie könnten Grenzen zwischen der Welt der Lebenden und der Welt der Toten darstellen.«

»Puh, das klingt ja geheimnisvoll. Und heute spielen Kinder zwischen diesen Welten und auf dem früheren Grab?«

»Es liegt ja niemand mehr drin«, meinte Leo fast tröstend.

Die Kinder zogen sich gegenseitig den Hügel hoch, warfen einander um und ließen sich lachend bis in die Gräben hinabkullern.

»Warst du mal mit deiner Tochter hier?«, wollte Henni wissen.

»Du hast keine Kinder, oder?«, fragte Leo fast gleichzeitig.

»Ja, sehr oft«, sagte er.

»Nein«, meinte sie. »Es hat nie gepasst.«

»Nie gepasst?«

Henni sah zu den lachenden Kindern hinunter. »Früher hab

ich immer gedacht: später. Und die letzten Jahre war ich mit jemandem zusammen, der keine Kinder wollte. Er fand, es sei eine Zumutung, sie in diese Welt zu setzen. Das Wort Kinder führte bei ihm stets zu einer langen Wörterkette: Überbevölkerung, Klimaerwärmung, Völkerwanderungen, Kriege.«

»Ach!« Leo winkte ab. »All so was haben wir uns gar nicht überlegt. Fee war einfach plötzlich unterwegs. Es passte leider nicht wirklich. Ich hatte mich gerade mit einer kleinen IT-Firma selbstständig gemacht und arbeitete rund um die Uhr. Hinzu kam, dass wir beim Hauskauf auf Spitz und Knopf kalkuliert hatten. Libby, meine Frau, studierte noch. Sie erwartete, dass ich ihr unter die Arme griff und nachts aufstand, wenn das Baby schrie. Wir waren beide überfordert und machten uns gegenseitig Vorwürfe. Meine Frau sprach kaum noch mit mir, und ich floh immer öfter in die Dorfkneipe. Irgendwann ist Libby dann mit der Kleinen nach Frankfurt gezogen und hat die Scheidung eingereicht. Sie schaffte es, das alleinige Sorgerecht zu bekommen. Der Familienrichter hat es wohl gut gemeint, so neben der Kapp, wie ich damals war.«

Henni fand, dass dies ein ungewöhnlich langer Redebeitrag für ihn war. Während er sprach, hatte er sie nicht angesehen, nun suchte er ihren Blick, als wollte er Absolution von ihr erhalten. Irgendein Zeichen, dass sie sein Verhalten verstand.

»Aber du hast doch sicherlich das Umgangsrecht? Du siehst deine Tochter doch und unternimmst was mit ihr?«, hakte sie nach.

»Schon, aber es ist bis heute schwierig mit meiner Ex. Als ich Fee neulich mit in der Burg hatte und sie von der Bühne gestürzt ist, ist Libby völlig ausgerastet. Seitdem lässt sie mich nicht mehr zu ihr.«

»Immer noch nicht? Das stelle ich mir sehr traurig vor. Kannst du dein Besuchsrecht nicht mit einem Anwalt durchsetzen?«

»Vermutlich schon. Aber ich habe keine Kraft für einen Rechtsstreit, und mir fehlt auch das Geld dazu. Außerdem will ich es lieber im Guten versuchen.«

»Das verstehe ich.«

Im Tal führte ein Schäfer seine Tiere über die Wiesen. Sein schwarzer Hund umrundete auf seine Zurufe hin die Herde und brachte mal dieses und mal jenes ausreißende Schaf zu den anderen zurück, indem er es gnadenlos zwickte. Eine Weile sahen sie dem Mann und seinem Hund schweigend zu, dann kehrten sie zum Parkplatz zurück.

Sie saßen schon im Bulli, als Henni noch einen Abschiedsblick aus dem Seitenfenster warf. »Und du wohnst ganz in der Nähe eines so geschichtsträchtigen Ortes«, erinnerte sie sich. »Wie beneidenswert.«

Er lachte leise. »Willst du mein Häuschen mal sehen?«

»Was denn, jetzt?«

»Ist bloß ein kleiner Schlenker.«

Ohne auf ihre Antwort zu warten, ließ er den Motor an.

***

Das Häuschen, in dem Leo lebte, war nur wenig größer als Tante Almas Bauernhäuschen und diesem gar nicht so unähnlich. Die Fachwerkbalken waren graublau gestrichen, das breite Holztor und die Fensterläden leuchteten karminrot. Rote Rosen kletterten an der Hauswand empor und blühten neben dem Eingang.

Mit einem leicht verlegenen Lächeln schloss er die Haustür auf. »Viel Zeit haben wir ja nicht. Aber schau dich ruhig kurz um.«

Drinnen war alles erschreckend ordentlich. Die Möbel waren ein Mix aus anscheinend Geerbtem und Ikea. Eine gläserne Schreibtischplatte thronte auf zwei Holzböcken, obenauf ein PC. Daneben stand ein gerahmtes Foto, auf dem ein Kind seinen Schatten mit weit ausgestreckten Armen auf eine Wiese fallen ließ. Man erkannte ganz deutlich das Gras und die vielen Wildblumen darin, von dem Kind aber war nur ein dunkler Umriss wie bei einem Scherenschnitt zu sehen. In einem Wasserglas stand eine Rose vor dem Bilderrahmen. Als Leo ihr Interesse an dem Foto bemerkte, reichte er es ihr, damit sie es besser betrachten konnte.

»Das ist Fee, meine Tochter.«

»Aha. Viel sieht man ja nicht von ihr«, meinte Henni.

Er lachte. »Da haben wir Kunst gemacht.«

Er servierte ihr einen Espresso im Garten, ein Feigenbaum überschattete den Sitzplatz. Die Wiese war ein Kunterbunt aus Löwenzahn, Klee und anderen Wildblumen. Henni war sich sicher, dass Fees Scherenschnittfoto hier entstanden war.

»Ich lasse stehen, was wachsen will«, meinte Leo, der ihren Blicken gefolgt war. »Tut den Insekten gut. Übrigens kann ich unseren geleasten Laster ausleihen. Wann willst du umziehen? Gleich morgen früh?«

Henni rührte Zucker in ihren Espresso. »Das wäre zu schön, nur hab ich noch gar nicht gepackt.«

»Dann helfe ich dir eben dabei. Oder wir verladen schon mal die größeren Teile.«

»Das ist echt nett von dir. Ich hoffe nur, ich bin morgen nicht zu müde. Heute Abend ist die erste Hauptprobe von der Agatha.«

Eine zweite Hauptprobe würde folgen, dann die Premiere. Danach war Ansgars Aufgabe erledigt, und er würde weiterziehen, um in einer anderen Stadt das nächste Stück zu inszenieren.

»Das ist gut«, sagte Leo in ihre Gedanken hinein. »Dann hole ich dich morgen früh ab.«

***

Nachdem Leo sie zu Hause abgesetzt hatte, beschloss Henni, eine ausgiebige Siesta zu halten. Die erste Hauptprobe wollte sie ausgeruht erleben. Jetzt schon war sie aufgeregt. Wem würde sie etwas aus dem Textbuch zuflüstern müssen? Was würde sie notieren müssen, weil eine Geste oder ein Gang über die Bühne noch nicht so richtig saß? Fehlen durfte diesmal jedenfalls nichts mehr, kein Kostüm und kein Requisit.

Noch in Kleidern, warf sie sich in ihrem Dachstübchen auf die Matratze und fiel sogleich in einen unruhigen Schlaf. Als sie aufwachte, schien die Welt um sie herum aus Watte zu sein, und sie brauchte einen Moment, um aus ihrem Traum zurückzufinden. Ansgar hatte neben ihr gelegen und sie im Arm gehalten, hatte ihr Haar gestreichelt und ihr ein Ginkgoblatt hineingesteckt.

Schade, sie hätte zu gern weitergeträumt, aber ein Lastwagen, der den Geräuschen nach mit ziemlichem Getöse vor ihrem Häuschen parkte, hatte sie aufgeweckt.

Unter der Dusche reckte sie das Gesicht minutenlang in den prasselnden Wasserstrahl und bekam sofort ein schlechtes Gewissen. Kein Wasser vergeuden, hatte Niko ihr stets eingebläut. Denk an deinen ökologischen Fußabdruck! Mürrisch drehte sie den Hahn zu. Sie hatte sich gerade ein Badetuch um den Körper geschlungen, als sie draußen einen dumpfen Aufschlag hörte. Eine Männerstimme brüllte laut: »Scheiße!«

Henni raffte das Badetuch fester um sich und öffnete das Fenster. Auf dem Bürgersteig krümmte sich ein Bauarbeiter vor Schmerz.

Mephisto!, durchfuhr es sie bei seinem Anblick. Er steckte in grün gescheckten Militärhosen, obenherum trug er nur ein Sixpack und ein Goldkettchen. Sein Haar war kurz und pechschwarz, zwei Wirbel standen links und rechts wie kleine Hörner aufrecht ab. Sein Profil war kantig, sein Blick grimmig.

»Was ist denn nur passiert?«, fragte sie erschrocken.

»Ich habe mir beim Abladen die Hand aufgerissen.« Er wies mit einem Nicken auf einen mit Holzbohlen beladenen Lastwagen, der an der Straße parkte. »Ich hatte meine Arbeitshandschuhe vergessen.«

Ja, und dein Hemd, lag Henni auf der Zunge.

Seine rechte Hand schien zu bluten, er hielt sie hoch und umfasste sie mit der linken. Einzelne Blutstropfen zierten bereits den Gehweg.

»Kommen Sie rein«, sagte Henni entschlossen. »Ich verbinde Ihnen rasch die Hand, und wir schauen, ob wir die Ambulanz rufen müssen.«

Mephisto nickte dankbar.

In einem alten Verbandskasten, den Alma im Häuschen gelassen hatte, fand sie ein paar Mullbinden. Für eine Erstversorgung musste das reichen. Sie wollte schon zur Tür eilen und dem Verletzten öffnen, da fiel ihr ein, dass sie nur ein Badetuch trug. Rasch schlüpfte sie in den bunt geblümten Morgenmantel, den ihre Boutiquenchefin ihr zum Abschied geschenkt hatte.

Mephisto nahm an ihrem wackeligen Tisch Platz, und Henni sah sich seine Wunde an. Sie war nicht sonderlich tief, aber wie es schien, war ein kleines Blutgefäß in Mitleidenschaft gezogen worden.

»Wie haben Sie das geschafft?«, rutschte es ihr heraus.

»Splitter«, meinte er lakonisch. »Rohe Holzbalken für die Verschalung einer Baugrube. Einer ist mir entglitten.«

»Das tut mir leid.« Henni überlegte kurz, wo es in der Straße eine Baugrube gab. Ein Aushub für eine Kanalreparatur oder Ähnliches war ihr nicht aufgefallen, aber das hatte nicht viel zu bedeuten. Die Dorfbewohner liebten es, in ihren oft großzügigen Gärten weitere Häuser zu bauen, und das erkannte man oft erst auf den zweiten Blick.

Sie zog seine Hand näher ans Fenster, um nachzusehen, ob noch ein Rest des Splitters in der Wunde steckte. Aber da war nichts, nur Blut.

»Damit gehen Sie am besten zum Arzt. Gleich hier im Dorf ist eine Gemeinschaftspraxis«, befand sie. »Ich mache Ihnen einen Druckverband, um die Blutung zu stoppen. Halten Sie mal mit fest.« Sie presste ein Rolle Verbandmull auf die Wunde und wickelte sie mit einer weiteren eng um seine Hand.

Draußen hupte jemand. Was war hier heute nur los?

Sie lief zum Fenster und beugte sich hinaus. Hinter dem Lastwagen mit den Holzbohlen parkte ein zitronengelber Sportwagen mit offenem Verdeck. Der Fahrer schob seine Sonnenbrille ins Haar und winkte euphorisch.

»Taxi, Taxi! Wie findest du meinen kleinen Flitzer, Henni? Ich will dich zur Hauptprobe abholen, mach schnell.«

Es war Ansgar! Sie winkte freudestrahlend zurück. Als

Henni ihren geblümten Morgenmantel jedoch am Ausschnitt enger zusammenraffte, verdüsterte sich seine Miene. Unglaube spiegelte sich in seinen Augen, und auf seiner Stirn erschien eine steile Zornesfalte. Warum nur wurde er plötzlich so böse? Was um Himmels willen gefiel ihm nicht?

Dann wusste sie es.

Hinter ihr war Mephisto ans Fenster getreten. Mit Sixpack und Goldkettchen. Draußen schlug Ansgar mit der flachen Hand auf das Lenkrad. Wortlos startete er den Motor, den Blick starr geradeaus gerichtet, und gab Gas.

»Was hat er denn?«, fragte Mephisto in Hennis Rücken. Sie konnte seinen Atem riechen. Er roch nach Pfefferminz, kein bisschen nach Schwefel.

Mist, Mist, Mist, fluchte sie innerlich. Um nicht laut zu schreien, steckte sie eine Faust in den Mund und biss hinein.

»Ach, Sie Armes!« Mephisto hatte rasch eins und eins zusammengezählt. Er trat einen Schritt zurück und sah sie mitfühlend an. »Ihr Schatz kommt schon darüber hinweg. Erklären Sie ihm einfach alles. Wenn er es nicht versteht, ist er es nicht wert.« Er strich mit seiner gesunden Hand über den weißen Verband, den sein Blut an einigen Stellen bereits zu durchdringen schien. »Und danke für alles. Ich gehe dann mal zum Onkel Doktor.«

Sekunden später schlug Hennis Haustür zu, und ihr Patient lief vor ihrem Häuschen den Bürgersteig in Richtung der Arztpraxis entlang.

»Toi, toi, toi«, rief sie ihm nach. »Hoffentlich muss nichts genäht werden.«

Er lachte und zwinkerte ihr im Weitergehen zu. »Hals- und Beinbruch, was Ihren Freund angeht!«

***

Als Henni in der Burg ankam, saß Ansgar schon auf der Tribüne. Sie setzte sich neben ihn, Textbuch und Notizblock im Schoß.

»Es ist nicht so, wie du denkst«, flüsterte sie. »Er hatte sich verletzt.«

»Ich bin auch verletzt.«

»Direkt vor meiner Haustür. Sein Blut ist auf den Gehweg getropft.«

»Und mir blutet das Herz.«

Henni rang nach Atem. Warum sagte er ihr das hier, mitten im Burgtheater? Sie hätte ihn am liebsten an sich gezogen und mit Küssen bedeckt. Aber vor den Augen des gesamten Ensembles?

»Ich habe ihn zum Arzt geschickt«, legte sie nach. »Wegen seiner aufgeschnittenen Hand.«

»Und sein Hemd habt ihr zuvor gemeinsam zerschnitten«, entgegnete Ansgar grimmig. »In lauter kleine Stofffetzen, oder?«

Henni beugte sich über ihren Notizblock.

Nun sei nicht so. Ich mag doch nur dich!, schrieb sie in Großbuchstaben auf die erste Seite und reichte ihm den Block.

Da sie ansonsten nur Anmerkungen zum Theaterstück aufschrieb, griff er gierig danach. Was Hennis Zeitgefühl anging, las er die beiden kurzen Sätze zweimal, dreimal, ein Dutzend Mal. Dann gab er ihr den Notizblock zurück. Sein Blick war weicher geworden. Sie schluckte, fasste Hoffnung. Dachte an den Kuss, den er von seinen Lippen gepflückt und auf ihre Stirn gedrückt hatte. An den Heimweg mit ihm nach ihrem Essen im Golfhotel und wie behütet sie sich dabei in seinem Arm gefühlt hatte. Auf ihrer Matratze auf dem Dachboden hatte sie noch lange aufgelöst wach gelegen.

»Du hast eine wunderbare Spritztour verpasst«, flüsterte Ansgar ihr zu. »Mit offenem Verdeck!«

Und dann wandten sich beide der Bühne zu.

Während der Hauptprobe schien Ansgar wieder in einer anderen Welt zu sein. Jede Schauspielerin und jeden einzelnen Schauspieler nahm er ins Visier, die Handlung des Stücks saugte er gleichsam auf. Henni hätte schwören mögen, dass er den kompletten Text inzwischen so gut auswendig aufsagen konnte wie das Ensemble.

Die Mausefalle spielte im tiefen Winter, und die Protagonisten waren vom Schnee eingeschlossen. Daher hatte Ansgar übergroße Fotos von Winterlandschaften auf der Bühne aufbauen lassen.

»In lauer Sommernacht auf der Tribüne sitzen und sich ein Stück ansehen, das mitten im Winter spielt? Das geht aber gar nicht«, hatte Henni gemeutert.

Ansgar hatte sie daran erinnert, dass das Stück in London täglich aufgeführt wurde, egal bei welchen Temperaturen. Und die Handlung spielte immer im Schnee.

»Das ist etwas anderes«, hatte Henni entgegnet. »Die Londoner Aufführung ist so etwas wie eine Kunstform. Hier bei uns wollen die Leute einen schönen Abend erleben. Und da willst du ihnen virtuell Schnee in ihr Weinglas rieseln lassen?«

Ansgar hatte nur den Kopf geschüttelt. »Dieser Sommer ist so heiß, da tut selbst ein Gedanke an Schnee gut.«

Alles in allem lief die erste Hauptprobe problemlos ab. Giselle hatte ihr schönes langes Kleid an, die Kaminuhr stand auch an ihrem Platz. Henni hatte das Textbuch auf ihren Knien liegen und las jede Zeile mit. Nur einmal musste sie Aimée ein Stichwort zuflüstern, weil sie einen kleinen Hänger hatte.

Nach der Probe ging Ansgar auf die Bühne und bedankte sich bei der Truppe. Er küsste Aimée die Hand und ließ zu, dass sie sich mit tausend Wangenküsschen revanchierte. Giselle fiel ihm um den Hals. Sie presste ihn an sich und schien ihn nicht mehr loslassen zu wollen.

»Du magst mich wohl gar nicht mehr«, schmollte Henni, als er endlich zu ihr kam.

»Doch, doch.« Der kleine Nasenstüber, den er ihr verpasste, war ausgesprochen zärtlich. »Sei mir wieder gut, ja? Ich glaube dir inzwischen, dass dein muskelbepackter Besuch verarztet werden musste.«

»Da bin ich aber froh.«

»Ich war nur sehr erstaunt über die Art, wie ihr beide euch aus dem Fenster gelehnt habt. Soweit ich sehen konnte, hattest du kaum etwas an.«

»Minuten zuvor hatte ich noch viel weniger an.«

»Genau das war meine Befürchtung.«

»Und was ist mit dir? Du hast nur noch Augen für Giselle und Aimée.«

»Aber Schneewittchen, das ist meine Aufgabe. Ich muss mir doch ansehen, was sie so spielen. Schließlich bin ich ihr Regisseur. Wie war's heute mit Leo Urban? Hat er dir den Glauberg gezeigt?«

»Ja, ja.« Und nicht nur den, dachte Henni patzig. Auch sein niedliches kleines Häuschen.

»Und? Bist du auf gute Ideen gekommen?«, fragte Ansgar weiter.

»Ich weiß nicht recht«, gestand Henni. »Die Römer, die Kelten, das ist alles so lange her. Ich würde viel lieber an der Stella weiterarbeiten.«

»Aber die Stella ist doch auch schon zweieinhalb Jahrhunderte alt«, meinte Ansgar mit einem Lachen.

»Ja, ich weiß, aber da ist noch etwas anderes.«

»Was denn?«

»Ich habe solche Angst, dass ich es dir nicht recht machen kann«, klagte Henni.

»Du willst es mir recht machen, Schneewittchen? Du selbst bist mir recht«, sagte er ernst. »Und zwar rundum.«

»Beweis mir das.«

Er seufzte. Dann zog er sie an sich und küsste sie vor den Augen des ganzen Ensembles.

»Später mehr«, meinte er, nachdem er sie losgelassen hatte. Er hob ihr Kinn ein wenig an und sah ihr in die Augen. »Und Kopf hoch. Du bist mir enorm wichtig, vergiss das nie.«

»Und was ist mit Giselle?«, fragte sie noch einmal. »So wie sie eben an dir hing?« Na prima, nun hatte sie den romantischen Moment zerstört.

Er beugte sich zu ihr herab, und als gebe er ein gut gehütetes Geheimnis preis, flüsterte er ihr ins Ohr: »Die Giselle sucht nur meine Aufmerksamkeit als Regisseur. Seit Beginn der Saison ist sie mit der Aimée zusammen. Die beiden sind dieses Jahr unsere Festspielkinder.«

»Ja aber … Wieso nennst du sie so?«

Er führte sie ein Stück von den anderen weg, blickte in den dunkler werdenden Abendhimmel, und als stünde der Text dort in Sternenschrift, begann er zu zitieren: »Es waren zwei Königskinder, die hatten einander so lieb. Sie konnten zusammen nicht kommen, das Wasser war viel zu tief.«

Henni stockte der Atem. Warum fühlte es sich bloß so an, als spräche er von ihnen?

»Bei den Festspielen verlieben sich oft zwei Menschen ineinander, zwischen denen ein unüberwindbares Hindernis steht«, sagte Ansgar. »Das sind dann unsere Festspielkinder.«

»Und wenn die Festspielzeit vorbei ist?«

»Dann trennen sich ihre Wege wieder. Das Festspiel ist ihre Auszeit für die Liebe.«

Angst stieg in Henni auf, und eine diffuse Traurigkeit legte sich darüber. Sie zwinkerte die Tränen fort, die Ansgars Gesicht verschwimmen ließen.

»Nun weine nicht«, meinte er sanft. »Unser Festspiel ist doch noch nicht vorbei.«

Dann folgte ein zweiter, langer Kuss. Und diesmal gab es keinen einzigen Zuschauer.

Neun

Leo war auf dem Weg nach Nied ziemlich schweigsam.

»Es ist wunderbar, dass du mir bei meinem Umzug hilfst«, sagte Henni dankbar. »Du bist wirklich ein Freund.«

»Ja, danke, ich weiß.« Er lachte trocken und begann leise zu singen: »Ein Freund, ein guter Freund, das ist das Beste, was es gibt auf der Welt. Ein Freund bleibt immer Freund, und wenn die ganze Welt zusammenfällt. La laa lalala la …«

Henni sah ihn leicht irritiert von der Seite an. »Die Comedian Harmonists?«

Er nickte, den Blick fest auf die Straße gerichtet, und sie fiel kurzzeitig mit eigenen Lalalas in seinen Gesang ein.

Dann kehrten ihre Gedanken zu ihrem Umzug zurück. Leo hatte den Lastwagen der Festspiele ausleihen können, ein Umstand, der ihr mächtig zugutekam. Wer wusste schon, wie viele von ihren Umzugskisten in seinen Campingbus gepasst hätten. Der war zwar nicht gerade klein, aber möbliert. Selbst mit dem Laster würde es nicht einfach werden. Ihre Bücherregale ließen sich mühelos auseinandernehmen, und ihre kleine Kommode konnten sie locker im Ganzen verstauen. Doch es gab ja auch noch das große Bett und den schweren Kleiderschrank. Die ausladende Couch. Vielleicht mochte Maja etwas davon übernehmen? Dann würde der Umzug entschieden einfacher vonstattengehen, und in Tante Almas Häuschen blieb noch ausreichend Platz. Dort könnte sie einfach einen Kleiderständer von Ikea aufstellen.

Sie kramte Majas Visitenkarte aus ihrer Handtasche und rief sie mit ihrem Handy an.

»Haben Sie Interesse an ein paar Möbeln von mir?«, fragte sie nach einer knappen Begrüßung. »Dann wird mein Umzug weniger kompliziert.«

»Gern!« Maja klang direkt erfreut. »Sind Sie etwa in der Wohnung?«

»Wir sind unterwegs dorthin.«

»Fein, dann komme ich rasch rüber und suche mir was aus. Die Sachen kosten doch nichts, oder? Ich meine, wenn Sie sie gar nicht mitnehmen wollen, ersparen Sie sich ja, sie zum Sperrmüll zu bringen.«

Was bist du nur für eine schlaue kleine Maus, dachte Henni erstaunt. »Können wir darüber später reden?«

»Sicher, bis gleich!«

***

»Du hattest es echt schön hier«, sagte Leo, als sie Hennis alte Wohnung betraten. »Aber wie schaffen wir das alles weg? Selbst mit dem Laster wird das schwierig. All die Bücher! Wie viel ist denn noch in dem riesigen Kleiderschrank?«

»Dadrin?« Henni öffnete eine Schranktür, und eine Wolke von Stoff quoll heraus. Lauter modische Klamotten aus ihrer Zeit in der Boutique.

»Frauen!« Leo lachte. »Und bei dem Kleiderberg läufst du immer nur in Jeans und T-Shirt herum?«

Henni zuckte mit den Schultern. »Ich weiß nicht. Das meiste von diesen Sachen kommt mir vor wie aus einem anderen Leben.«

Jung, blond und sexy hatte sie für Niko sein wollen, und ihre Garderobe war schrill und bunt gewesen. Sie hatte ihre Chefin mehrmals auf Modemessen begleiten dürfen, etwas, das ihr großen Spaß gemacht hatte, und konnte dort vieles zum Einkaufspreis erstehen. In letzter Zeit hatte sie oft daran gedacht, einen Teil der Sachen zu verkaufen, über einen Secondhandladen oder auf dem Flohmarkt, nur war sie nie dazu gekommen.

Es schellte an der Wohnungstür, und als Henni öffnete, stand Maja mit einem kessen Lächeln davor.

»Hi! Da bin ich.«

Ihre himbeerrote Frisur hatte eine tintenblaue Ponysträhne bekommen. War das vielleicht so eine Art Minihaarteil? Henni entdeckte keine Haarklammer, insofern musste die Strähne gefärbt sein, was immerhin zu einem kunstvollen Farbenspiel geführt hatte.

»Dann wollen wir uns mal die Möbel ansehen.« Wie beim letzten Besuch stiefelte Maja frohgemut und bar jeder Einladung ins Wohnzimmer. Henni blieb nichts anderes übrig, als ihr dorthin zu folgen.

»Die Regale kann ich mitnehmen«, fasste sie ihre Überlegungen zusammen. »Die lassen sich problemlos abbauen. Und die beiden kleinen Sessel vor der Couch stellen auch kein Transportproblem dar. Es geht mir um die großen Teile.«

Maja scannte alles mit raschen Blicken und lief weiter in die Küche.

»Die Küche war schon drin«, rief Henni ihr nach. »Die gehört zur Wohnung.«

»Ich weiß, das hat mein Vater mir schon gesagt.«

Maja war mit der Küche dann auch rasch fertig und nahm sich im Schlafzimmer das Bett vor. Ungeniert schaute sie darunter, hob die Matratze an und legte sich zur Probe darauf. Sie wippte konzentriert auf und ab, bis die Bettfedern knarzten.

»Schade, ich hatte gehofft, Sie hätten ein Wasserbett abzugeben.«

»Ein Wasserbett?« Wie kam sie nur darauf?

Noch ein Wippen und ein enttäuschtes Seufzen von Maja. »Na ja, ich mache nur Spaß. Für ein Durchschnittsbett liegt es sich ganz gut darauf. Das können Sie schon mal hierlassen.«

»Was würden Sie mir noch dafür geben?«, wollte Henni wissen.

Maja erhob sich vom Bett. Sie zwirbelte ihre blaue Haarsträhne zusammen und schob die Unterlippe vor. »Nun, das Sofa ist abgenutzt, und der Schrank ist ein Ungetüm«, holte sie aus. »Aber besser als nichts. Umsonst behalte ich beides. Und das Bett? Dafür würde ich einen Hunni springen lassen.«

Henni atmete erleichtert auf. »Einverstanden.«

Das Bett war viel mehr wert, es war sogar richtig teuer gewesen. Niko hatte es ausgesucht, und sie hatten schöne Stunden darin verbracht. Gefrühstückt, ferngesehen und was man sonst noch so in Betten machte. Aber gerade deshalb war es gut, wenn sie es mitsamt allen Erinnerungen loswurde. Es würde doch immer ein Niko-Bett bleiben.

»Ich messe mal aus, ob wir die Bücherregale neben die Kommode auf den Laster laden können«, ließ Leo sich vernehmen.

»Super, ich komme mit«, kam es von Maja.

Henni fütterte die halb vollen Kisten, die im Wohnzimmer mit gelangweilt aufgesperrten Klappmäulern darauf warteten, dass es weiterging, mit ein paar zusätzlichen Büchern. Im Bad sammelte sie die Farbtuben von ihrer Schwarzfärbung zusammen und beförderte sie in den Müll. Nikos verfärbtes Handtuch warf sie gleich hinterher. Danach ging sie in die Küche, um Gewürze und Lebensmittel in Aldi-Tüten zu packen. Mein Gott, war das viel Zeug! Mit ihren Einkaufstüten allein kam sie da nicht weit. Sie wollte einen Umzugskarton holen und blickte im Vorbeigehen aus dem Fenster, vor dem Leo den Laster geparkt hatte. Durch die Windschutzscheibe konnte sie sehen, dass er mit Maja auf der Fahrerbank saß. Ihren Gesten nach schwätzten und kicherten sie miteinander. Maja reichte ihm ein kleines Stückchen Papier. Ihre Visitenkarte vielleicht? Was immer es war, Leo nahm es dankbar nickend an sich.

Plötzlich zückte Leo sein Handy, und seine Miene wurde ernst. Wie es aussah, bekam er gerade einen dringenden Anruf. Sekunden später stiegen die beiden aus dem Auto und stürmten die Stufen zur Wohnung hinauf.

»Sie brauchen den Laster bei den Festspielen«, stieß Leo hervor, als er mit Maja wieder im Flur stand.

»Aber wieso? Hattest du das nicht abgesprochen?«

»Doch, schon, aber sie haben noch eine größere Kaminuhr aufgetrieben. Und auch einen größeren Kamin. Ansgar meint, die aktuellen Requisiten wären zu unscheinbar, um neben den imposanten Schneebildern zu bestehen. Das heißt, ich muss die Sachen jetzt beim Antiquitätenhändler abholen.«

»Hach, wie blöd«, bedauerte Maja.

»Ja, schade«, stimmte Henni zu. Ansgar konnte manchmal wirklich ein Perfektionist sein.

Leos Blick bat um Entschuldigung. »Tut mir echt leid. Wir machen es halt ein andermal«, versprach er gepresst. »Ich muss jetzt los.«

Die Tür fiel hinter ihm ins Schloss, und Henni war mit Maja allein.

»Wann kann ich denn einziehen?«, wollte die angehende Jungfilmerin wissen.

Henni überlegte. »Wissen Sie was? Ich baue die Regale ab, packe so viele Sachen wie möglich in Umzugskisten und stelle alles in eine Ecke. Dann können Sie hier ab morgen schalten und walten, wie Sie wollen.«

Sie würde später mit den Öffis heimfahren. Ansgar hatte ihr diesen Tag für ihren Umzug freigegeben, und genau dafür würde sie ihn auch nutzen.

Maja nickte zufrieden. »Ja, cool, so machen wir es.«

***

Ziemlich erschöpft kam Henni am frühen Abend vor ihrem Häuschen an. Auch der Nachbar schien umziehen zu wollen, vor seinem Haus standen etliche Kartons auf dem Bürgersteig. Sie waren aufgeklappt, sodass sie den Inhalt erspähen konnte. Küchenutensilien, Spielzeug, Bücher. Neugierig trat sie näher. *Zum Mitnehmen!*, stand auf einem großen, handgeschriebenen Zettel, der gut sichtbar auf einem der Kartons klebte. Henni bückte sich und griff nach den Büchern. Ein paar Klassiker für Kinder waren dabei. »Hanni und Nanni«. »Fünf Freunde auf der Felseninsel«. Etliche Krimis. Und das Gesamtwerk von Heinrich von Kleist in nur einem Buch. Komisch, es schien nagelneu zu sein. Dem Besitzer hatte es offenbar gar nicht gefallen, immerhin schien er es unbedingt loswerden zu wollen, so wie sie ihr Niko-Bett. Was hatte Kleist denn geschrieben, dass es einen Leser derart gegen ihn aufbringen konnte? Henni nahm das Buch, schlenderte zum Haus ihrer Tante und schellte.

Alma öffnete ihr erfreut. »Da bist du ja wieder! Wie war dein Tag?«

»Schrecklich«, meinte Henni mit tiefer Überzeugung. »Der Laster, den der Bühnenarbeiter ausgeliehen hatte, wurde plötzlich doch noch gebraucht.«

»Willst du damit sagen, dass dein ganzes Zeug noch in Nied ist?«

»So sieht es aus«, gab Henni betrübt zu.

»Warum hast du nicht Niko gefragt, ob er das mit seinem SUV für dich erledigen kann?«

»Lass Niko bitte da raus, ja?«

Alma spitzte den Mund, was sie noch mehr wie ein Vögelchen aussehen ließ. »Mit ihm habe ich mich immer gut verstanden.«

»Ja, ich weiß. Und du darfst ihn auch gern ab und zu anrufen, solange ich nicht mithören muss. Aber versuche bitte nicht, uns wieder zusammenzubringen.«

»Komm erst einmal rein. Apfelsaft oder Apfelwein?«

»Heute darf es ruhig Wein sein«, gestand Henni.

Alma zog sie in ihr luftiges Wohnzimmer und bedeutete ihr, sich aufs Sofa zu setzen. Wenig später stand ein Glas Apfelwein vor Henni auf dem Couchtisch.

»Was hast du denn da für einen Schinken dabei?«, fragte ihre Tante mit einem Blick auf Hennis gerade ergattertes Buch. »Ist das nicht Kleists Gesamtwerk? Warte mal, das besitze ich doch auch.« Sie strebte zu der Leiter, die immer noch vor ihrem Bücherregal stand.

»Nicht, bitte lass!«, rief Henni in Erinnerung an Almas Zirkusnummer auf den oberen Sprossen und redete rasch weiter, um ihre Tante von ihrem Vorhaben abzulenken. »Dieses Buch hat ein Nachbar zum Mitnehmen an die Straße gestellt. Was ist so schlimm an Kleist, dass man ihn loswerden will?«

Alma setzte sich zu ihr aufs Sofa. »Meine Güte, du stellst Fragen!«, sagte sie amüsiert. »Aber der Kleist hatte schon ein paar verrückte Ideen, mit denen er die feine Gesellschaft zu seiner Zeit mächtig brüskiert hat. ›Die Marquise von O…‹ zum Beispiel, ich glaube, sie erschien zuerst 1808. Sie spielt in Norditalien während der Napoleonischen Kriege. Ist sie dadrin?« Alma wies mit ausgestrecktem Zeigefinger auf das Buch.

Henni blätterte das Inhaltsverzeichnis durch. »Ja, die ist hier aufgeführt.«

»Muss sie ja auch«, meinte Alma zufrieden. »Ist ja das Gesamtwerk. Dann lies mal und lass dir den Plot auf der Zunge zergehen.«

»Mache ich«, versprach Henni. »Ich brauche jetzt nur erst einmal eine Dusche.«

***

Kriegswirren, Hunger und Flucht. Die junge Witwe Julietta von O… hält sich mit ihren Kindern in einer Festung auf, die ihrem Vater untersteht, als feindliche Soldaten angreifen und Feuer legen. Alle suchen das Weite, und die Familienmitglieder verlieren einander aus den Augen. Julietta fällt einer Horde feindlicher Soldaten in die Hände. Sie bedrängen sie aufs Schlimmste, aber einer ihrer Offiziere erscheint wie ein rettender Engel und führt Julietta in einen unversehrten Teil der Festung. An das, was dort anschließend geschieht, hat Julietta später keine Erinnerung mehr. Als sie ihrem Retter danken will, erfährt sie, dass er ein hochdekorierter Graf ist, der aber im allgemeinen Kriegsgetümmel keine Zeit für sie hat. Wochen später bemerkt Julietta, dass sie schwanger ist.

Aber von wem?

Hennis Handy schellte. Es war Ansgar.

»Was machst du? Wo bist du?«

»Ich bin in einer brennenden Festung«, sagte Henni.

»Du sollst mich nicht verklapsen.«

»Ich lese ›Die Marquise von O…‹.«

»Wie bist du denn an die gekommen?«

»Sie stand an der Straße.«

»Soso.« Ansgar schien kurz darüber nachzudenken. »Weißt du was? Bevor mir das jetzt zu drollig wird, schaue ich mal in deiner Festung vorbei. Wenn du das möchtest.«

Henni kicherte. »Gern. Willst du wirklich noch vorbeikommen?«

»Ja, ich bin halb tot von der Arbeit und muss mich mal irgendwo ausruhen.« Er lachte leise. »Ich hoffe, du hast dich heute an deinem freien Tag nicht überanstrengt und kannst morgen wieder kreative Ideen für unser regionales Stück schöpfen? Vergiss nicht, dass das deine Hauptaufgabe ist.«

»Ja, ja. Das kannst du mir gleich gern noch mal persönlich sagen.«

»Mache ich. Hast du was zu trinken da?«

»Keinen Tropfen.«

»Dann schaffe ich Abhilfe. Bis nachher.«

Als es an der Tür klopfte und sie ihm öffnete, hielt er eine Flasche Champagner in der Hand. »Du hast hoffentlich die passenden Gläser?«, meinte er augenzwinkernd.

Henni schüttelte den Kopf.

»Gut, dann müssen es die hier tun.« Er überreichte ihr die Flasche, zog zwei völlig zerknautsche Plastikbecher aus seiner Hosentasche und beulte sie ein wenig aus.

»Wie bist du hergekommen?«, fragte Henni.

»Mit dem Lastwagen von den Festspielen. Ich habe ihn um die Ecke geparkt.«

»Im Ernst? Der war wieder frei?«

»Ja, nachdem der Kamin und die Kaminuhr abgeholt worden waren. Tut mir leid, dass ihr deswegen deinen Umzug abbrechen musstet, das habe ich nicht gewollt. Leo hat mir davon erzählt. Wenn ich gewusst hätte …«

»Ach, nicht so schlimm«, unterbrach Henni ihn. »Ich denke einfach nicht mehr darüber nach. Es gibt schließlich immer ein zweites Mal.«

Sie ließ ihn eintreten, und er sah sich in ihrem Häuschen um. »Ach, das ist ja genial. Die perfekte Simultanbühne!«

Henni krauste die Stirn. »Wie bitte? Nie gehört.«

»Trotz wechselnder Settings gibt es dabei das ganze Stück über nur ein einziges Bühnenbild. Dass es mal die Wohnung des Mörders ist und mal die Küche seines Opfers, müssen die Zuschauer sich vorstellen. Damit das gelingt, kann man Requisiten einsetzen oder eine bestimmte Beleuchtung. Man spart viel Zeit zwischen den Szenen, weil die Umbauten entfallen. Bei den Festspielen arbeiten wir oft damit, im Dschungelbuch zum Beispiel werden wir die ganze Zeit über denselben Urwald auf der Bühne sehen. Aber dem Publikum macht das nichts aus, weil es sich auf die Figuren konzentriert.«

Nun ließ auch Henni ihren Blick durch ihr Häuschen wandern und sah ihr karges Wohnzimmer auf einmal mit ganz anderen Augen. »Wäre so eine Simultanbühne auch etwas für unsere Stella?«

»Sicher, durchaus. Aber du machst mir Angst, Henni. Du sollst über ein Stück nachdenken, mit dem wir die Gegend feiern, stattdessen beschäftigst du dich ständig mit der Stella. Und jetzt auch noch mit der Marquise von O… Wie bist du überhaupt an sie geraten?«

Henni blies die Wangen auf. »Na ja, sie lag auf einem Stapel Bücher, den ein Nachbar zum Mitnehmen vor die Tür gestellt hatte. Und Alma meint, ich solle sie unbedingt lesen.«

»Ach herrje.« Ansgar saß längst auf einem der beiden Stühle an Hennis wackligem Tisch. »Vor Jahren hat eine Kollegin von mir das Stück inszeniert. Ich habe mir ihre Aufführung damals angesehen, und wir haben lange darüber diskutiert. Es ist eine äußerst heikle Geschichte.«

»Stimmt«, meinte Henni. »Ein hochdekorierter General rettet die Marquise von O… vor einer Horde aufdringlicher Soldaten und geleitet sie an einen sicheren Ort. Dort wird sie dann vermutlich ohnmächtig, wie auch immer, und später ist sie schwanger und weiß nicht, wie ihr geschah. Aber ihr Kind kann doch nur von ihrem Retter sein?«

Ansgar nickte. »Ihre Eltern nehmen ihr ihre Ohnmacht nicht ab. Sie denken, sie hat sich mit jemandem eingelassen und erfindet diese irrwitzige Geschichte zur Tarnung. Angeblich um die Schande von ihrer Familie zu nehmen, lässt die Marquise den Vater ihres Ungeborenen über eine Zeitungsannonce suchen.«

»Und der meldet sich tatsächlich?« So weit war Henni in der Lektüre noch nicht vorgedrungen.

»Ja, das tut er. Er behauptet sogar, sie unsterblich zu lieben, und er will sie unbedingt heiraten. Was natürlich zu einigen Turbulenzen führt.«

»Aber ist das nicht seltsam? Er hat sie doch vorher …«

»Was wirklich geschehen ist, verrät Kleist uns nicht. Da macht er nur einen Gedankenstrich. Es ist der berühmteste Gedankenstrich in der Literaturgeschichte.«

»Kann es sein, dass Julietta ihre Erinnerung aus Scham verlor?«, überlegte Henni. »Dass sie mit ihrer Ohnmacht nur … nun ja, alles verdrängt hat?«

»Das ist eine von vielen möglichen Interpretationen.« Ansgars Hände strichen spielerisch über das Buch, in Gedanken versunken knibbelte er ein wenig am Umschlag. »Genau darin liegt die Modernität des Stückes«, meinte er schließlich. »Kleist selbst hat ein paar Zeilen dazu verfasst: »In Ohnmacht! Schamlose Posse! Sie hielt, weiß ich, die Augen bloß zu.«

»Ach ja?« Henni wäre beinahe in schallendes Gelächter ausgebrochen, aber Ansgars Miene blieb ernst.

»Möglich, dass er mit diesem kleinen Text nur die Äußerungen seiner Kritiker zusammenfasste, über die er sich lustig machen wollte«, erklärte er. Dann öffnete er den Champagner und goss die zerknitterten Becher voll.

Henni nahm einen großen Schluck und war erstaunt, wie kühl er war. Ansgar musste ihn in ein Gefrierfach gelegt haben, bevor er ihn herbrachte.

»Womöglich wollte Kleist vor allem eine gute Novelle schreiben«, fuhr er fort. »Goethe verlangte von einer Novelle, dass sie ein unerhörtes Ereignis berichten sollte. Dabei war die Novelle zu seiner Zeit schon eine alte Kunstform. Die Italiener liebten sie im 13. Jahrhundert geradezu, und besonders eine Geschichte von Boccaccio gilt als Klassiker.«

»Die da wäre?« Henni goss sich Champagner nach.

»Es war einmal ein Adeliger, der verliebte sich in eine schöne Edelfrau. Sie hatte kein Interesse an ihm, und er gab sein Vermögen aus, um sie mit Geschenken für sich zu gewinnen. Dabei verarmte er so sehr, dass ihm nur noch sein geliebter Jagdfalke blieb. Die schöne Edelfrau heiratete einen anderen, wurde aber bald zur reichen Witwe. Als nun jedoch ihr Sohn krank wird, wünscht dieser sich nichts sehnlicher als den Falken ihres hoffnungslosen Verehrers, und sie fleht den Mann an, sie zum Mittagessen einzuladen, damit sie ihn um den Vogel bitten kann. Der verarmte Adelige hat aber nichts mehr, um sie zu bewirten, und kommt auf eine ausgefallene Idee. Rätst du, was er ihr serviert?«

Henni hielt den Atem an. »Den Falken?«

»Ja, genau. Den hat er ihr gebraten vorgesetzt.«

»Wie furchtbar. Wie geht die Geschichte aus?«

»Die schöne Edelfrau reagiert gleichermaßen entsetzt und gerührt. Noch nie hatte ihr jemand ein so großes Opfer gebracht.«

»Und daraufhin hat sie ihn dann doch noch erhört?«

»Aber ja. Und sie lebten glücklich bis ans Ende ihrer Tage.« Ansgar lächelte und fasste nach Hennis Hand. »Für dich würde ich auch meinen Falken schlachten.«

»Und dein ganzes Vermögen für mich ausgeben?«

»Unbedingt.« Er prostete ihr zu und sah sich erneut in ihrem Häuschen um. »Ist das hier eigentlich alles, was du an Wohnung hast?«

»Ja schon, wieso?«

»Ich vermisse das Bett.«

»Na ja, das ist oben«, sagte Henni mit einer Kopfbewegung zum Dachboden hinauf.

»Willst du es mir nicht mal zeigen?«

Henni fand, dass er zum Lächeln nur seine Augen brauchte. Seine Pupillen waren so groß und dunkel, dass sie glaubte, durch sie hindurch in eine andere Welt blicken zu können. Vielleicht spielte ihr das fahle Licht ihres Simultanbühnen-Wohnzimmers ja nur einen Streich. Oder der Champagner prickelte noch zu sehr in ihrem Blut. Doch sie nahm die Illusion nur allzu gern für die Wirklichkeit.

***

Als sie aufwachte, war sie allein. Das Dachfenster stand offen, kühle Luft drang herein, und sie zog fröstelnd das Laken enger um sich. Der Wind hatte das lose Vogelnest erfasst und seine Gräser auf dem Boden verstreut. Die Champagnerflasche, die Ansgar mitgebracht hatte, fand Henni geleert neben ihrer Matratze. In den zerknautschten Plastikbechern daneben standen letzte Reste des edlen Getränks wie helle kleine Pfützen. Ansgar hatte ihr einen Zettel hingelegt.

War schön mit dir. Bis später, A.

Sie rappelte sich hoch und ging nach unten. Eine gähnende Leere empfing sie. Auf ihrem wackligen Tisch lag stumm Kleists Lebenswerk.

Zehn

Gegen Mittag war in der Burg alles für die zweite Hauptprobe der Agatha vorbereitet. Der neue große Kamin war ein echter Hingucker, und die Kaminuhr glänzte gegen die glitzernde Schneelandschaft an, die man durch das Kulissenfenster der Pension erspähte. Schauspieler und Schauspielerinnen hatten sich in ihren Kostümen versammelt; Giselle trug ihr hübsches langes Kleid. Aimée schien Lampenfieber zu haben, ganz dicht stand sie bei ihrer Freundin und lehnte ihren Kopf an ihre Schulter.

Wer nicht da war, war Ansgar.

»Ich kann ihn auf seinem Handy nicht erreichen«, jammerte Giselle. »Was sollen wir nur tun?«

»Lasst uns zur Tat schreiten!«, forderte Raimund, der den Mörder gab. Das Blitzen in seinen Augen verriet, dass er sein Wortspiel genoss.

»Heute Nachmittag läuft hier das Kinderstück, und die Bühne muss rechtzeitig umgebaut werden«, sagte Henni, »aber einen Moment können wir ihm noch geben.« Demonstrativ nahm sie in der vorderen Zuschauerreihe Platz.

Aimée, die ein paar Schritte von ihr entfernt im Gang zwischen den Sitzreihen stand, stimmte ihr mit einem Nicken zu. Giselle setzte sich abwartend neben Henni, lupfte den Ausschnitt ihres Kleides und wedelte sich mit der Hand Luft zu. Ihre blonden Haare waren unter einer brünetten Lockenperücke verschwunden, und Henni fand, dass sie in diesem Look eine ganz andere war.

»Es muss warm sein in deinem langen Kleid«, sagte sie auf der Suche nach ein paar verbindlichen Worten.

»Ja, das ist es.« Giselle schenkte ihr ein Small-Talk-Lächeln.

»Wenn die Sommer weiterhin so heiß sind, sollten wir nur noch Stücke spielen, bei denen man leicht angezogen sein muss«, meinte Raimund. »Swimming Pool zum Beispiel, den Film mit

Charlotte Rampling. Der funktioniert bestimmt auch als Bühnenstück.«

»Und dann bauen wir hier einen Pool auf?«

»Nein, wir verlegen das Stück an den Burggraben!«

Ein nervöses Lachen wogte durch die Gruppe.

»Ihr Lieben!«, ging Giselle dazwischen. »Als Schauspielerin muss man so ein bisschen Hitze aushalten können.«

»Ich habe berühmte Schauspieler oft sagen hören, es sei kein Beruf, sondern eine Berufung«, sagte Henni, um das Gespräch am Laufen zu halten.

Giselle sah sie nachdenklich an. »Na ja, die meisten von uns werden weder reich noch berühmt. Und nur sehr wenige schaffen es zum Film. Manchmal ergattert man zwar eine kleine Fernsehrolle, aber das sind oft Eintagsfliegen, und es kommt letztendlich nichts nach.« Sie machte eine wegwerfende Geste mit der Hand und lachte leise. »Aber das ist ja nur die halbe Wahrheit. Wenn wir auf der Bühne in unseren Rollen drinstecken und der Funke aufs Publikum überspringt, dann entsteht eine ungeheure Energie, und wir kreieren eine neue virtuelle Wirklichkeit.«

»Wenn alles stimmt, ist es wie Fliegen«, bestätigte Aimée.

»Ach, ihr beiden! Schöner hätte ich es nicht sagen können!« Raimund deutete einen kleinen Applaus an. Aimée sah auf ihre Armbanduhr, was Giselle veranlasste, erneut ihr Handy zu zücken.

Henni war froh, dass sie Ansgar nicht selbst anrufen musste. Nach der vergangenen Nacht war sie jetzt viel zu aufgeregt und wäre versucht gewesen, Liebesgedichte zu zitieren, statt kühl nach seinem Verbleib zu fragen.

Giselle hielt ihr Telefon tapfer ans Ohr und verdrehte die Augen. »Er ist noch immer nicht zu erreichen.«

Henni spürte, dass sie nun eine Entscheidung treffen musste. Sie sah, wie Leo noch rasch einen vergessenen Handwerkskasten von der Bühne trug, und straffte die Schultern.

»Wir proben«, verkündete sie. »Hat noch jemand Fragen? Alles bereit?«

Ein Murmeln ging durch die Schauspieltruppe. Anweisungen wurden an die Technik weitergegeben.

»Alles bereit«, schallte es laut durch ein Mikrofon. Dann begaben sich alle auf ihre Plätze.

Es wurde Winter in England, der Wind pfiff durch das alte Anwesen Monkswell Manor, und im Radio war von der armen Maureen Lyon zu hören, die ganz in der Nähe ermordet worden war. Der Täter musste noch durch die Gegend strolchen, doch Mollie Ralston ließ unverdrossen fremde Pensionsgäste ins Haus.

Henni saß inmitten der leeren Zuschauerränge, und wie sonst Ansgar verschlang sie jede Regung des Ensembles mit den Augen. Nur gelegentlich warf sie einen Blick in ihr Textbuch. Inzwischen kannte sie das Stück gut genug, um rasch zu erkennen, wenn etwas nicht so perfekt war, wie es sein sollte, und sie hatte das Gefühl, langsam in die Rolle der Regieassistentin hineingewachsen zu sein. Was für ein Geschenk wäre es, diesen Job, den sie mit so viel Chuzpe ergattert hatte, bis zum Ende der Saison behalten zu können. Doch ihre Mitarbeit war an Ansgar gekoppelt, an seinen Wunsch, sie als Assistentin an seiner Seite zu haben. Nach der Premiere der Agatha würde er die Stadt verlassen, und ihre persönliche Mausefalle würde zuschnappen.

Auf der Bühne erhielt Mollie Ralston einen Anruf von Superintendent Hogben, der einen seiner Polizisten in der Pension ankündigte, ohne zu sagen, warum, als auch Hennis Handy klingelte.

Es war Ansgar.

Ihr Puls beschleunigte sich. »Um Himmels willen, was ist denn nur passiert? Wieso bist du nicht hier? Ich mache mir schon Sorgen um dich.«

»Zu Recht. Ich hatte einen Autounfall. Mit diesem blöden Laster. Eine Taube hat mir die Windschutzscheibe vollgeschissen – verzeih den Ausdruck –, und für Sekunden konnte ich die Straße nicht mehr sehen.«

»Oh, mein Gott!« Henni gab den Schauspielern ein Zeichen,

nur ja weiterzuspielen. Sie zog die Nylonjacke, die sie für den Fall eines Regenschauers dabeihatte, über ihren Kopf, kroch mitsamt dem Handy darunter und nutzte sie als Schallschutz. »Ist dir etwas zugestoßen? Sag mir bitte, wie es dir geht!«

»Frag lieber mal den Laster, wie es ihm geht. Ich bin vor Schreck gegen eine Hauswand gebrettert.«

»Ob *dir* was zugestoßen ist, will ich wissen!«

»Nein, ich habe nur eine Schramme am Kopf. Und eine verstauchte Hand, gebrochen ist sie gottlob nicht. Im Unfallkrankenhaus haben sie mich geröntgt. Tut mir leid, dass ich jetzt erst anrufe. Jemand hatte meine Wertsachen in einen Schrank gesperrt, darunter mein Handy. Was ist mit der Probe? Ist das Ensemble sehr enttäuscht?«

Eine kleine Pause entstand, dann sagte Henni: »Wir spielen.« Sie tauchte unter ihrer Regenjacke auf, ließ ihn den Bühnentext ein paar Takte lang auf dem Handy mithören und nahm es wieder ans Ohr.

Kurz schien es ihm die Sprache verschlagen zu haben, dann verfiel er in begeistertes Lachen. »Oh, du bist so wunderbar! Ich kann es kaum glauben. So rasch ich kann, komme ich zu euch.«

»Mach das, mein Impresario«, flüsterte Henni verliebt. »Bis nachher.«

Als der Mörder auf der Bühne überführt worden war, waren alle mit Adrenalin vollgepumpt. Die Probe erforderte volle Konzentration, und die Mittagshitze hatte es ihnen nicht einfacher gemacht. Nun stand man im Burghof zusammen und ließ wie gewohnt gemeinsam Dampf ab. Das Ensemble redete, kritisierte und ermutigte sich gegenseitig. Wo hatte jemand einen Schritt zu weit weg gestanden, wann war eine Geste übertrieben gewesen oder zu schwach? Es waren nur Kleinigkeiten, aber Henni versuchte dennoch, sich alles zu merken. Dann kam Giselle auf sie zu. Sie riss ihre brünette Perücke vom Kopf, schüttelte ihre langen blonden Haare und war augenblicklich wieder sie selbst.

»Wo bleibt denn der Ansgar?«, wollte sie wissen. »Was hat er gesagt, als er anrief?«

»Er hatte einen Unfall«, berichtete Henni. »Aber ihm ist nicht allzu viel geschehen. Er hat sich in der Unfallklinik behandeln lassen und ist auf dem Weg hierher.«

Schon oft hatte Henni erlebt, dass Worte in einer Gesellschaft von Mund zu Mund wanderten. Man hörte es hier, dann einen Tisch weiter und so fort, sodass man den Eindruck gewinnen konnte, ein geflüsterter Ausdruck habe Gestalt angenommen und würde sich durch die Menge bewegen. So war es auch jetzt. Im Burghof erschallte überall Ansgars Name.

Und inmitten dieses Trubels stieß Ansgar zu ihnen.

»Wahnsinn, dass das geklappt hat! Ich bin unsagbar stolz auf euch«, begrüßte er sie. Er trat neben Henni, legte seinen Arm um sie und zog sie an sich. »Das war deine Feuerprobe, Schneewittchen«, flüsterte er ihr ins Ohr. »Du hast sie bestanden.«

Das Ensemble bedrängte Ansgar mit Fragen, und er schilderte seinen Unfall in allen Farben. Laute des Schreckens und Bedauerns erklangen. Jetzt erst bemerkte Henni den blütenweißen Verband an seiner Hand. Auf seiner Stirn prangte ein orangefarbenes Pflaster.

»Ist ein Kinderpflaster«, murmelte er, als sie es kritisch betrachtete. »Der Pfleger im Krankenhaus meinte, einen Theatermann müsse er ein wenig kostümieren.«

Die Menge zerstreute sich erst, als bereits Teile der Bühne abgebaut und herausgetragen wurden. Ansgar zog Henni aus der Burg. Unter dem Ginkgobaum nahmen sie auf der Bank Platz und retteten sich so in den Schatten. Die Sonne schien immer heißer vom Himmel zu brennen. Henni sah Leo Urban über die Burgbrücke auf sie zukommen, in der Hand eine rote Rose. Als er bemerkte, dass sie nicht allein war, ließ er die Blume zögernd sinken. Zu spät, Ansgar war sie schon aufgefallen. Er gab Henni einen sanften Stups mit dem Ellbogen.

»Da kommt dein Rosenkavalier«, sagte er mit einem spöttischen Lachen.

Leo hatte ihn gehört. »Ich wollte nur rasch loswerden, wie toll ich es fand, dass Henni die Probe ganz allein durchgezogen hat«, sagte er entspannt, als er vor ihnen stand. Seine Miene besagte, dass Ansgars Witze ihm gestohlen bleiben konnten.

»Ja, sie ist schon ein besonderes Schneewittchen«, entgegnete Ansgar angriffslustig. »Sie kann mindestens so gut zaubern wie die böse Hexe mit ihrem giftigen Apfel. Aber was ist mit dir und deiner Rose? Die ist hoffentlich nicht vergiftet?«

Leo hob die Rose an seine Nase. Während er genießerisch ihren Duft einsog, suchten seine Augen Hennis Blick. »Die stelle ich daheim vor das Foto meiner Tochter.«

»Von wegen Rosenkavalier!«, sagte Ansgar mit gespielter Enttäuschung.

Henni sah das Foto von Leos kleiner Tochter vor sich. Fees Schatten, der auf eine Blumenwiese fiel. Und sie dachte an Leos Häuschen mit den vielen Kletterrosen.

»Ich mag deine Rosen«, sagte sie, ohne groß nachzudenken.

Ansgar hob neben ihr eine Braue.

»Dann muss ich dir irgendwann mal den Rosenhang in Karben zeigen.« So rasch ließ Leo sich nicht einschüchtern oder gar verscheuchen.

Henni lächelte. »Gern.«

»Ist das was für unser Stück in der nächsten Saison?«, wollte Ansgar wissen. »Ihr beiden schaut euch doch weiter nach passenden Locations und Themen um?«

»Ja, sicher tun wir das. Aber jetzt muss ich erst mal beim Bühnenwechsel helfen.« Leo ließ seine Rose nun locker in der Hand baumeln. Mit dem Kopf machte er eine Bewegung zur Burg hin. »Bis bald.«

»Ja, bis bald, Leo.«

»Übermorgen ist Premiere«, meinte Henni, als sie wieder allein waren.

Ansgar verstand sofort, was sie meinte. »Stimmt. Ich übergebe dann an den Abendspielleiter und bereite mich auf mein nächstes Engagement vor.«

»Wo wird das sein?«

»London.«

»So weit weg?« Henni seufzte und kuschelte sich an ihn.

»Von der Nidda an die Themse«, witzelte Ansgar. »Aber ein Weilchen bin ich ja noch hier. Man erwartet mich erst in ein paar Tagen in London, und ich kann bis dahin sogar im Festspielwohnheim bleiben.« Er blickte auf seine verbundene Hand und betastete mit der anderen sein orangefarbenes Pflaster. »Zeit, mich eine Runde aufs Ohr zu hauen. Das Schmerzmittel, das sie mir in der Klinik verpasst haben, macht ziemlich müde.«

»Wenn du von hier weggehst, wenn du dein neues Engagement hast … Wann sehe ich dich dann wieder?«

»Ja, wann? Das ist eine gute Frage.« Er hob ihr Kinn an, sah ihr in die Augen und fragte mit Theaterstimme: »When shall we two meet again? In thunder, lightning, or in rain?«

»Wann immer du willst«, flüsterte Henni.

»Shakespeare, Macbeth«, gab Ansgar seine Quelle preis. Er erhob sich von der Bank, ging ein paar Schritte auf und ab und pflückte ein Blatt vom Ginkgobaum. »Hast du das Blatt, das bei unserem ersten Treffen in deinen Haaren steckte, brav getrocknet?«

»Nein«, meinte Henni beschämt. Sie hatte nicht gedacht, dass es für Ansgar irgendeine Bedeutung haben könnte.

»Dann hast du nun ein neues.« Er überreichte es ihr mit einer kleinen Verbeugung. »Behaltet mich in guter Erinnerung, Mylady Henriette!«

Elf

Der nächste Tag war aufführungsfrei. Henni verspürte ein Kratzen im Hals und beschloss, krankzufeiern und ein paar Stunden mit der Marquise von O… zu verbringen.

In ihrem Retter sieht Julietta erst einen Engel, dann einen Teufel. Es war gar nicht so schwer, sich die Geschichte in der Jetztzeit vorzustellen. Ein Discobesuch, Drogen aus Neugierde und Leichtsinn. Ein toller Typ, mit dem eine junge Frau die Nacht durchtanzt. Ein Blackout am Morgen. Keine Erinnerung an gar nichts.

Und dann? Wochen später lernt unsere Heldin einen interessanten Mann kennen. Sie ahnt nicht, dass es der Typ aus jener Disconacht ist, die für sie im Nebel des Vergessens versank. Er hingegen weiß genau, was damals zwischen ihnen geschah. Doch er lässt sie im Ungewissen, um sie nicht zu verlieren, ständig begleitet von der Angst, dass es das Ende ihrer Beziehung sein wird, sollte ihre Erinnerung erwachen. Kann sie die Wahrheit aushalten, wenn sie ans Licht kommt? Wird sie sich in Scham von ihm abwenden? Oder auf Rache sinnen?

Henni klappte ihren Laptop auf, stabilisierte ihren wackligen Tisch endlich mit einem Stück Pappe, das sie unter eines der Beine schob, und begann zu schreiben.

Bald war sie im Geiste in einem Tanzschuppen. Grelles Laserlicht durchzuckte den Raum, die Beats wummerten, und der Boden schien unter ihren Füßen zu vibrieren.

Es war bereits Nachmittag, als Alma an die Tür klopfte.

»Wieso verbringst du den ganzen Tag in deinem Häuschen, Kind? Musst du heute kein Theater machen?«

»Komm rein, Tante Alma, willst du einen Tee? Heute ist ein aufführungsfreier Tag. Die Schauspieler lernen daheim ihre Rollen, ich hab Halsweh, und Ansgar muss sich um den Lastwagen kümmern, den er zu Schrott gefahren hat. Einen Kontrolltermin beim Arzt hat er außerdem.«

»Ja, gern, was den Tee angeht. Aber was ist deinem Regisseur denn passiert?«

Henni fasste Ansgars Unfall kurz zusammen. »Es scheint nicht allzu schlimm zu sein, er hat nur eine Schramme am Kopf und eine verstauchte Hand.«

»Gut, dass er kein Tennisspieler ist«, bemerkte Alma. »Und wie gut, dass du hierhergezogen bist. Sonst hättest du weder eine so wundervolle Karriere begonnen noch einen so beeindruckenden Regisseur kennengelernt.«

»Das finde ich auch«, meinte Henni schmunzelnd. »Leider hat Ansgar bald sein nächstes Engagement, und zwar in London …«

»Ja was, und du?«, rief Alma erschrocken. »Ist dein Job als seine Assistentin damit nicht hinfällig?«

»Vorerst schon. Ich werde mich bei den Burgfestspielen jedoch irgendwie über Wasser halten«, versprach Henni selbstsicher. »Und wenn ich Prospekte verteile. Denn kommenden Sommer wird Ansgar für die Festspiele ein neues Stück auf die Bühne bringen. Mit mir!« Sie schlenderte zur Küchenzeile und setzte Teewasser auf.

Alma warf am Tisch einen neugierigen Blick auf das Display des Laptops. »Ist dies das besagte Stück?«

»Wer weiß? Ansgar wird das regionale Stück schreiben. Ich versuche mich an einer modernen Fassung der Marquise von O…«

»Du vergreifst dich an Kleist? Manchmal ist es gut, sich kleinere Ziele zu setzen«, riet Alma.

»Die da wären?«

»Deine Möbel herschaffen, zum Beispiel.«

»Ach, das brennt mir nicht auf den Nägeln. Die neue Bewohnerin wird Bett, Schrank und Sofa übernehmen. Den Rest habe ich gepackt und zur Seite gestellt, sodass sie schon mal einziehen kann. Alles andere wird sich finden.«

»Na, sag mal, so ein paar Kartons zu transportieren kann doch kein Hexenwerk sein!«, beharrte Alma. »Man muss nur den Richtigen um Hilfe bitten. Niko hätte das längst für dich erledigt.«

»Ja, ja, du und dein Niko!« Die Anteilnahme an ihrem Liebesleben würde Alma wohl nie auszutreiben sein. Am besten, sie hängte es tief und lebte damit.

Ein aromatischer Duft zog durch das Häuschen, als Henni den Kräutertee aufgoss. Eine Minute ließ sie ihn noch ziehen, bevor sie ihn servierte.

Alma hob unterdessen in einer Geste der Langeweile das Ginkgoblatt, das neben Hennis Laptop auf Kleists Gesamtwerk gelegen hatte, gegen das Licht. Sie drehte den Stiel zwischen ihren Fingern und murmelte etwas vor sich hin.

»Dass ich eins und doppelt bin«, glaubte Henni zu verstehen.

»Was meinst du denn damit?«

»Wenn ich dir mit meinen Deutschstunden nicht auf den Geist gehe?« Um Almas Mund zuckte ein selbstironisches Lächeln.

»Aber nein«, beteuerte Henni halb neugierig, halb höflich.

»Goethe schickte Marianne von Willemer, einer späten Liebe, einst ein Blatt von einem Ginkgobaum und schrieb ihr besagte Zeilen dazu«, begann Alma. »Sie wurde seine Muse und inspirierte ihn, unzählige Briefe gingen zwischen ihnen hin und her. Jahre später, Marianne hatte inzwischen geheiratet, pflückte Goethe im Heidelberger Schlosspark ein Ginkgoblatt für sie und stellte ihr eine Frage, zu der er ein ganzes Gedicht verfasste: ›Ist es eins, das sich in zwei teilt, oder zwei, die sich in eins verbinden?‹ Es war wohl das letzte innige Treffen des Paars. Sie waren nun beide in festen Händen und wussten, dass ihre Liebe keine Chance hatte.«

Henni sah ihre Tante mit angehaltenem Atem an. »Glaubst du, Ansgar hat das gewusst, als er mir das Blatt gegeben hat?«

»Bestimmt kennt er die Geschichte vom Ginkgoblatt.« Alma pustete auf ihren heißen Tee und nippte vorsichtig daran. »Aber ob er in dem Moment daran gedacht hat? Manche Gesten macht man unbewusst.«

»Mag sein«, gab Henni zu.

»Artur hat mir mal ein Blatt von einem Ahornbaum geschenkt. Da war er noch ganz klein.«

»Artur war klein, als du ihn kennenlerntest?«, neckte Henni ihre Tante. »Und später ist er noch gewachsen?«

»Mindestens noch einen halben Meter.« Alma kicherte. »Wir waren damals zehn Jahre alt und in der vierten Klasse. Artur war wirklich ein Kavalier. Er wartete vor dem Schulgebäude auf mich, wenn ich nachsitzen musste, weil ich ihm im Unterricht kleine Zettel zugesteckt hatte. Dann begleitete er mich nach Hause. Und weil wir noch nicht zu Ende erzählt hatten, als wir dort ankamen, begleitete ich ihn wieder zurück.«

»Und deine Eltern, haben die dich nicht am Mittagstisch vermisst?«

»Aber natürlich! Daheim setzte es regelmäßig Prügel für mein Zu-spät-Kommen, aber das war mir egal. Die Zeit mit Artur war einfach zu köstlich.«

»Aber worüber habt ihr euch die ganze Zeit unterhalten?« Henni verschluckte sich fast an ihrem Tee, so heiß war er.

»Worüber? Über die Bucheckern, die ich im Wald gesammelt hatte. Über ein krankes Kind aus der Nachbarschaft, das uns leidtat. Und über die Winnetou-Geschichten, die Artur mit der Taschenlampe unter der Bettdecke gelesen hatte.«

»Mein Gott, Alma!« Henni pustete nun ebenfalls in ihre Tasse. »Ich wusste nicht, dass man sich so jung schon verlieben kann.«

»Ich auch nicht«, gestand Alma. »Ich kannte niemand anderen, der verliebt war, und ich mochte auch niemanden fragen, schon gar nicht meine Mutter. Eine Zeit lang glaubte ich, ich sei unheilbar krank.«

»Und wie bist du darüber hinweggekommen?«

»Ein, zwei Jahre später fielen mir ›Die Abenteuer des Tom Sawyer‹ in die Hände. Du weißt schon, dieser Roman von Mark Twain. Und der gute Tom war doch so in Becky verknallt. Da wusste ich, dass es dieses Phänomen gab und dass ich alles andere als krank war.«

»Und diese Verliebtheit zwischen dir und Artur, die hatte über all die Jahre Bestand?«

Alma schien darüber nachzudenken. »Es war eher ein Auf

und Ab. Als wir in die Pubertät kamen, wurden wir uns fremd. Später ging Artur mit einer anderen, so nannten wir das damals. Erst in der Uni haben wir uns wiedergefunden.«

»Was für eine Geschichte«, sagte Henni leise.

Eine Weile schienen Almas Erinnerungen im Raum zu schweben wie Szenen eines Films, die beide vor ihrem inneren Auge sehen konnten. Nur schwer fand Henni wieder in ihren Kleist-Thriller zurück. Alma ließ sie weitertippen und blätterte unterdessen in Kleists Lebenswerk. Mit ihr zusammen zu sein, ohne dass sie etwas Bestimmtes miteinander unternahmen, war fast so entspannend, wie mit Leo zu schweigen.

Als Henni ihr dreiseitiges Exposé fertig hatte, schickte sie es per Mail an Ansgar.

»Jetzt bin ich gespannt, was mein Regisseur dazu sagt. Drück mir die Daumen, Alma.«

»Das mache ich gern. Wollen wir gemeinsam zu Abend essen? Bei mir? Ich koche uns was Schönes.«

»Mein Hunger reicht, um einen Bären anzufallen. Wenn ich mich vorher noch frisch machen darf?«

»Kein Problem, bis das Essen fertig ist, dauert es eh einen Moment.« Alma erhob sich und ging zurück in ihre Scheune.

Henni spülte das Teegeschirr ab. Sie zog sich um und bürstete ihr Haar, das seine schwarze Farbe mit jeder Haarwäsche weiter verlor. Sie war schon fast aus der Tür, als auf ihrem Blog eine Nachricht eintrudelte.

Schon erstaunlich, zu was du fähig bist. Achtungsvoll, Ritter Bechtram.

Ein Gefühl der Genugtuung durchströmte Henni. Kaum dass sie ihm ihre Idee geschickt hatte, reagierte er. Ansgar musste ihr Exposé in einem Rutsch verschlungen haben. Wenn das nicht für sein Interesse an ihrer Arbeit sprach! Noch schöner fand sie, dass ihm ihre Story gefiel.

Als sie zu Alma hinüberging, schlug ihr schon im Hof der Duft von warmem Brot und gebratenem Speck aus dem offenen Fenster entgegen. Ihre Tante hatte hessischen Schmandkuchen gebacken. Auf einen Brotteig aus Roggen- und Dinkelmehl, Buttermilch und Sauerteig wurde eine Lage gekochte und gestampfte Kartoffeln gegeben, die mit Quark, Schmand und Eiern verrührt worden waren. Obendrauf kam eine Schicht aus kurz gebratenen Zwiebeln und Speckwürfeln, bevor das Ganze im Backofen landete, bis der Speck knusprig war.

Henni aß drei Portionen. »Das ist so lecker, da könnte ich mich glatt reinsetzen«, schwärmte sie. »Und dein gutes Geschirr hast du auch aufgedeckt, wie schön.«

Alma nahm die Komplimente mit erfreuter Miene entgegen. Die Tatsache, dass Henni ordentlich zugelangt hatte, war aber wohl ihr größtes Lob.

»Was ziehen wir beide morgen an?«, wechselte sie plötzlich das Thema.

»Wieso? Was ist denn morgen los?« Einen Moment lang stutzte Henni, dann fiel es ihr wieder ein. »Jesses, du meinst die Premiere der Agatha!« Sie hatte ihre Tante dazu eingeladen und freute sich schon darauf, sie zwischen Ansgar und sich sitzen zu haben. »Ich weiß gar nicht, wie der Dresscode lautet. Todschicke Bluse zu Jeans?«

»Ich und Jeans«, prustete Alma. »Obwohl … Als der King damals in Friedberg stationiert war, gewohnt hat er ja in Bad Nauheim, da hättest du uns mal sehen sollen. Wir haben uns extra für ihn aufgebrezelt. Ich sage nur: Petticoat und Stöckelschuhe! So hieß das damals. Den Ausdruck High Heels kannte noch keiner.«

»Elvis, the Pelvis«, raunte Henni respektvoll. »Ihr müsst damals viel Spaß gehabt haben.«

»Und ob. Ich war ja erst fünfzehn, und meine Freundinnen waren kaum älter. Nach Nauheim sind wir getrampt, Geld für den Zug hatten wir nicht. Und dann haben uns vor seinem Hotel die Beine in den Bauch gestanden, nur um einen Blick auf ihn zu erhaschen!« Sie winkte lachend ab. »Aber keine Angst. Morgen ziehe ich ganz was Gediegenes an. Mein kleines Schwarzes.« Es klang, als habe sie das soeben entschieden, dann setzte sie zögernd nach: »Sofern es nicht zu heiß wird.«

Henni fragte sich, was das wohl für ein Frühstück-bei-Tiffany-Kleid sein mochte, als ihr Handy klingelte.

»Geh ruhig ran«, meinte Alma.

Es war Ansgar.

»Ich werde es morgen nicht zur Premiere schaffen«, sagte er unumwunden. »Mein Kopf, weißt du. Seit meinem Unfall ist bei mir Hammerwerfen in der Gedächtnishalle angesagt. Es ist schade, aber ... Nimm du meine Blumen für mich in Empfang.«

»Wie bitte? Was ist denn los?«

»Ganz ehrlich? Ich brauche unbedingt eine Auszeit. Du schaffst das auch ohne mich. Das hast du schließlich überzeugend bewiesen. Ich melde mich, wenn ich wieder auf dem Damm bin.«

»Ja, tu das, aber ...« Henni glaubte, der Boden schwanke unter ihren Füßen. Gemeinsam hatten sie bei den Proben alles gegeben, und nun würde Ansgar bei der Premiere nicht dabei sein? Wie fad fühlte sich das an? »Kann ich noch irgendetwas für dich tun?«, flüsterte sie enttäuscht.

Ein längeres Schweigen entstand.

»Du bist so lieb«, sagte er, und seine Stimme verriet, dass er gerührt war. »Was immer jetzt passiert, denk dran, dass ich dich gernhabe, ja?«

Henni wurde flau im Magen. Der Schmandkuchen fühlte sich in ihrem Bauch gar nicht mehr wohl.

»Ich werde uns eine hinreißende Marquise schreiben«, versprach sie, da ihr nichts Besseres einfiel, womit sie ihn trösten und aufmuntern könnte. »Eine umwerfende moderne Fassung der Marquise von O... Besser als jeder Krimi. Gleich nach dem Abendessen setze ich mich dran, und wenn es sein muss, schreibe ich die ganze Nacht hindurch.«

»Ach, Henni!«, sagte er nur. Und dann: »Gute Nacht.«

Zwölf

Zwei Tage später stand Henni morgens unter der Dusche und wusste kaum noch, wer sie war. Ein übles Kopfweh plagte sie, ihr Körper kribbelte, und sie fühlte sich wie auf einer Achterbahnfahrt. In den letzten sechsunddreißig Stunden hatte sie kaum geschlafen und fast durchgehend an ihrem Text gearbeitet. Lediglich zur Premiere der Agatha war sie mit Alma in der Burg gewesen. Jetzt war ihr Stück fertig, sechzig Seiten voller Anweisungen und Dialoge, geschrieben wie ein Drehbuch. Sie hatte sich einfach einen Film vorgestellt und die einzelnen Szenen minutiös festgehalten.

Ansgar musste es so rasch wie möglich lesen.

Wie ging es ihm überhaupt? Was machte sein Kopfweh?

Henni trank drei Tassen Kaffee, nahm ein Aspirin, schlüpfte in ihre Kleider und schwang sich draußen auf ihr Rad. An der Nidda wurde sie von Nilgänsen mit lautem Geschnatter begrüßt. Ein paar Schulkinder spielten am Ufer und warfen Steine ins Kehrwasser. Hatten sie eine Freistunde, oder schwänzten sie den Unterricht? In einem Schrebergarten stützte sich ein müder Hobbygärtner auf einen Spaten und betrachtete seine Rabatten. Ein Arbeiterdenkmal, so nannte ihr Vater diese Ruhehaltung, die er selbst gern einnahm. Im Geiste sah sie ihn in Italien zwischen seinen Tomatenpflanzen stehen.

Dann hatte sie die Stadt erreicht. Am Gebäude hinter der Burg, in dem sich die Apartments der Festspielleute befanden, stellte sie ihr Rad ab. Schellen oder nicht schellen? War sie zu vorlaut? Zu drängend? Ach was, sie hatte sich die Finger für ihn wund geschrieben und ein Stück ersonnen, das ihr ausnehmend gut gefiel und das Furore machen würde, wenn Ansgar es inszenierte – an welcher Bühne auch immer. Ihr Exposé hatte ihn ja bereits beeindruckt. Hätte er ihr sonst unter dem schützenden Deckmantel des Ritters Bechtram eine so achtungsvolle Rückmeldung zukommen lassen? *Erstaunlich, zu was du fähig bist*, hatte er ihr gemailt.

Sie suchte auf den Klingelschildern nach seinem Namen, als Giselle aus dem Haus trat. Zu Sneakers und Leggins trug sie einen Pullover in Übergröße, der ihr fast bis zu den Knien reichte. War das jetzt modern? Ihr langes blondes Haar hatte sie zu einem Knoten gezwirbelt, der wie ein Krönchen auf ihrem Kopf saß. Sie sah glücklich aus, aber auch übernächtigt und müde, obwohl die Sonne längst hoch am Himmel stand.

»Oha, entschuldige bitte«, stammelte Henni. »Ist der Ansgar da?«

Giselle sah sie an, als müsse sie erst lange darüber nachdenken.

Im Haus ging eine Wohnungstür auf, und Aimée trat im Morgenmantel in den Flur. »Vergiss mein Mohnbrötchen nicht«, rief sie Giselle zu und rieb sich den Schlaf aus den Augen.

Henni sah rätselnd von einer zur anderen.

»Heute ist keine Probe«, klärte Giselle sie auf. »Ich will gerade zum Bäcker.«

»Und Ansgar?«, fragte Henni.

Giselle zögerte. »Du, ich weiß gar nicht, ob ich dir das sagen soll. Aber der wohnt schon seit seinem Unfall im Golfhotel.«

»In Dortelweil?« Hennis Stimme kippte.

»Ich denke schon.« Giselle zog ihr Portemonnaie hervor und schaute hinein, als ob sie ihr Brötchengeld zählen wollte. »Ich muss auch mal rasch los«, meinte sie. »Wenn ich zu spät komme und die Mohnbrötchen ausverkauft sind, geht Aimée zur Strafe nie mehr mit mir meinen Rollentext durch.«

»Tatsächlich?«, fragte Henni irritiert.

»Kleiner Scherz.« Giselle klappte ihr Portemonnaie wieder zu und steckte es ein. »Von mir hast du das nicht mit dem Golfhotel«, rief sie im Weggehen über die Schulter zurück.

Henni nahm den Weg über die Felder, der etwas kürzer war als die Strecke entlang der Nidda. Sie passierte den Biohof, auf dem sie sich vor nicht einmal zwei Wochen mit Tante Alma getroffen hatte, und es kam ihr so vor, als sei das eine Ewigkeit her. Tatsächlich war in dieser Zeit viel geschehen. Sie hatte ein Häuschen für sich gefunden, war in die Welt des Theaters eingetaucht. Und sie hatte Ansgar kennengelernt.

Der Arme litt hoffentlich nicht zu sehr unter den Folgen seines Unfalls. Es musste schlimm um ihn stehen, wenn er nicht nur der gestrigen Premiere ferngeblieben war, sondern sich obendrein in ein Hotel zurückgezogen hatte, um etwas Ruhe zu haben. Sie hätte ihm etwas Nettes mitbringen sollen. Rotkäppchen würde Wein und Kuchen im Körbchen zu ihm tragen, dachte sie. Andererseits wollte sie sich nicht mit Besorgungen aufhalten. So rasch wie möglich musste sie ihn in ihre Arme ziehen und trösten. Also beließ sie es dabei, sein Schneewittchen zu sein.

Die Wetterauer Felder lagen still in der Sonne. Am Wegesrand saß eine Frau mit einem kleinen Mädchen auf einer Bank. Die beiden ließen sich von einem halben Dutzend neugierigen Kühen bestaunen, die, nur durch einen Zaun von ihnen getrennt, auf der Wiese standen und die Fliegen von ihrem Fell wedelten.

Zoo verkehrt herum, kam es Henni in den Sinn.

Sie beugte sich über den Lenker, um mit mehr Kraft in die Pedale treten zu können. Eines der beiden quietschte abscheulich, und sie geriet außer Atem, als sie die Anhöhe zum Dorf in Angriff nahm. Links, rechts, vorbei an den alten Herrenhäusern und rüber zum Golfplatz. Auf dem Parkplatz vor dem Hotel leuchtete ihr ein gelber Roadster entgegen, und sie erkannte das Sportauto wieder, mit dem Ansgar sie zur Probe hatte abholen wollen. Er war also hier. Und es musste ihm wirklich dreckig gehen. Er hatte nicht einmal mehr die Kraft gefunden, das Verdeck des Autochens zu schließen.

Im Hotel strebte Henni sogleich in die Lobby, wo eine angenehme Kühle sie empfing. Sie strich sich die verschwitzten Haare aus der Stirn und zog den Stick, auf den sie ihr Stück gespeichert hatte, aus ihrer Handtasche. Einem vorbeieilenden

Kellner nickte sie so selbstverständlich zu, als sei sie hier ein gern gesehener Dauergast.

»Entschuldigung, ich suche Ansgar von Stein, den Regisseur«, sprach sie ihn an.

»Oh ja. Erwartet er Sie? Soll ich ein drittes Champagnerglas bringen?«

»Ein drittes Glas? Ich weiß nicht«, meinte Henni verunsichert. »Wo finde ich ihn denn?«

»Er sitzt auf der Terrasse.«

Etwas in der Stimme des Kellners alarmierte sie. Verunsichert ging sie ins Restaurant, trat sachte an die geschlossene Terrassentür und spähte hinaus. Tatsächlich, da draußen saß Ansgar an einem Tisch vor der Reling und blickte aufs Wasser. Sie sah nur seinen Rücken, die kräftigen Schultern, das dunkle lockige Haar. Aber er war es, ganz eindeutig. Ihm gegenüber saß eine blonde Frau mit eindrucksvoll geschminkten Augen. Sie hob ihr Glas, in dem eine helle Flüssigkeit die Sonne einfing, Champagner, wenn Henni die Worte des Kellners richtig deutete, und lächelte Ansgar vielsagend zu.

Als sie an ihrem Glas nippte, wusste Henni, wo sie die Frau schon einmal gesehen hatte: in der Frankfurter Altstadt. Dort bei Ansgar war Doris Heim, die an ihrem vierzigsten Geburtstag im regennassen Jäckchen und mit verschmierten Panda-Augen in der Goldenen Waage um einen Platz an ihrem Tisch gebettelt hatte. Nikos Doris!

Henni stand wie erstarrt da. Sie umklammerte den Stick mit ihrem Drama und versuchte sich zu beruhigen. Denk nach, Henni, schalte deinen Kopf ein! Sie sei eine Schauspielerin, hatte Niko gesagt. Das mochte der Schlüssel sein. Doris bewarb sich gerade bei Ansgar um eine Rolle. Warum ging sie nicht auf die beiden zu? Hallo, Doris, wie schön, Sie wiederzusehen …

Der Kellner war Henni gefolgt und in respektvollem Abstand neben ihr stehen geblieben, offenbar spürte er ihre Verwirrung. Ob er ein drittes Glas rausbringen sollte, wagte er nicht mehr zu fragen. Ein Golfer kam durch die Terrassentür ins Restaurant, und in den wenigen Sekunden, in denen die Tür offen stand, drang das Lachen von Doris und Ansgar zu ihr herein. Henni fasste eben nach der Tür, um zu den beiden hinauszugehen, da erhob Ansgar sich von seinem Sessel. Er trat hinter Doris und umfing sie mit einer intimen Gelassenheit, die für eine jahrelange Beziehung zwischen den beiden sprach. Doris bot ihm mit geschlossenen Augen ihr Gesicht dar und ließ zu, dass seine Lippen es überall liebkosten.

Plötzlich sah Ansgar auf, sein Blick traf auf Hennis, und seine Augen weiteten sich in ungläubigem Erstaunen.

Henni ergriff Panik. Sie stopfte ihren Stick in die Handtasche, ließ den Kellner stehen und floh aus dem Restaurant des Golfhotels. Hinter sich hörte sie Ansgar ihren Namen rufen, er war ihr wohl über die Terrasse gefolgt.

»So warte doch!«, schrie er außer Atem.

Henni wartete nicht. Sie stieg auf ihr Rad und fuhr davon, ohne sich noch einmal umzudrehen. Weg, nur weg, ratterte es in ihrem Hirn im Takt des quietschenden Pedals.

Später vermochte sie nicht mehr zu sagen, wie lange sie am abgeflachten Ufer der Nidda gesessen und in den träge dahinfließenden Wasserlauf gestarrt hatte. Unfähig, einen klaren Gedanken zu fassen, war sie vom Golfhotel aus hierhergefahren und hatte ihr Rad achtlos ins Gebüsch gelegt. Seitdem war die Zeit gefühlt stehen geblieben. Schwäne gründelten zwischen Teichrosen. Kinder tobten auf dem Spielplatz in ihrem Rücken, hin und wieder konnte sie ihr Lachen hören. Zwei Hunde rannten in hohem Tempo durchs Gras und balgten sich. Ihr betagtes Frauchen kam hinzu und warf Stöckchen ins Wasser, die sie mit großem Eifer apportierten. Einer der Hunde – obenrum sah er so aus wie ein Teckel, untenrum glich er eher einem Pinscher – schüttelte sein nasses Fell unmittelbar neben Henni aus. Feine Wassertropfen stoben durch die Luft und sprühten sie ein. Sie seufzte ergeben. Warum nicht auch noch nass werden, wo es ihr doch schon elend genug ging.

Immerhin weckte die kleine Dusche sie ein wenig auf. Entschlossen rappelte sie sich hoch und machte sich zu Fuß auf den Heimweg. Ihr Rad schob sie wie in Trance neben sich her. Zum Fahren hatte sie keine Energie mehr, ihre Füße stolperten beinahe übereinander, und sie war froh, als sie vor ihrem Häuschen ankam.

Bei Alma drüben war alles still. Was sie wohl gerade machte? Henni mochte ihr jetzt nicht begegnen. Noch fehlten ihr die Worte, um ihr Erlebnis im Golfhotel zu beschreiben. Vor der Küchenzeile trank sie gierig ein Glas Wasser. Am liebsten hätte sie sich auf ihre Matratze geworfen, um in einen tiefen Schlaf zu fliehen, aber sie fürchtete, das Laken könnte noch nach Ansgars Aftershave riechen und alle möglichen Erinnerungen in ihr wachrufen. Sie wollte jetzt aber nicht an ihn denken. Sie wollte an gar nichts denken.

Wie benommen ließ sie sich auf den Stuhl vor ihrem kleinen Tisch sinken, klappte ihren Laptop auf und checkte ihre Nachrichten.

Immer noch als Ritter Bechtram getarnt, hatte Ansgar auf ihrem Blog seinen Arbeitsauftrag erneuert: *Den Karbener Rosenhang nicht vergessen.* Nahezu zeitgleich hatte er ihr außerdem eine Mail geschickt: *Henni, wir müssen reden. Gib mir eine Chance. Ich kann dir alles erklären!*

Schon klar, es ist nicht so, wie ich denke, mailte sie voller Ingrimm zurück.

Das Wort Rosenhang hallte in ihren Gedanken nach. Leo hatte ihn ihr zeigen wollen. Kleine Fluchten, überlegte sie. Vielleicht war jetzt der richtige Zeitpunkt dafür.

Sie rief Leo an.

***

Marie de Blois wirkte schon ziemlich verwelkt. Thérèse Bugnet, die in ihrer Blütezeit rosa Rüschenkleider getragen hatte, schien auch keine Kraft mehr zu haben und ließ zu, dass gemeine Brennnesseln sich an sie heranpirschten. Einzig Miss Edith Cavell zeigte sich noch in einem schönen roten Outfit, das im Sonnenlicht nur so funkelte.

»Schade, dass schon so viele hinüber sind«, sagte Henni.

»Ja, aber sie sind alle historisch.« Leo ließ den Satz wie eine Entschuldigung klingen. »Die meisten Rosen blühen ja früher im Jahr, und dieser Sommer ist extrem heiß, da machen sie besonders schnell schlapp.«

»Ich finde es trotzdem schön, dass du mich hergeführt hast«, entgegnete Henni versöhnlich. »Allein hätte ich diesen Rosenhang nie gefunden.«

Vor allem tat es gut, an etwas anderes zu denken als an Ansgar. Sie sah ihn immer noch vor sich, wie er sich über Doris beugte und ihr Gesicht liebkoste. Auch der erstaunte Blick, mit dem er sie bedacht hatte, als er sie entdeckte, hatte sich in ihr Hirn gefressen.

»Das eigentliche Rosendorf ist ja Steinfurth«, bemerkte Leo. »Es ist nicht weit von hier, und man findet dort die schönsten Züchtungen. Aber nirgends wachsen die Rosen so wild durcheinander wie hier.«

»Ein wahrer Dschungel!« Henni bahnte sich ihren Weg zwischen den einzelnen Büschen hindurch. Zu Füßen eines jeden Rosenstrauchs steckte ein hübsches Namensschild aus Emaille in der Erde, ordentliche Reihen suchte man unterdessen vergebens. Leo folgte ihr langsam, den Blick auf sein Smartphone gerichtet.

»Fünfhundert verschiedene historische Arten auf fünfhundert Quadratmeter Hang«, las er von seinem Handydisplay ab.

»Unglaublich. Wie kam dieses Rosenparadies nur zustande?«

»Es war ein Loch«, erklärte er schlicht. »Früher hat man hier Lehm abgebaut, für Dachziegel und für die Fachwerkhäuser. Der Lehm wurde mit Häcksel vermischt und in den einzelnen Fächern zwischen die Weidenruten geschmiert. Als man die Grube irgendwann nicht mehr brauchte, verfüllte man sie mit Müll und Schutt und bedeckte sie mit Wetterauer Ackerboden. Man pflanzte ein paar Bäume und ließ das sprichwörtliche Gras darüber wachsen. Bis ein Hobbygärtner auf die Idee kam, hier Rosen anzusiedeln.«

»Es muss viel Arbeit sein, das alles zu pflegen.«

»Ja, da sind etliche Freiwillige zugange.«

»Und erst die hübschen Schilder!« Henni war wieder zu Edith Cavell zurückgekehrt. Die meisten Rosen hatten Frauennamen. Vielleicht sollte man auch eine Rose nach Doris benennen? Sie hier einpflanzen. Und dann verdorren lassen.

»Viele Rosen scheinen nach berühmten Persönlichkeiten benannt zu sein.« Leo googelte wieder. »Edith Cavell war eine englische Krankenschwester«, sagte er, nachdem er einen Artikel überflogen hatte. »Im Ersten Weltkrieg wurde sie von den Deutschen hingerichtet, weil sie alliierten Soldaten zur Flucht verholfen hatte. Selbst Kaiser Wilhelm soll über ihr Todesurteil schockiert gewesen sein. Es gibt Theaterstücke über sie und sogar einen Stummfilm.«

»Ach ja?« Henni fand, dass sich immer wieder alles mit allem verband. Krieg und Rosen, Stummfilme und Theaterstücke.

Unter einem Baum entdeckte sie eine einfache Bank. Sie bestand nur aus ein paar dünnen Birkenstämmen, die man quer über zwei Holzböcke gelegt hatte. In ihrer Schlichtheit erinnerte die Sitzgelegenheit sie an das Vogelnest in ihrem Dachstübchen. Vorsichtig nahm sie Platz. Ein warmer Wind fuhr durch den Rosendschungel, ganz leicht kam der Duft nach Rosen auf, und eine geruhsame Entspanntheit legte sich über Hennis Gemüt. Der Schreck, den ihr Ansgars Anblick eingejagt hatte, als er Doris liebkoste, ließ allmählich nach, wurde erträglicher.

»Du magst Rosen, stimmt's?«, wandte sie sich an Leo. »Deine Kletterrosen am Haus …«

Leo lachte leise. »Libby hat sie immer gehasst. Wenn die Blätter rieseln, hat man viel zu fegen. Aber die verblühten Rosen bilden auch schöne Hagebutten. Bei manchen Sorten sind sie fast hübscher anzusehen als die Blüten.«

»Hast du dich mit deiner Frau ausgesprochen? Wegen Fees Unfall?« Der märchenhafte Rosengarten ließ eine vertraute Stimmung zwischen ihnen aufkommen, sodass Henni die Frage leicht über die Lippen kam, und Leo nahm sie freundlich auf.

»Es ist und bleibt schwierig«, erzählte er. »Libby hat ja einen neuen Partner, und ich habe immer das Gefühl, dass die beiden sich in ihrer Eintracht gestört fühlen, wenn ich bei ihnen auftauche. Manchmal denke ich sogar, sie haben Angst, ich könnte ihnen Fees Liebe wegnehmen.«

»Du meinst, die beiden fürchten, dass Fee dich lieber haben könnte als sie?«

Leo nickte.

»Gibt es denn keinen Mittelsmenschen zwischen euch? Jemanden, der Zugang zu ihr und zu dir hat?«

»Warum fragst du?«

»Niko und ich haben gern Tante Alma eingeschaltet, wenn es zwischen uns schwierig wurde. Wir mochten sie beide, und sie mochte uns. Ihren Niko liebt sie bis heute über die Maßen.«

»Und? Hat es geholfen?«

Henni legte den Kopf schief. »Ja und nein. Es hat immer für eine gewisse Zeit das Feuer gelöscht. Aber Niko ... Er hat eine sehr eigene Weltsicht, weißt du. Eine überaus pessimistische. Andere würden vielleicht sagen, eine sehr realistische, aber mir war es zu viel. Die Welt war noch nie perfekt. Und wovor du auch Angst haben magst: Womöglich tritt unerwartet ein Schrecken ein, den du gar nicht auf dem Radar hattest.«

Leo schaute schweigend vor sich hin. Er hatte ein Stöckchen vom Boden aufgehoben und zeichnete damit geheimnisvolle Linien in den Erdboden vor seinen Füßen. Sollte das, was er da malte, etwa ein Herz sein? Eine Rose war es jedenfalls nicht.

»Ich kannte einen Mann, der fuhr niemals mit dem Auto, weil er Angst hatte zu verunglücken«, begann er. »Eines Tages ging er zwischen zwei parkenden Autos hindurch auf die Straße und übersah, dass in dem vorderen Wagen jemand am Steuer saß. Der Fahrer wollte ausparken, setzte zurück und zerquetschte ihm beide Beine.«

»Oh Gott, wie furchtbar!«

»Makaber, aber wahr.«

»Allerdings. Was ich sagen wollte«, Henni kam wieder auf den Beginn ihres Gesprächs zurück, »was bei uns nicht funktioniert hat, kann bei euch ja klappen. Mit der Mittelsperson, meine ich.«

Leo schien darüber nachzudenken. »Libbys Mutter«, sagte er zögernd. »Die hat mich auch immer gemocht.«

»Dann mal ran an den Speck, du Schwiegermutterschwarm«, forderte Henni neckend. »Was soll schon schiefgehen?«

»Nichts. Lass uns heimfahren, ja? Was ist eigentlich mit deinen Umzugskisten? Stehen die immer noch in Nied, oder hast du inzwischen eine Lösung gefunden?«

»Nein, ich kam noch nicht dazu«, gestand Henni.

»Sollen wir das noch mal in Angriff nehmen? Der Laster, den Ansgar gegen die Wand gesetzt hat, ist zwar noch in Reparatur, aber wir haben Ersatz gemietet. Ich kann mich ja mal erkundigen, wann er frei ist.«

»Das wäre einfach toll.«

Sie liefen zum Parkplatz zurück, der zu einem unmittelbar daran angrenzenden Waldfriedhof gehörte. Henni warf einen Blick über die Friedhofshecke. Auch über den blumengeschmückten Gräbern lag eine entspannte Ruhe, nur ein paar Vögel flatterten zwischen den Bäumen umher und zwitscherten unverdrossen.

»Es kommen nicht viele Leute hierher.« Henni ließ es halb wie eine Feststellung, halb wie eine Frage klingen.

Leo zuckte mit den Schultern. »Ich bin ganz froh drum. Ein paar fast geheime Plätze, an die man sich zurückziehen kann, muss es auf Erden doch geben.«

Eine junge Frau in einem langen Sommerkleid schlenderte an ihnen vorbei in Richtung des Rosenhangs, auf dem Kopf einen kecken Strohhut. Mit etwas Phantasie hätte es Edith Cavell sein können.

Dreizehn

Als Henni vor ihrem Häuschen stand, bemerkte sie, dass Almas Küchenfenster weit geöffnet war. Ihre Tante lief in ihrer Küche hin und her, und den Gesprächsfetzen nach, die Henni mitbekam, erzählte sie voller Begeisterung von der gestrigen Premiere der Mausefalle. Ihre Worte drangen bis in den kleinen Hof, der zwischen ihrer ausgebauten Scheune und Hennis Häuschen lag.

»Auf der Bühne wussten alle ganz genau, was sie zu tun hatten«, hörte Henni sie sagen. »Das Stück war so gut eingeübt, dass es wie am Schnürchen lief. Der kann was, dieser Ansgar von Stein! Und dann diese Schneebilder! Wie sie das hingekriegt haben, dass man das Gefühl hatte, es wäre Winter, obwohl man im Sommerkleid auf der Tribüne saß, das war einfach rasant.«

Henni wartete gespannt darauf, wer Alma antworten würde. Irgendjemand musste doch bei ihr sein. Dass sie Selbstgespräche führte, wäre ihr neu.

»Über das Stück berichtet schon eine Kollegin«, sagte eine Männerstimme. »Ich soll ein Feature schreiben, über die Festspiele, die Inszenierungen und das ganze Drumherum.«

Henni spürte, dass sie eine Gänsehaut bekam. Diese Stimme gehörte Niko. Sie lief zu Almas Haustür und klingelte Sturm.

»Kind, da bist du ja.« Alma klang fröhlich, als sie ihr öffnete. »Wir haben dich schon vermisst. Rate, wer hier ist!«

»Ich hab's schon vernommen«, sagte Henni gereizt. »Und erzähl mir jetzt bloß nicht, du hast ihn hergerufen, damit er mit seinem SUV meine Kartons aus Nied holt!«

Ihre Sachen mussten tatsächlich raus aus ihrer alten Wohnung, aber dazu würde sie Leos Hilfe annehmen, nicht Nikos.

»Aber nein«, rief Alma aufgeregt. »Er will über dich und Ansgar schreiben.«

»Was? Wieso weiß er überhaupt von uns?«, flüsterte Henni heiser. »Was hast du ihm erzählt?«

»Ganz wenig. Er will es von dir hören. *Du* musst ihm unbedingt alles haarklein berichten.«

»Wie bitte? Das geht Niko gar nichts an!« Henni begann zu zittern.

»Komm doch erst mal rein. Ich habe Kaffee aufgesetzt, und Niko hat Kuchen mitgebracht. Den leckeren vom Café auf der Bibliotheksbrücke.«

Na klar, für ihn musste es immer das Beste sein. Henni trat ein und wäre fast gegen Niko geprallt, der zwischen Küche und Wohnzimmer stand, die Arme lässig vor der Brust verschränkt.

»Henni, grüß dich!«

Er sah gut aus, aber auch das war nichts Neues. Seiner Hautfarbe nach hatte er die letzten Tage am Langener Waldsee verbracht. Seine Körperhaltung wirkte souverän und entspannt, und der Pulli, den er sich locker über die Schultern gelegt hatte, musste teuer gewesen sein.

»Tag, Niko. Was machst du hier?«

»Alma besuchen?«

Henni zog eine Braue hoch. »So fühlt es sich nicht an.«

Er nickte ertappt. »Hör zu, Henni, ich soll einen Artikel über die Burgfestspiele schreiben. Und nach dem, was man so hört, ist die Inszenierung der Mausefalle ein kleines Wunderwerk. Der Regisseur fiel gegen Ende der Proben aus, du hast die letzte Hauptprobe übernommen und sogar die Verantwortung für die Premiere. Trotzdem ist alles wunderbar gelaufen. Erzähl mir das aus deiner Sicht, und ich schreibe ein schönes Feature darüber.«

»Darüber, dass es *trotzdem* gut gelaufen ist?« Henni glaubte nicht recht zu hören. »Wieso sollte etwas *trotzdem* gut werden, wenn ich die Finger im Spiel habe? Frag doch mal den Regisseur nach meiner Arbeit.«

Niko schlenderte ins Wohnzimmer und ließ sich auf dem Sofa nieder. »Das würde ich ja gern. Aber der ist wie vom Erdboden verschluckt. Wo er sich befindet, scheint ein Geheimnis zu sein, das nur wenige kennen und niemand ausplaudern mag.«

Henni schnappte nach Luft. »Ansgar von Stein wohnt im

Golfhotel«, schrie sie, Tränen der Wut in den Augen, »mit *deiner* Frau!«

Nikos Miene versteinerte sich. »Was erzählst du da für einen Unsinn?«

»Geh doch selbst hin und guck. Es ist nicht weit von hier, du kommst leicht zu Fuß hin.« Ihre Schultern bebten, ihre Stimme auch. »Deine neue Flamme hat was mit *meinem* Freund.«

So, jetzt war es heraus. Aber warum klang es so kindlich und hilflos? Kaum hatte sie den Satz ausgesprochen, hätte sie ihren Ausbruch gern ungeschehen gemacht. Sie hatte das Gefühl, im falschen Film festzustecken, und es gab keine Chance, das Band zurückzuspulen.

»Henni, nun hör mir mal gut zu.«

Da, jetzt sprach er wieder wohlwollend wie ein Vater mit ihr. Wie sie das hasste. Sie atmete tief und ruhig ein, straffte die Schultern. Alma schaute von ihr zu ihm, und ihre grauen Löckchen führten bei jeder Bewegung einen kleinen Tanz auf ihrem Kopf auf.

»Ich habe keine Frau«, sagte Niko bestimmt. »Die Einzige, die ich jemals habe heiraten wollen, warst du.«

»Oha!«, kam es von Alma.

»Lassen wir das«, sagte Henni scharf. »Komm mir nicht mit den alten Geschichten.« Nach einer längeren Pause setzte sie nach: »Wenn sie nicht zu dir gehört, wer ist diese Doris Heim denn dann?«

»Doris?« Niko brach in glucksendes Gelächter aus, was Henni erst recht auf die Palme brachte. Immerhin überschattete nun Ärger ihre Traurigkeit.

Was für ein Karussell der Gefühle.

»Doris Heim ist eine Schauspielerin«, erklärte Niko sachlich.

»Ja, das weiß ich, so hast du sie mir in der Goldenen Waage vorgestellt.«

»Ich sollte einen Artikel über ihr Leben und ihre Arbeit für eine Serie im Feuilleton schreiben. In der Goldenen Waage waren wir, um ein Vorgespräch zu führen und uns ein wenig kennenzulernen.«

»Pah!«, entfuhr es Henni. »Kennenlernen! Hat sie dir zufällig auch erzählt, warum sie sich von Ansgar abküssen lässt?«

Niko schüttelte den Kopf. »Das kann ich dir wirklich nicht sagen. Du hattest das Café kaum verlassen, da klingelte ihr Handy, und sie musste zu einer zusätzlich anberaumten Theaterprobe. Unseren Termin haben wir bislang nicht nachgeholt, sie hat viel zu tun.«

Henni sah Niko ungläubig an. Ganz langsam ließ sie sich ihm gegenüber auf einen Sessel sinken. Tante Alma blieb stehen und folgte ihrem Disput wie einem Zwei-Personen-Stück, für das sie keinen Sitzplatz mehr bekommen hatte.

»Du musst doch irgendwas über diese Doris wissen«, sagte Henni tonlos.

»Ja, schon. Momentan hat sie ein Engagement in Mainz, ansonsten arbeitet sie europaweit und dreht auch Filme. Viel mehr weiß ich noch nicht über sie. Sie hält sich, was Persönliches angeht, sehr bedeckt und trennt ihr privates und öffentliches Leben streng. Ist ja auch klug, bei all den Gerüchten und dem Klatsch in den sozialen Medien. Wie rasch ist man da in einen Shitstorm geraten.«

»Du machst dir ja verdammt viele Gedanken um sie.«

Niko hob arglos die Schultern. »Ich fand sie einfach nur sehr nett. Wie sieht es aus, magst du mir ein Interview zur Mausefalle geben? Alma hat so begeistert von der Premiere erzählt.«

»Damit du dann schreibst: *Boutiquenverkäuferin rettet Aufführung*? Nein danke.«

»Tss. Du solltest mich besser kennen.« Der feine Niko schnalzte tatsächlich mit der Zunge.

»Von mir erfährst du nichts«, donnerte Henni los. »Du wirst Ansgar fragen, ob er dir ein Interview gibt. Und frag ihn auch gleich, was er mit dieser Doris am Hut hat.«

»Ist das nicht ein bisschen indiskret?« Niko ließ die Frage betont harmlos klingen. »Wir Journalisten sind ja bekanntlich von Natur aus neugierig, aber etwas Respekt vor fremden Menschen ist wieder modern.«

Henni war versucht, mit dem Fuß aufzustampfen. »Ach, geh mir doch aus der Sonne!«

»Langsam, langsam, ich bin ja schon weg!« Niko hob beide Hände in die Höhe, als würde sie ihn mit einer Waffe bedrohen, und stand auf. Rückwärts tastete er sich zur Haustür vor. Dann klappte die Tür hinter ihm zu, und Tante Alma fuhr erschrocken zusammen.

»Wie schade«, meinte sie und reckte ihr Vogelgesicht energisch in die Höhe. »Ich fand es so schön, dass er mal wieder vorbeikam.«

Vierzehn

Bitte geh ran! Wie müssen reden. Gib mir eine Chance!

Hennis Mailbox erstickte in Ansgars Nachrichten. Sie konnte sie bereits nicht mehr zählen. Eine Sommergrippe kroch in ihr hoch, ihr Hals fühlte sich schon wieder wie ein Reibeisen an. Kein Wunder, ihr Liebeskummer hatte ihr Immunsystem schachmatt gesetzt.

Seitdem Niko gestern gegangen war, lag sie auf ihrer Matratze, starrte die Deckenbalken an und tat sich selbst leid. Das Kopfkissen hatte sie in eine Ecke des Zimmers verbannt, obwohl es gar nicht mehr nach Ansgar roch. Draußen schien es windig zu sein, ein Ästchen schlug rhythmisch gegen das Dachfenster.

Sie versuchte, in einen erlösenden Schlaf zu finden, und döste vor sich hin. Es klopfte lauter gegen das Dachfenster. Nein, ein Ästchen war das nicht. Die Taube, deren Nest sie längst entsorgt hatte, pickte zu ihrem Schreck gegen die Scheibe und wollte zu ihr herein. In ihrem Schnabel trug sie einen kleinen Zettel.

Eine Brieftaube, wie aufregend!

Wie eine Schlafwandlerin öffnete Henni das Fenster, nahm der Taube vorsichtig ihre Botschaft ab und ließ sie in ihre Dachstube flattern. Mit leisem Tapsen huschte sie über die Dielen und sah sich nach Futter um. Als sie kein einziges Körnchen fand, gurrte sie empört, plusterte sich auf und begann, sich zu putzen. Henni faltete inzwischen den Zettel auf, den die Brieftaube ihr zugestellt hatte.

Wir müssen reden, las sie, *gib mir eine Chance.*

»Nein!« Sie schrie so laut, dass sie augenblicklich davon aufwachte.

Erschrocken sah sie sich um. Sie lag auf ihrer Matratze, und auf ihrem Dachboden war keine Seele, nicht mal eine Taube. Sie griff zum Handy und wählte Ansgars Nummer.

»Hallo«, sagte sie nur.

»Es gibt für alles eine Erklärung«, begann er. »Ich verlange gar nicht, dass du mir verzeihst. Wenn du mir nur eine Chance gibst, dir alles zu erzählen, bin ich schon froh.«

»Die Zimmer im Golfhotel wolltest du mit *mir* ausprobieren«, sagte Henni halb traurig, halb vorwurfsvoll. »Was findest du an dieser Doris?«

»Doris ist …« Er legte eine Pause ein und schien tatsächlich darüber nachdenken zu müssen, was sie ihm bedeutete. »Sie ist ein Akt für sich«, sagte er schließlich. »Ich mag dir das alles nicht am Telefon auseinanderlegen. Willst du mich nicht treffen?«

»Ich bin erkältet«, meinte Henni. »Vielmehr glaube ich, dass ich eine Erkältung kriege.«

»Bei dir stecke ich mich gerne an«, beteuerte Ansgar. »Ich denke mir was Schönes für ein Treffen aus, und dann reden wir in aller Ruhe. Ich melde mich wieder, ja?«

»Hm.« Henni grummelte vorsichtig Zustimmung. Sie musste das ja nicht heute entscheiden. Wenn ihr der Himmel auf den Kopf fiel, konnte sie sich immer noch hinter einer schlimmer werdenden Erkältung verstecken.

»Schön, dann bis bald. Wir sehen uns!« Ansgar klang fast erlöst.

Kaum hatte sie ihr Handy zur Seite gelegt, begann es zu klingeln.

»Was denn noch?«, fragte sie, als sie den Anruf unwillig annahm.

»Wir könnten morgen deine Sachen aus Nied holen«, hörte sie Leo sagen. »Bist du bereit?«

»Oh, Leo, du bist es. Ja, gern. Ich weiß nur nicht, ob ich gerade eine Erkältung kriege.«

»Mach dir um mich keine Sorgen, ich habe ein gutes Immunsystem«, meinte er lachend. »Ich kann einen Kumpel mitbringen, dann brauchst du gar nichts zu tun. Es reicht, wenn du dich halbwegs fit fühlst.«

»Danke, das ist lieb.«

»Also bis morgen früh. Neun Uhr? Falls du dich schlechter fühlst, ruf einfach vorher an.«

»Mache ich«, sagte Henni. »Und danke vielmals!«

Sie beendete das Gespräch, und wenig später fand sie endlich in einen tiefen Schlaf.

Fünfzehn

Majas blaue Ponysträhne war grün geworden. Henni war sich im Unklaren darüber, ob eine erneute Umfärbung dahintersteckte oder ob sich der Farbton von allein verändert hatte. Ihre dunkle Haarfarbe wusch sich ja auch mit zunehmendem Waschen heraus, und ihr aschblonder Originalton gewann langsam wieder die Oberhand. Maja betrachtete das Phänomen mit Interesse, seitdem sie Henni die Tür geöffnet hatte, verbiss sich aber überraschend jeden Kommentar.

»Gut, dass ihr kommt«, meinte sie stattdessen. »Ihre Umzugskartons musste ich leider in den Hausflur stellen. Sie hatten sie zwar nett in eine Ecke gestapelt, aber am Ende nervten sie doch.«

Hinter Maja tauchte ihr Vater auf, beide Daumen unter die Hosenträger geklemmt. Was für ein vertrauter Anblick!

»Ach, die Frau Arends! Nett, Sie auch mal wiederzusehen.«

»Tag, Herr Simon«, grüßte Henni mit gemischten Gefühlen.

Um seinem Töchterchen Platz zu machen, hatte dieser Übervater sie aus ihrer Wohnung geekelt. Oder hatte er ihr damit einen Gefallen getan? In Sekundenschnelle versuchte sie, Bilanz zu ziehen. Sie war eine Theaterfrau geworden, das war gut. Sie hatte ein tolles Häuschen ergattert und noch mehr Nähe zu Alma gefunden. Auch das war wunderbar. Sie hatte Ansgar gefunden. Siebter Himmel. Doch nun bereitete er ihr so viel Kummer. Brennende Hölle!

»Schön, dass Ihre Kartons endlich wegkommen«, freute sich Herr Simon. »Wurde auch Zeit. Die Fernsehleute brauchen Platz.«

»Was für Fernsehleute?«, fragte Henni.

»Na, diese Leute, die Filme drehen.«

»Ach ja?« Henni gab auf. Ihr war das zu verworren.

»Gleich ist alles verschwunden«, versprach Leo an ihrer Stelle. Er zwinkerte Maja zu, inspizierte kurz die Kartons im

Hausflur und schnappte sich die erste Kiste. Einen Kumpel zur Mithilfe hatte er wohl nicht auftreiben können, er war allein gewesen, als er Henni daheim abgeholt hatte. Nun hielt sie ihm die Haustür auf, und er spazierte so entspannt mit dem ersten Karton heraus, als sei er leer.

»Pass nur ja auf dich auf«, meinte Henni besorgt. »Nicht dass du morgen Rücken hast.«

Er drehte sich feixend zu ihr um. »Keine Angst, ich bin voll im Training. Was meinst du, was so eine Bühnenkulisse wiegt? All die Möbel, die Dekorationen? Und erst der Kamin und die Kaminuhr, die dein Regisseur für die Mausefalle hat austauschen lassen.«

»Na, dann los, Superman!« Henni lachte verhalten. »Dein« Regisseur, hatte Leo gesagt. Ob er sie tatsächlich als Ansgars Freundin ansah? Oder war das nur so eine Redensart?

Maja nahm Henni die Tür aus der Hand, riss sie weiter auf und lief Leo hinterher. Eine ganze Weile kamen die beiden nicht zurück. Herr Simon trat ungeduldig von einem Bein aufs andere, schließlich drückte er sich aus der Haustür, um nachzusehen, was los war. Kopfschüttelnd kam er zurück.

»Was ist denn das für einer? Und was will der von meiner Maja?«

»Wieso, was stellt er denn mit ihr an?«

»Er steht mit ihr am Lastwagen rum und redet auf sie ein.«

»Ich glaube nicht, dass das was Schlimmes ist.«

»Weiß man's?«

»Herr Urban ist Bühnenbauer bei den Vilbeler Festspielen.« Henni hatte plötzlich das Gefühl, Leo verteidigen zu müssen. Er hatte sich ihr gegenüber stets vorbildlich verhalten, und es ehrte ihn, dass er sich um seine Tochter kümmern und sich nicht streiten, sondern das Gespräch mit seiner Ex-Frau suchen wollte. Dass seine Ehe in die Brüche gegangen war und er auch beruflich Rückschläge erlitten hatte, besagte nichts über seinen Charakter. Im Gegenteil, aus Krisen konnte man lernen, und Leo machte ganz und gar den Eindruck, als hätte er sein Leben wieder im Griff.

»Bühnenbauer?«, überlegte Herr Simon laut und verzog das Gesicht. »Meine Tochter soll mal einen Produzenten heiraten. Oder einen Regisseur.«

»Glauben Sie nur nicht, dass Regisseure von Natur aus gute Menschen wären«, rutschte es Henni heraus.

Sie schob sich an Herrn Simon vorbei in ihre alte Wohnung und sah sich um. Maja hatte eine gründliche Renovierung vorgenommen, alles hatte sich bis zur Unkenntlichkeit verändert. Auf ihrem Sofa lag eine Kuscheldecke mit einem blau-grauen Muster, wie man es sonst nur auf einem Bembel sah. Ein Hessenkolter! Auf der Fensterbank brannten Teelichter in papierenen Behältern, die gerippten Apfelweingläsern nachempfunden waren. Die Tapete hatte ein Muster, das prima in Goethes Elternhaus gepasst hätte, und an der Wand prangten gestickte und gerahmte Sprüche.

Home is where my Bembel is. Und direkt daneben: *Wenn ich aans hass, dann sinns dumme Sprüsch!*

»Was ist denn hier passiert?«, platzte Henni heraus. Geplagt von Neugierde und unguten Gefühlen, warf sie einen Blick ins Schlafzimmer. Ein roter Adler breitete seine Flügel auf dem Niko-Bett aus. Er schwebte in einem weißen Kreis, der seinerseits von leuchtendem Rot umgeben war. Henni dämmerte, dass der Bettbezug aus dem Eintracht-Fanshop auf der Zeil stammen musste. Sie hatte Niko dort mal eine schicke Windjacke gekauft, damit er bei leichten Regenfällen im Waldstadion geschützt war. Einen Schlüsselanhänger, ein Notizbuch und ein paar Schnellhefter mit Eintracht-Logo hatte sie bei der Gelegenheit gleich mit erstanden. Mit solchen Geschenken konnte man bei Niko nichts falsch machen. Kein Frankfurter Bub, der nicht zu seiner Eintracht stand!

Aber was machten all diese Mikrofone und Lampen in ihrem ehemaligen Schlafzimmer? Eine schwere Kamera war auf ein dreibeiniges Stativ montiert, und die Linse war direkt auf das Bett gerichtet.

»Hm, was …?« Henni suchte nach der richtigen Frage. Gab es neben Regionalkrimis neuerdings auch erotische Heimatfilme?

»Hier wird eine Hessenkomödie gedreht«, hörte sie Maja hinter sich sagen. Sie war in die Wohnung zurückgekommen und stand mit ihrem Vater hinter Henni. »Ein TV-Film fürs Privatfernsehen. Ich konnte meine Wohnung an die Produktionsfirma vermieten, der Location Scout war total begeistert. Sie zahlen mir hundert Euro die Stunde, nicht schlecht, was? Natürlich brauchten sie die Erlaubnis des Hausbesitzers, aber das war ja bei mir kein Problem. Mein Daddy erfüllt mir doch jeden Wunsch.«

Sie bedachte ihren Vater mit einem liebevollen Blick, und Herr Simon seufzte tief. »Ei, sicher. Die Familie geht immer vor.« Er schob die Daumen unter seine Hosenträger und wandte sich an Henni. »Hab ich's nicht gleich gesagt? Hier sind Leute zugange, die Filme drehen. Und die brauchen Platz. Und deswegen mussten Ihre Kartons raus.«

Henni tat, als habe sie ihn nicht gehört. »Hundert Euro die Stunde?«, vergewisserte sie sich bei Maja.

Wieso war ihr so etwas nicht eingefallen? Sie hätte ihre Mietschulden bezahlen und in der Wohnung bleiben können. Ach was, sie hätte obendrein noch etwas dazuverdient. Aber wer wusste schon, ob der alte Simon auch ihr die Dreh-Erlaubnis gegeben hätte.

»Allerdings. Dass es hier jetzt so aussieht, muss ich halt ertragen«, sagte Maja. »Ich schlafe auf dem Sofa unter dem Hessenkolter und drapiere frühmorgens alles wieder so, wie das Team es braucht.«

»Verstehe«, murmelte Henni.

So funktionierte das also. Ob all der Informationen und Erkenntnissee wurde ihr schwindlig, und sie war kurz davor, sich auf das Niko-Bett fallen zu lassen.

Leo hatte inzwischen den größten Teil ihrer Kartons auf den Laster gewuchtet, und ein schlechtes Gewissen keimte in Henni auf. Sie atmete ein paarmal tief durch und hob einige der verbliebenen Kisten an, um die leichteren zu finden und rauszutragen.

Leo legte seine Hand auf ihre, um sie davon abzuhalten. »Lass nur«, meinte er, »wir haben es gleich.«

Henni nickte dankbar. Wie in Trance folgte sie ihm ins Führerhaus des Lasters, als alles verladen war. Maja winkte ihnen aus dem Küchenfenster nach, als sie losfuhren, und so verrückt es in ihrer Situation auch war, plagte Henni nur ein einziger Gedanke: ob sie auch ihre Küche hessisch verkleidet hatten. Und wenn ja, wie musste sie sich das vorstellen? Womöglich hingen halb verblasste historische Frankfurt-Fotos über dem Herd, und ein aufblasbarer Schwimmreifen in der Optik eines Frankfurter Kranzes thronte auf dem Küchentisch.

***

Gegen Mittag hatte Leo ihre Kommode in ihr Dachstübchen geschafft, ihre Umzugskartons im unteren Wohnraum an der Wand entlang übereinandergestapelt und war wieder zur Arbeit gefahren. Henni wurde seither das Gefühl nicht los, kaum noch Platz für sich selbst zu haben. Was natürlich so nicht stimmte. Vor der Küchenzeile und um den Tisch und die Stühle herum gab es immer noch genug freien Raum, und der Dachboden war bis auf ihre Matratze und die Kommode leer. Die hätte sie nun einräumen sollen, aber sie konnte sich auf nichts konzentrieren.

Was für ein Date würde Ansgar sich ausdenken? Welches Märchen würde er ihr über Doris erzählen, wenn sie sich trafen? Je länger sie darüber nachdachte, desto elender fühlte sie sich. Ihr war heiß, ihr Puls pochte wie rasend, und ihr Hals fühlte sich an, als bekäme sie Mumps. Vor dem Spiegel sperrte sie den Mund weit auf, um zu sehen, ob ihr Rachen entzündet war, aber da war nur eine harmlose Rötung zu erkennen. Am besten, sie unternahm etwas, das sie ablenkte.

Aus den Umzugskartons kramte sie eines ihrer langen bunten Kleider aus Boutiquenzeiten hervor und schlüpfte hinein. Noch ein wenig Rouge auf die Lippen und die Haare mit dem Föhn aufgeplustert, und sie war bereit. Sie würde sich die Agatha noch einmal ansehen und sich selbst davon überzeugen, ob sich ein Ensemble mit jeder Aufführung in seiner Schauspielkunst steigerte, wie Ansgar es in Aussicht gestellt hatte.

Sie lief kurz rüber zu Alma, um ihr zwischen Tür und Angel Bescheid zu sagen. Nicht dass die alte Dame sich vergebens auf ein abendliches Schwätzchen mit ihr freute.

»Du hast es tatsächlich fertiggebracht, deine Sachen hierherzuholen?« Ihre Tante lachte, die Haustürklinke in der Hand.

»Das habe ich Leo zu verdanken«, gab Henni zurück. »Ohne ihn stünde vermutlich noch immer alles in Nied.«

Alma nickte zufrieden. »Dann mach dir noch einen schönen Abend.«

***

Damit es sich nicht in der Fahrradkette verhedderte, raffte Henni beim Fahren ihr Kleid hoch, sodass der Wind ihr um die bloßen Beine blies. Das kaputte Pedal quietschte immer noch jämmerlich, und nach der Hälfte der Strecke fand Henni das rhythmische Geräusch so kurios, dass sie im Takt mitquietschte. Ihr schönes Kleid klebte ihr bald am Rücken fest, Schweißtropfen hatten sich auf ihrer Stirn gebildet. Die Luft lag noch immer brütend warm über den Feldern, und so rasch würde es nicht kälter werden. Nachts kühlte es diesen Sommer kaum noch ab. Geregnet hatte es schon länger nicht mehr, die Sandbänke in der Nidda lagen wie kleine steinerne Inseln im Flussbett, und die Kühe vom Biohof hätten den Fluss mühelos überqueren können, wenn Zäune sie nicht aufgehalten hätten. Wäre Niko jetzt bei ihr, würde er ihr einen Vortrag über den Klimawandel halten.

Endlich tauchte die hell erleuchtete Burg vor Henni auf. An der Abendkasse ergatterte sie nur noch einen Platz in den vorderen Reihen, die nicht überdacht waren. War es eine gute Idee, sich dorthin zu setzen? Sie sah prüfend zum Himmel, doch nach Regen sah es auch heute nicht aus. An einem der Weinstände gönnte sie sich ein Glas Sekt, und mit einer Hand versuchte sie, ihr verschwitztes Kleid unauffällig vom Rücken zu lösen.

Auf einmal stand Leo neben ihr. »He, du bist ja rasch gesund geworden!«

»Hm, ja, ich hatte wohl nur so eine Art Stundengrippe.«

»Wo sitzt du denn?«

»Ganz vorne. Fast vor der Bühne.«

»Na, da wirst du ja nichts verpassen. Ich schaue mir das Stück vom Gang aus an. Ich will endlich mal in voller Schönheit betrachten, wofür ich tagelang Kulissen wuchten muss. Sehen wir uns nachher noch?«

Henni nickte und wies auf ihr Glas. »Magst du was trinken? Ich lade dich ein.«

»Nein, danke.« Leo winkte ab. »Morgen früh um sechs muss ich das Bühnenbild mit den Kollegen wieder rausschaffen und die Kulisse für das Kinderstück aufbauen. Da muss ich fit sein. Feiern ist heute Abend nicht.«

»Aber zum Essen lässt du dich bei Gelegenheit von mir einladen? Als Dankeschön für deine Umzugshilfe.«

»Klar, wenn ich am nächsten Morgen nicht so früh rausmuss.«

Der Gong ertönte, und alles drängte zur Tribüne, um die Plätze einzunehmen. Henni schaute dem Stück zum ersten Mal völlig entspannt zu. Sie musste nicht darauf achten, ob alle an den zugewiesenen Plätzen standen, ob jemand den Text durcheinanderbrachte oder eine unpassende Geste machte. Und es gab keinen Ansgar neben ihr, der ihr zuraunte, was sie notieren sollte. Stattdessen saß der Spielleiter vorn links in der zweiten Reihe und wachte über das Ensemble.

Mr. Paravicini betrat schneenass Mollie Ralstons Pension, Superintendent Hogben kündigte seinen Besuch telefonisch an, ohne zu verraten, wem er auf der Spur war. Und das winterliche Unwetter draußen wurde immer schlimmer. Henni war so vom Geschehen ergriffen, dass sie die Nässe des Schnees im Gesicht zu spüren glaubte. Giselle spielte die Herrin von Monkswell Manor nicht, sie *war* sie. Und Aimée gab die geheimnisvolle

Miss Casewell mit so viel Hingabe, dass man sie nicht wiedererkannte. Immer mehr Schneekristalle trafen Hennis Gesicht und schmolzen auf ihrer Haut. Sie wischte sie weg und betrachtete irritiert ihre nassen Finger.

Himmel! Das war kein Schnee. Es regnete. Und der Regen wurde stärker und stärker. Bald war es ein ausgiebiger kalter Schauer, der auf die Theatergäste in den nicht überdachten Reihen niederprasselte, und er schien nicht aufhören zu wollen. Auf den überdachten Plätzen kuschelte sich das Publikum in die wärmenden Pullis, die so mancher für den späteren Abend mitgebracht hatte, und galante Männer legten ihren Begleiterinnen ihre Anzugjacken um die Schultern. In den vorderen Reihen, die schutzlos dem Regen ausgeliefert waren, ergriffen die Menschen die Flucht, obwohl Helferinnen in Windeseile Regencapes aus durchsichtiger Plastikfolie verteilten. Henni streckte die Hand jedoch vergeblich nach einem Regenschutz aus, zu viele wollten einen haben. Da setzte Leo sich neben sie und hielt sein Cape über ihre Köpfe.

»Uh, danke«, flüsterte Henni. Der Saum ihres Kleides war bereits nass geworden, und sie zog ihn hoch bis über ihre Knie. Auch das Ensemble konnte nicht ganz trocken bleiben, so knapp wie das Dach über der Bühne bemessen war, doch man spielte unverdrossen weiter. Bald trommelte der Regen derart laut auf die Überdachung im hinteren Teil der Tribüne, dass man Giselle und Aimée trotz Mikrofonanlage kaum noch verstehen konnte.

Henni zog das Plastikcape dichter um Leo und sie. Regentropfen schlugen vor ihren Füßen auf den Boden und spritzten gegen ihre nackten Waden.

»So ein Schauer kann nicht ewig dauern«, flüsterte sie. »Ausharren ist alles.«

»Ansgar braucht dich nicht mehr, seitdem er seine Premieren hinter sich hat, oder? Hast du hier überhaupt noch Arbeit?«

Etwas in Leos Stimme verstörte Henni. Er klang um sie besorgt, schien aber auch sehr interessiert an ihrer und Ansgars gemeinsamer Zukunft zu sein.

»Ich werde die Intendanz um einen neuen Job bitten«, sagte sie ruhig. »Mal sehen, ob sie etwas für mich finden. Aber mein größter Wunsch ist, dass Ansgar mein Stück inszeniert. Das wäre schöner als jeder Lottogewinn.«

»Du hast ein Stück geschrieben?« Leo strich seine nassen Haare unter dem Cape mit so viel Schwung aus dem Gesicht, dass Henni ein paar Tropfen abbekam. »Was für eins?«

»Eine moderne Version der Marquise von O…«, sagte Henni. »Na ja, genau genommen ist es ein Thriller geworden.«

»Tatsächlich?« In Leos leisem Lachen lag Erstaunen und Bewunderung. »Ich würde es gern mal lesen.«

»Ich kann es dir nachher mailen, wenn du willst.« Das kam ihr rascher über die Lippen, als sie beabsichtigt hatte. Der Stolz auf ihre Arbeit und die Freude über Leos Interesse waren wohl schuld daran.

»Ja, mach das. Und danke für deinen Tipp mit der Mittelsperson.« Unter dem Plastikcape klang Leos Stimme seltsam dumpf. »Ich habe inzwischen mit meiner Schwiegermutter und auch mit meiner Ex-Frau gesprochen. Wir konnten ein paar Missverständnisse aus dem Weg räumen und machen jetzt alle gemeinsam eine Therapie. Also Libby, ihr neuer Mann und ich. Fee soll in einer glücklichen Patchworkfamilie aufwachsen, das ist es uns wert.«

»Das ist schön!«, sagte Henni und lächelte erfreut.

Tropfen perlten über ihren Regenschutz und verharrten kurz am Rand, bevor sie zu Boden fielen. Innen war ihr Plastikcape nun völlig beschlagen. Ihr und Leos Atem hatten sich zu einem vermischt und sie in ihrem Regenkokon von der Welt abgeschnitten.

Sechzehn

Lass uns morgen nach dem Frühstück einen Spaziergang machen und reden, hatte Ansgar ihr mitten in der Nacht gemailt. *Passt dir zehn Uhr, am Hotel?*

Henni hatte nur zögernd ein *Ja* zurückgeschrieben. Was könnte er ihr schon Tröstliches zu erzählen haben? Er hatte Doris' Gesicht mit Küssen bedeckt, sie hatte es genau gesehen, und diese Geste war sehr privat und kein bisschen beruflich gewesen. Dass er etwas falsch gemacht hatte, schien dieser Schuft selbst zu wissen. Hätte er sonst so erschrocken zu ihr aufgesehen? Wäre er so verzweifelt hinter ihr hergerannt und hätte »Henni, so warte doch!« gerufen?

Der Gedanke an ihn brannte ihr ein Loch in die Seele. Auf dem Weg zu ihrer Verabredung wollte sie mal rennen, um rasch bei ihm zu sein. Dann wieder mochte sie kaum einen Fuß vor den anderen setzen, um ihre Begegnung und die anstehende Aussprache noch etwas hinauszuzögern. Fast musste sie lachen, als sie sah, dass er unter dem Rosenbogen auf sie wartete, der die Einfahrt zum Golfhotel zierte. In seinem lässigen anthrazitfarbenen Sommeranzug wirkte er unter den letzten weißen Blüten, als wollte er für ein Hochzeitsfoto posieren und hätte die Braut daheim vergessen.

Sie liefen nach einer kurzen, förmlichen Begrüßung los und schwiegen das erste Stück des Weges. Henni sagte nichts, weil sie fand, dass seinerseits ein Geständnis anstand. Danach, so ahnte sie, würde eine Entschuldigung folgen und dann die Bitte um Verständnis. In Tausenden Liebesfilmen lief das so, es war immer das gleiche Theater. Doch auch Ansgar schwieg vor sich hin. Er führte sie aufs Feld hinaus, zunächst über einen geraden, geteerten Weg, der fast langweilig war. Felder rechts, Sträucher links, dahinter ganz versteckt der Golfplatz. Lediglich die knallenden Laute der Golfschläger verrieten, dass hinter den Büschen Bälle abgespielt wurden. Und bereits jetzt lag über allem eine brütende Hitze, obwohl der Tag noch so jung war. Doch je weiter sie liefen, desto mehr öffnete sich die Landschaft. Hell und weit lagen Äcker und Himmel vor ihnen. Mohn und Kamille säumten den Feldrain und krochen vorsichtig zwischen die Rüben. Die Äpfel waren noch grün genug, um sich im Laub der Bäume verstecken zu können. Pferde grasten auf einer Weide und scheuchten mit ihrem Schweif die Fliegen fort, ab und an ließen sie stoisch ein Bein zucken.

»Die Domäne Gronauer Hof«, sagte Ansgar, als sie ein Bauerngehöft mit zahlreichen Ställen erreichten. »Der Hof hat eine tausendjährige Geschichte, Ritter Bechtram ist hier sicher auch schon spazieren gegangen.«

»Ach ja? Meinst du nicht, er ritt eher auf einem Pferd vorbei?« Henni war nicht nach Small Talk, sie wartete auf die anstehende Aussprache, fürchtete sich aber auch, sie loszutreten.

Ansgar hob nur die Schultern.

Sie bogen in Richtung Karben ab. Sonnenblumen erstreckten sich bis zum Horizont, die Köpfe einträchtig zur Sonne gewandt. Auf der anderen Seite des Weges erspähte Henni einen kleinen Skulpturenpark. Bunt bemalte Stelen ragten in den Himmel, seitlich davon waren Hölzer zu einem Kunstwerk zusammengefügt, das an ein überdimensionales Vogelnest erinnerte. Vielleicht war es als Spielgerät für Kinder gedacht, denn eine unscheinbare kleine Leiter führte hinein. Formschöne hölzerne Liegen ergänzten das Ensemble.

Ansgar setzte sich auf eine der Liegen und zog Henni neben sich. Er nahm ihre Hände in seine und sah sie eindringlich an.

»Doris ist meine Frau«, begann er ohne Umschweife. »Meine Ehefrau.«

»Ja, aber …« Hennis Mund war auf einmal staubtrocken. Vorsichtig rückte sie ein Stück von ihm weg. Sie wollte ihm auch ihre Hände entziehen, aber er hielt sie fest. »Du trägst keinen Ehering«, meinte sie hilflos.

Ansgar nickte verständnisvoll. »Das lädt natürlich dazu ein, falsche Schlüsse zu ziehen, aber wir hatten nie welche. Für goldene Ringe fehlte uns das Geld, als wir heirateten, wir waren ja beide noch in der Schauspielausbildung. Anfangs trugen wir selbst gewebte Freundschaftsbändchen. Mit den Jahren wurde uns das zu albern, die Ringe waren uns dann aber irgendwann auch nicht mehr wichtig.« Er lächelte matt und tauchte tiefer in seine Erinnerungen ab. »Nur zu Beginn unserer Beziehung ist es uns ein paarmal gelungen, gleichzeitig für dasselbe Stück engagiert zu werden. Meist standen wir in verschiedenen Städten auf der Bühne. Deswegen haben wir auch auf Kinder verzichtet, unsere Lebensart wäre ihnen gegenüber unfair gewesen. Aber selbst zwei Menschen unter einen Hut zu bringen, ist verdammt schwierig, wenn beide ständig woanders arbeiten und wohnen. Gerade hat Doris ein kurzes Engagement in Mainz, und ich habe im Golfhotel ein Zimmer gemietet, damit wir zwischen ihren Proben und Aufführungen ein wenig Zeit miteinander verbringen können, ehe ich nach London muss.«

Henni sah ihn sprachlos an. Die Probleme eines Künstlerehepaars hatte er so glaubwürdig geschildert, dass man Mitleid bekommen konnte. Und wie fürsorglich er doch mit seiner Gattin umging! Aber wo blieb *sie*?

»Ja, und wir?«, rief sie heftig. »Was war das mit uns? Hast du etwa nur mit mir gespielt?« Tief in ihrem Inneren gerann all ihr Glück zu einem Klumpen, der ihren Brustkorb verengte und ihr die Luft zum Atmen nehmen wollte.

Er schüttelte vehement den Kopf. »Nein, nein! Du bedeutest mir sehr viel. Aber wer sagt denn, dass man nur einen Menschen lieben kann? Unsere Herzen sind viel größer, als wir ahnen.« Immer noch hielt er ihre Hände fest, den Blick auf ihre ineinander verknoteten Finger gerichtet.

»Ich habe dich für jemand Besonderen gehalten«, klagte Henni. »Ich dachte, wir inszenieren mein Theaterstück miteinander. Liebend gern wäre ich weiterhin deine Assistentin gewesen. Und nach London wäre ich glatt mitgekommen.«

»Gegen all das spricht ja auch gar nichts«, meinte Ansgar sanft.

»Doch, du bist verheiratet.«

»Du kannst mich doch trotzdem in London besuchen. Und nächstes Jahr inszeniere ich wieder hier, dann können wir wieder zusammenarbeiten.«

»Und die Zimmer im Golfhotel ausprobieren?« Henni hatte ihre Hände endlich befreien können. Sie war auf den äußersten Rand ihrer hölzernen Sitzgelegenheit gerutscht und funkelte Ansgar enttäuscht und verärgert an. »Was sagt deine Doris überhaupt dazu? Zu *mir*?«

Ansgar wiegte den Kopf. »Nun, sie ist eine sehr großzügige Frau. Sie hat ihr eigenes Künstlerleben, und ihre tiefste Liebe gehört dem Theater.«

»Wie schön für sie!«, spottete Henni.

»Wenn man so lange zusammen ist wie wir beide, verändert sich eine Beziehung«, redete Ansgar weiter. »Vertrauen, Freundschaft und gemeinsame Werte rücken in den Vordergrund, die großen Gefühle kühlen etwas ab. Goethe hat uns das in seiner Stella doch wunderbar dargelegt. Fernando fühlt Verantwortung für seine Familie, mit seiner Frau verbinden ihn ein gelebtes Leben und ein Kind. Aber er brennt auch für die junge Stella. Und Goethe zeigt uns auch gleich die Lösung auf: eine Wohnung, ein Bett, ein Grab.«

»Mit Doris?« Henni schluchzte laut auf. Sie sprang von dem seltsamen Outdoormöbel auf und blieb Ansgar gegenüber stehen. Ihr Blick glitt zu der Skulptur hinüber, die ihr immer mehr wie ein Vogelnest vorkam, und der übermächtige Wunsch überfiel sie, sich darin zu verkriechen. »Geh doch heim und lass mich hier allein!«, schrie sie verzweifelt.

Er sah sie eine Weile nachdenklich an, dann stand er auf und kam auf sie zu. Dicht vor ihr blieb er stehen. »Na gut. Wenn du das möchtest, gehe ich jetzt. Aber nur wenn du mir fest versprichst, dass wir noch einmal in aller Ruhe miteinander reden. Morgen Abend? Passt dir das? Ich werde dich gegen sieben zum Essen abholen. Willst du auf meinen Wunsch eingehen?«

»Ich weiß nicht«, stammelte Henni. »Ich glaube, ich kann das alles nicht.«

»Und ich dachte, du wärst so stark. Aber in Wahrheit bist du verzagt und anhänglich. Wie so viele Frauen gibst du dich auf, wenn du verliebt bist.« In seinem Blick lag eine Enttäuschung, die Henni so unergründlich erschien wie das Meer.

»Ich bin nicht nur verliebt«, meinte sie leise. »Ich liebe dich zutiefst. Was ist daran so falsch?«

Er strich ihr über den Kopf. Es war eine Geste, die tröstend, vielleicht sogar zärtlich gemeint war, jedoch etwas fahrig geriet. Dann stutzte er und nahm eine Strähne ihres Haars zwischen zwei Finger.

»Du bist auch gar nicht mein Schneewittchen«, stellte er beinahe vorwurfsvoll fest. »Du hast dich nur gefärbt und verstellt.«

Er wandte sich ab und lief davon, den Kopf leicht geneigt, die Schultern vorgebeugt. Henni wartete, bis die Landschaft sein Bild verschluckt hatte, dann wanderte sie in Almas Dorf zurück.

Zu Hause sah sie, dass Ansgar ihr erneut einen Kommentar auf ihren Blog geschickt hatte.

Mit dir unter einer Decke zu stecken, macht Spaß – selbst wenn sie nur aus Plastik ist. Dein Ritter Bechtram.

Puh, was war das denn? Irritiert las Henni die Nachricht ein weiteres Mal. Wer um alles in der Welt hatte Ansgar erzählt, dass sie sich mit Leo vor dem Regen unter ein Plastikcape gerettet hatte? War er etwa selbst in der Burg gewesen, ohne dass sie ihn bemerkt hatte?

»Warte nur«, murmelte sie erbost, »dich werde ich vorführen!« Zur Strafe würde sie ihn zum Gerichtsplatz locken. Und vielleicht, hinter einem Baum versteckt, zusehen, wie er dort dumm rumstand. Rasch tippte sie eine Antwort.

Edler Ritter! Komm zur Gerichtslinde im alten Dorfkern. Wenn die Kirchenglocke heute Abend sechs Mal schlägt, werde ich dort sein.

Als sie die Nachricht abgeschickt und ihr Zorn sich gelegt hatte, kamen ihr Zweifel. Auf was für ein kindisches Spiel ließ sie sich da nur ein? Sie zögerte kurz, dann klappte sie ihren Laptop zu und lief rüber zu Alma.

Ihre Tante öffnete ihr verschlafen, als sie an ihrer Haustür schellte. »Ich hatte mich etwas hingelegt«, meinte sie entschuldigend.

»Aber es ist doch gerade erst Mittag«, rutschte es Henni heraus.

»Ich werde nicht jünger, Kind. Seit einiger Zeit kann ich zu jeder Tageszeit schlafen.«

»Weißt du was? Ich mache uns einen Happen zu essen, und anschließend hältst du eine Siesta auf der Couch.«

»Das wäre großartig«, stimmte Alma zu. »My kitchen is your kitchen.«

Henni machte sich sofort in der Küche zu schaffen. Sie schnitt Champignons in Scheiben und briet sie an, schlug Eier in eine Schüssel, rührte Dinkelmehl darunter und gab die Masse zu den Pilzen in die Pfanne. Über die fast fertigen Omeletts rieb sie etwas Käse und legte kurz einen Deckel auf die Pfanne, damit er zerrinnen konnte. Vor ihrem Küchenfester hatte Alma etliche Töpfe mit Gewürzen stehen, und Henni zupfte ein paar Salbeiblätter ab, um die Eierspeise damit zu dekorieren.

»Er liebt mich, er liebt mich nicht«, murmelte sie kaum hörbar bei jedem Blättchen.

Quatsch, rief sie sich selbst zur Ordnung. Ansgar liebte sie ja, nur sollte sie ihn mit einer anderen teilen. Was Alma wohl dazu sagen würde?

Sie balancierte die beiden Teller ins Wohnzimmer.

»Wie lecker das schon riecht!« Ihre Tante zückte Messer und Gabel und betrachtete erfreut ihr Omelett, bevor sie es in Angriff nahm. »Was ist mit Getränken?«

Es gefiel ihr wohl, ein wenig bedient zu werden, aber wenn eine dies verdient hatte, war sie es. Henni eilte noch einmal in die Küche und kam mit einem Krug Apfelwein und zwei Gläsern zurück. Sie prosteten sich wortlos zu, und eine Weile aßen sie still.

»Danke, schmeckt gut«, lobte Alma zwischen zwei Bissen. »Wie war dein Vormittag?«

Da war es, das Stichwort, um von Ansgar zu erzählen. Aber

Henni verspürte keine Lust mehr dazu. Ihre Tante hatte ihr so selbstlos geholfen, seine Assistentin zu werden und ihn zu erobern. Sie würde mitleiden und jammern. Sie bedauern. Das alles brauchte sie jetzt nicht. Aber sie wollte etwas von ihr wissen.

»Als du damals mit Artur zusammen warst und ihm fremdgegangen bist«, begann sie, »wie war das so für dich?«

»Ach, weißt du …« Alma aß genüsslich einen weiteren Bissen, kaute und schluckte. »Einiges habe ich dir über die damalige Zeit ja schon erzählt. Wir waren jung und wollten das Leben neu erfinden. Ich hatte mich in den einen verliebt, in den alle Mädels vernarrt waren. Johannes war ausgesprochen hübsch. Die Jungen trugen damals schulterlange Haare, damit sahen sie wie kühne Ritter aus. Johannes wurde von allen nur Johnny genannt, und mir sang er immer ein Lied vor: ›Surabaya Johnny‹. Mit rauer Stimme sang er es vor sich hin, und sein Blick wanderte dabei in die Ferne, als gebe es dort etwas Geheimnisvolles zu entdecken. Es hatte etwas Magisches.«

»Und habt ihr …?«

Alma schmunzelte und nickte. »Ein paar Wochen lang schwamm ich im Glück. Dann ertappte ich Johnny mit meiner Freundin. Sie saß auf seinem Schoß, und er sang ihr mein Lied genauso versonnen vor wie zuvor mir. Und dabei blickte er ebenso verträumt in die Ferne.«

»Oje!« Henni rutschte das Besteck aus der Hand, ihr Teller gab ein leises Klirren von sich, als die Gabel darauf landete. »Was für ein Verrat.«

»In dem Moment habe ich erkannt, dass es nur eine Masche war, mit der er die Mädels verrückt machte. Und dass die Weiber auf seinem Schoß austauschbar waren. Ich wollte aber nicht austauschbar sein.«

»Wer will das schon?«, stimmte Henni zu.

»Mit dem Lied habe ich mich erst viel später befasst«, fuhr Alma fort. »Es stammt von den beiden Genies Bert Brecht und Kurt Weill. Eine Sechzehnjährige erzählt darin ihre Geschichte. Dieser Johnny hat sie irgendwo aufgegabelt, und er verspricht ihr, für sie aufzukommen. Am Ende aber nimmt er sie nur aus. Johannes hat diese Geschichte sicherlich nicht auf sich bezogen, aber er gefiel sich wohl in der Rolle des geheimnisvollen Draufgängers und Weltenbummlers.« Alma stimmte das Lied an, und Henni fiel wieder auf, wie jung und fest ihre Stimme noch war. »Surabaya Johnny, warum bin ich nicht froh? Du hast kein Herz, Johnny, und ich liebe dich so.«

Henni tastete nach ihrer Serviette, um die Tränen abzutrocknen, die ihr lautlos über die Wangen rannen. Nur hatte sie vergessen, Servietten aufzulegen, und sie nahm stattdessen den Saum ihres T-Shirts.

»Was ist denn, Kind?«, fragte Alma mitfühlend.

»Ach, nichts«, meinte Henni. »Ich muss nur mal ein bisschen weinen.«

***

Um kurz vor sechs machte Henni sich zur Gerichtslinde auf oder vielmehr zu dem Ort, an dem diese einmal gestanden hatte. Ihre innere Anspannung stieg, während sie auf ihr Ziel zusteuerte. Würde sie tatsächlich auf Ansgar treffen? Oder nutzte jemand anders den Deckmantel Bechtrams, um mit ihr zu kommunizieren? Ein Unbekannter gar? Und wie sollte sie diesen erkennen?

Sie blieb erschrocken stehen, als sie den früheren Richtplatz erreichte. Unter den Bäumen, die inzwischen dort standen, tummelte sich ein Dutzend Männer jeden Alters. Junge, vielleicht zwanzigjährige, waren darunter, aber auch gestandene Herren mit grauen Schläfen um die fünfzig. Und alle hatten sie ein Baby bei sich, einer hielt sogar zwei Pampers-Träger im gleichen Alter in den Armen.

Zögernd näherte sich Henni der Gruppe. Der Daddy mit den Zwillingen bemerkte sie und begrüßte sie mit einem freundlichen Nicken. Tat er das aus Übermut, oder war er ihr Ritter Bechtram? Er zählte zu den jüngeren Vätern, seine strubbeligen blonden Locken und sein offenes Lachen gefielen ihr.

»Was ist denn hier los?«, sprach sie ihn an.

»Vater-Kind-Aktive.« Sein Lachen offenbarte eine Reihe makelloser weißer Zähne. »Reden können wir später.«

»Später?«

»Das Babyturnen dauert nicht mehr lange. Hier, nehmen Sie bis dahin einen meiner beiden Trabanten.«

Ehe sie sich's versah, hatte Henni eines seiner Babys im Arm. Das Kleine mochte sechs oder sieben Monate alt sein. Es schien ihm nichts auszumachen, so plötzlich bei einer fremden Frau gelandet zu sein. Sabbernd nagte es an seinem Fäustchen und sah sich interessiert um. Hennis Herz schlug gerade höher, da streckte das Kleine sein Fäustchen aus und traf mitten in ihr Gesicht.

Sie rieb sich die schmerzende Nase. »Auf dich wartet wohl eine Boxerkarriere. Wie heißt du denn?«

»Moses«, kam es vom stolzen Vater. »Er ist ganz brav.«

Na klar, er tut nichts und will nur spielen, dachte Henni. Und vermutlich wurde er wie der biblische Moses in einem Binsenkörbchen gefunden. Nur dass er nicht am Nil ausgesetzt worden war, sondern an der Nidda.

Sie sah sich unauffällig um.

Die jungen und älteren Väter trieben Sport mit ihren Babys. Sie legten sich in Rückenlage auf die Wiese und ließen den Nachwuchs über ihren Bauch krabbeln. Sie animierten die Kleinen, unter ihren angewinkelten Beinen durchzukriechen und auf ihren Knien zu wippen, und sie stemmten sie im Liegen in die Luft, als wären sie lebende Hanteln. Henni begriff, dass es sich bei dieser Veranstaltung um eine Art Bewegungstraining für die Kids handelte. Aber war irgendeiner dieser Väter derjenige, den sie herbestellt hatte?

»Hallo«, flüsterte ihr Nebenmann. »Schön, dass Sie hier sind.«

War er vielleicht ihr Ritter?

»Finde ich auch«, antwortete sie aufs Geratewohl.

»So als einzige Frau!«, lobte er.

»Na ja.« Moses zappelte auf ihrem Arm und wedelte aufgeregt mit den Ärmchen. Vermutlich wollte er auch turnen. Henni zögerte kurz, dann legte sie sich zwischen all die Männer auf die Wiese und ließ das Kind auf ihren Knien reiten. Eine Weile ergötzte sich Moses an diesem Spiel, dann wurde ihm langweilig. Er fing an zu krakeelen, warf sich auf sie und zog kräftig an ihren Haaren. Sein Erzeuger stand sofort neben ihnen, den anderen Zwilling im Arm.

»Nicht so schlimm«, meinte er und befreite Henni von ihrer Babylast. »Er fremdelt ein bisschen.«

Henni erhob sich und klopfte ein paar Lindenblüten von ihren Kleidern. Da! Wer war dieser ältere rothaarige Typ, der mit verschränkten Armen vor der Tanne stand? Er hatte kein Kind bei sich.

Henni ging schnurstracks auf ihn zu. »Ritter Bechtram?«, begrüßte sie ihn.

Ihr Gegenüber sah sie zweifelnd an. »Ritter Bechtram? Sehe ich aus wie jemand, der Leute ausraubt?«

»Nein, nein, so habe ich das nicht gemeint. Ich habe Sie wohl verwechselt«, entschuldigte sie sich kleinlaut. So schnell es ging, wollte sie hier weg. Sie stolperte auf die Straße und warf einen letzten Blick zurück. Die Babysportstunde auf dem Richtplatz ging munter weiter. Moses und sein Zwilling saßen juchzend auf dem Bauch ihres Turnvaters.

Siebzehn

»Du bist in der Zeitung«, meinte Alma, als Henni am nächsten Morgen bei ihr vorbeischaute. »Komm rein! Willst du einen Kaffee? Ich habe gerade welchen gekocht.«

»Ja, gern. Aber was mache ich in der Zeitung?«

Ihre Tante winkte sie ins Wohnzimmer und bedeutete ihr, sich aufs Sofa zu setzen. Sie nahm eine ihrer guten Tassen aus dem Schrank und schenkte Henni ein. »Niko hat einen wunderbaren Bericht im Feuilleton der Rundschau geschrieben. Den musst du dir unbedingt ansehen.«

»Er schreibt tatsächlich über mich?«, fragte Henni skeptisch.

»Nein, nein, der Bericht selbst enthält viel Philosophisches. Wie wichtig Theater heute noch ist, was Festspiele für die Region bedeuten und so weiter.«

»Und an welcher Stelle komme ich vor?«, wollte Henni wissen.

»Warte mal.« Alma stöberte in dem Kruscht herum, der sich auf ihrem Couchtisch türmte, steckte rasch eine Praline in den Mund, die sich unter knisterndem Zeitungspapier versteckt hatte, und meinte schließlich zufrieden: »Ah, da ist es.«

Als Henni den Artikel in Händen hielt, glaubte sie, nicht recht zu sehen. Ein Foto von ihr und Leo war über dem Artikel abgedruckt. Sie kuschelten sich darauf unter das Plastikcape, Leo hielt es über sie, und sie beugte sich zu ihm hinüber, weil es unter der Plane so wenig Platz gab. Regen prasselte auf sie herab, und kleine Rinnsale rannen über das schützende Cape.

Festspielsommer – und der Himmel weint Freudentränen, lautete die Überschrift des Artikels, die unmittelbar über dem Foto platziert war.

»So was kann nur Niko einfallen«, meinte Henni halb spöttisch, halb bewundernd.

»Ich finde das Foto sehr schön«, sagte Alma und nahm ihr die Zeitungsseite wieder aus den Händen. »Das hebe ich mir auf. Habt ihr denn gar nicht bemerkt, dass ihr fotografiert wurdet?«

Henni schüttelte den Kopf. »Es hat wie aus Kübeln geschüttet. Meine einzige Sorge war, nicht allzu nass zu werden. Mein Rocksaum zog schon Wasser wie ein Feudel.«

»Er sieht nett aus, der Leo.« Alma strich mit dem Zeigefinger über das Foto.

Henni sog scharf die Luft ein. »Untersteh dich nur ja, dich gut mit ihm zu verstehen. Es reicht völlig, wenn du mich mit Niko nervst.«

»Och«, schmollte Alma, »du bist herzlos. Wo er dir doch so nett beim Umzug geholfen hat!«

»Ja, das hat er. Und zum Dank dafür gehe ich auch heute Abend mit ihm essen. Und das war's. Ende der Durchsage.«

Ihre Gedanken schweiften zu ihrem wundersamen Zusammentreffen mit den Vater-Kind-Aktiven. Niemand von den turnenden Daddys hatte hinter dem Vilbeler Raubritter gesteckt. Stattdessen hatte sie nach dem Aufstehen eine neue Mail auf ihrem Blog gefunden: *Bedaure, Mylady, dass ich nicht zur Gerichtslinde kam. Ich habe Eure Nachricht zu spät gelesen. Hochachtungsvoll, Ritter Bechtram.*

***

Leo parkte seinen VW-Bus am Straßenrand in einer Lücke zwischen monströsen Lastwagen. Ein Truck stand hinter dem anderen, und als sie ausstiegen, roch die Luft nach Gummiabrieb und Diesel. Sie waren in einem Industriegebiet gelandet, und Henni fragte sich, wo hier eine gemütliche Gaststätte sein sollte. Leo hatte darauf bestanden, das Restaurant auszusuchen. Von einem Geheimtipp hatte er gesprochen, von einer Oase inmitten des Frankfurter Osthafens, in die er sie führen wollte. Und jetzt hatten sie sich zwischen Lkw und Containern verirrt. So hatte sie sich das nicht vorgestellt.

»Ach, so ein Mist«, schimpfte Leo vor sich hin. »Ich habe wohl die falsche Straße erwischt. Es muss die Parallelstraße sein.«

Er lief an den parkenden Trucks entlang und sah sich um. Henni folgte ihm zwischen Autokarosserien und Industriehallen hindurch.

»Da ist er ja, der Schwedlerweg«, rief Leo froh, zeigte auf ein Straßenschild und bog in einen schmalen Pfad ab. »Offenbar findet man von zwei Seiten hinein.«

Henni blies die Wangen auf und blieb kurz stehen. Was wollte Leo nur in dieser unwirtlichen Gegend? Doch er lief unbeirrt weiter, und ihr blieb nichts anderes übrig, als ihm zu folgen. Plötzlich standen sie vor einem lang gezogenen Hafenbecken. Motorboote und Lastschiffe lagen im Wasser. Container säumten den Kai. Am gegenüberliegenden Ufer wurden Hochhäuser von der tief stehenden Sonne angestrahlt, und in der Ferne glitzerte das kantige Gebäude der Europäischen Zentralbank.

»Komm her, hier entlang!« Leo wedelte aufgeregt mit beiden Armen.

Am Kopf des Hafenbeckens lag, nur von einem schmalen Streifen Land getrennt, ein kleiner See. Eine lange, mit Restaurantmöbeln bestückte Holzterrasse erstreckte sich an seinem Ufer. Der Duft von orientalischen Speisen wehte zu Henni herüber, sie roch Minze und Curry heraus. Unmittelbar am See standen ein paar kleine Tische und einige Stühle, die zum Restaurant zu gehören schienen. Ohne groß nachzudenken, lief Henni darauf zu und suchte sich den schönsten Platz aus. Leo schlenderte unterdessen zu der Bar hinüber, die sich am Ende der Holzterrasse befand. Als er mit zwei Gläsern kühlem Weißwein zurückkam, bestaunte Henni noch immer die Aussicht. Ein breiter Bootssteg führte am anderen Ende des Sees aufs Wasser hinaus, junge Leute hockten darauf und ließen ihre Beine im kühlen Nass baumeln. Späte Schwimmer zogen ihre Trainingsrunden im See.

»Wow, wie cool«, fand Henni. »Das hätte ich mitten im Osthafen niemals erwartet.«

»Industrieromantik«, meinte Leo mit einem schrägen Grinsen. »Warst du denn noch nie hier? Ich meine, du hast doch bis vor Kurzem in Frankfurt gelebt.«

»Ja, schon. Aber in dieser Ecke habe ich es immer nur bis in die Geschäfte auf der Hanauer Landstraße geschafft. Wie kam es zu diesem Seebecken?«

»Es wurde für die Erweiterung des Hafens ausgehoben, aber niemals damit verbunden«, erzählte Leo. »Ein Schwimmclub ist jetzt Hausherr und hat das Restaurant verpachtet. Früher gab es hier Musikkonzerte und wilde Partys bis zum frühen Morgen, aber das führte zu Stress wegen des weithin hörbaren Lärms. Geburtstage kann man hier immer noch feiern. Ein Candle-Light-Dinner. Oder eine Hochzeit.« Er lächelte sie über sein Glas hinweg abwartend an.

Das Wort Hochzeit waberte durch Hennis Hirn, und sie verschluckte sich an ihrem Wein. Sie dachte an all die Freundlichkeiten, die Leo ihr inzwischen erwiesen hatte, an ihre offenen Gespräche und an die Momente unter dem Regencape bei den Burgfestspielen. Und sie beschloss zu verhindern, dass er sich in etwas verrannte.

»Du hast sicher längst bemerkt, dass ich mich in Ansgar verliebt habe«, sagte sie leise.

»Ja?« Er sah sie an, als erwarte er nun eine längere Geschichte.

»Mhm. Dabei ist er verheiratet.«

»Ach. Und wie geht das jetzt weiter mit euch?«

»Keine Ahnung«, sagte Henni. »Aber ich könnte was essen. Ich habe Hunger bis unter beide Arme.«

Sie vertieften sich in die Speisekarten, die auf ihrem kleinen Tisch auslagen, und als die Bedienung kam, bestellte sie Gnocchi mit gegrilltem grünem Spargel und veganem Dip. Leo entschied sich ungeniert für einen Rinderhüftspieß mit Ofenkartoffel und Quark. Henni gefiel das. Zeitgenossen, die kaum etwas zu essen wagten, nur weil sie eingeladen wurden, waren ihr genauso suspekt wie Menschen, die stundenlang versicherten, ein Geschenk sei »nicht nötig« gewesen. *Nötig* war ihrer Meinung nach Klopapier, aber wer wollte das schon verschenken?

Das Essen kam bald an ihren Tisch, und Leo bearbeitete seinen Hüftspieß nachdenklich mit Messer und Gabel. »Ich hoffe, meine Kommentare als Ritter Bechtram haben dich nicht genervt«, sagte er unvermittelt zwischen zwei Bissen.

Henni ließ ihre Gabel sinken. »Was, das warst du?«

Himmel, wie blöd war sie gewesen? Darauf hätte sie längst kommen können!

»Ja, ich weiß, es war albern«, gestand er ohne jede Verlegenheit. »Ich wollte dir nach unserer ersten Begegnung halt was Nettes schreiben und wusste nicht so recht, wie ich es anstellen sollte, ohne mich lächerlich zu machen. Da fiel mir das Ritter-Pseudonym ein. Es war vielleicht nicht die eleganteste Lösung, aber es gibt dazu eine Vorgeschichte.«

»Da bin ich ja mal gespannt.« Henni machte sich wieder über ihr Pfannengemüse her. Kauend hörte sie Leo zu.

»Nach meiner Trennung von Libby war ich lange Zeit ziemlich down, und kürzlich meinten meine Kumpel, ich sollte mal wieder mit einer Frau ausgehen. Sie haben dann aus Jux eine Kontaktanzeige für mich aufgegeben, unter dem Alias Ritter Bechtram.«

Henni unterdrückte ein Schmunzeln. Das war dann wohl die Anzeige gewesen, die sie in Almas Rundschau entdeckt hatte. »Soso, deine Kumpel haben dich also zum Ritter geschlagen?«

»Es klingt wie schlecht erfunden, aber so war es«, beteuerte Leo. »Jedenfalls kam ich dadurch auf die Idee mit dem Pseudonym.«

»Und? Wer hat sich auf die Anzeige hin so alles gemeldet?«

»Eine ganze Reihe junger Frauen, die alle Statistinnen bei den Burgfestspielen werden wollten. Als ersten Schritt zur großen Karriere als Schauspielerin, versteht sich.« Er lachte herzlich.

»Natürlich hast du sie alle getroffen«, neckte Henni, »und eine war schöner als die andere.«

Leo schüttelte den Kopf. »Ich habe ihnen sachlich mitgeteilt, dass der Regisseur für schöne Frauen zuständig ist.«

»Der Regisseur?«, fragte Henni gedehnt.

Leo sagte nichts darauf, aber er wirkte kurz verdutzt. Die Doppeldeutigkeit seiner Bemerkung schien ihm erst jetzt aufzufallen.

Das Tageslicht schwand langsam, die untergehende Sonne färbte die Wolken am Himmel rosa, und der See spiegelte sie wider. Die Lichter der Kerzen und Fackeln, die das Personal entlang des Ufers anzündete, behaupteten sich im Zwielicht.

»Lust auf eine kleine Bootsfahrt?«, fragte Leo.

»Mit einem der Mainschiffe?« Henni sah ihn erstaunt an. »Wo legen die denn ab?«

Er hob einen Schlüsselbund in die Höhe und ließ ihn leise klirren. »Wir haben Zugriff auf das schönste Boot im Osthafen«, meinte er ruhig.

»Tatsächlich?«

»Wenn ich es doch sage ...«

»Na gut, ich lasse mich gern überraschen.«

Henni beglich die Rechnung, und gemeinsam verließen sie das Restaurant. Gleich in der Nähe des Ausgangs führte eine Treppe zum gegenüberliegenden Hafenbecken, gesichert von Zäunen. Unten am Wasser gab es ein Bootshaus aus Wellblech, gleich in der Nähe lag ein Motorboot an einem Steg. Leo zückte seine Schlüssel und öffnete ein eisernes Gittertor. Es ging ein paar Stufen hinunter, kurz darauf standen sie vor dem Boot.

»Es hat mal mir gehört«, erzählte er. »Als das mit meiner IT-Firma nicht funktionierte und mir die Raten für unser Häuschen über den Kopf zu wachsen drohten, habe ich es an einen Freund verkauft. Netterweise lässt er mich damit fahren, wenn er es selbst nicht braucht.«

Er schlug die Persenning zurück, kletterte hinein und reichte Henni die Hand. Das Boot schlingerte, als auch sie einstieg. Leo ließ den Motor an, und mit leisem Tuckern durchquerten sie das Hafenbecken. Ein seichter Fahrtwind kühlte ihre Gesichter, und eine Möwe ließ sich von ihrem Kielwasser schaukeln.

»Was sind das für kastenförmige Gebäude?« Sie wies auf die Bauten in Blau-, Grau- und Rottönen, die das rechte Ufer säumten und ihr erst jetzt so richtig ins Auge fielen. »Die sehen ja aus wie aufeinandergestapelte Container.«

»Genau daran sollen sie auch erinnern«, meinte Leo lachend.

»Ein Architekt mit Humor«, staunte Henni.

»Apropos Architekt.« Leo kniff die Augen zusammen, als könnte er so besser in die Ferne sehen. »Ich hätte große Lust, mich als Bühnengestalter weiterzubilden. Selbst Bühnenbilder zu entwerfen, weißt du. Das macht bestimmt viel Spaß.«

Henni nickte nur.

Bald hatten sie das Hafenbecken hinter sich gelassen und erreichten den Main. Die Strömung schien nicht allzu stark zu sein, aber der Fluss war doch recht breit, und vom Boot aus sah man fast nur Wasser. Wie tief es war, ließ sich mit bloßem Auge nicht feststellen. Henni war keine gute Schwimmerin, und für einen Moment wurde ihr bange. Leo schien es zu bemerken, denn er griff nach ihrer Hand. »Nur keine Angst. So rasch kentern wir nicht.«

Sie atmete tief durch und beschloss, Zutrauen zu Leos Fahrkünsten zu haben. Nach einer Weile fasste sie sogar den Mut, das Steuer zu übernehmen. Sachte glitten sie dahin, und die Skyline der abendlichen Stadt breitete sich vor ihnen aus. In den Wolkenkratzern flammten die ersten Lichter auf, der Commerzbank Tower reckte seine Spitze wie einen glühenden Finger in den Himmel. Vor den Bankentürmen nahmen sich die älteren Wohnhäuser zwergenhaft aus, und die alten Sachsenhäuser Villen am Museumsufer wirkten wie aus der Zeit gefallen.

»Was für ein Anblick«, murmelte Leo.

»Tja, Mainhattan«, stimmte Henni lächelnd zu.

***

Auf den Stufen zu ihrem Häuschen lag ein Berg roter Rosen, als sie am späten Abend nach Hause kam. Es war kein gebundener Strauß, eher sah es so aus, als habe jemand einen Arm voller Rosen im Geschäft erstanden, ihn hierhergetragen und dann fallen lassen. Die Schnittblumen lagen kreuz und quer vor der Haustür, viele ließen bereits die Köpfe hängen. Eine Flasche Champagner stand inmitten dieses Rosenelends. Es war dieselbe Sorte wie die, die Ansgar neulich mitgebracht hatte.

Henni betrachtete das Chaos noch verwirrt, als Alma im Pyjama aus ihrer Tür gehuscht kam.

»Ich wollte gerade schlafen gehen«, entschuldigte sie sich, »da sehe ich, dass du zurück bist. Er hat stundenlang vor deiner Haustür gesessen und auf dich gewartet.«

»Oje.« Ihre Verabredung zum Abendessen fiel ihr wieder ein. Die hatte sie gar nicht ernst genommen, weil er nach ihrem Gespräch so unwirsch davongelaufen war. Er hätte ja vorher noch mal anrufen können. »Ich war mit Leo unterwegs.«

Alma bedachte sie mit einem kritischen Seitenblick. »Ja willst du das mit Ansgar denn nicht in Ordnung bringen, bevor du mit dem Nächsten ausgehst?«

»Aber Alma, wer hat mir denn von der freien Liebe erzählt?«

»Das war früher«, sagte ihre Tante entschieden. »Und früher ist vorbei. Dein Ansgar hat mir so leidgetan. Ich wollte ihm schon einen Kaffee rausbringen.«

»Das hast du dich hoffentlich nicht getraut, oder?«

»Doch, aber er wollte keinen und hat dankend abgelehnt.«

»Mein Gott, Alma, was soll ich jetzt nur machen?«

Almas Blicke wanderten über die welkenden Blumen und den Champagner. »Erst mal die Rosen entsorgen«, schlug sie vor. »Und dann die Flasche köpfen.«

»Aber hallo!« Die Haustür öffnen und Alma den Champagner in die Hand drücken war eins. »Mach schon mal auf. Ich werfe die Rosen weg.«

Als Henni sich über die Blumen beugte und ihren sanften Duft einsog, besann sie sich eines Besseren. An ihrer Küchenzeile füllte sie einen Putzeimer mit Wasser, dann eilte sie wieder nach draußen, um die Rosen hineinzustellen.

»Du musst sie anschneiden«, riet Alma, die ihr zusah.

»Oje.« Seufzend kehrte Henni ins Haus zurück und kramte aus einer Schublade ein kleines Messer hervor. Ansgar hatte ihr eine Menge Rosen gekauft, und es dauerte seine Zeit, bis alle verarztet waren. Alma stand derweil in der Tür und übte sich in Geduld.

»Meinst du, sie erholen sich wieder?«, fragte Henni skeptisch, als sie fertig war und ihr Werk betrachtete.

Alma machte eine vage Handbewegung. »Manchmal ja, manchmal nein. Es kommt immer drauf an.«

Wenn seine Rosen sich erholen, bleibe ich bei ihm, dachte Henni und rief sich sogleich zur Ordnung. Gott, nein! War das ein blödes Orakel! Von ein paar welkenden Blumen durfte sie ihr Schicksal nun wirklich nicht abhängig machen.

Eine gefühlte Ewigkeit später saßen sie beide im Pyjama an Hennis kleinem Tisch und streckten die Beine von sich. Der Champagner ließ sich überaus gut trinken, sein edler Spender hatte nun mal einen exquisiten Geschmack. Und zwischen vielen guten Schlückchen breitete Henni nun endlich das ganze Ansgar-Dilemma vor ihrer Tante aus.

»Glaubst du, dass es Doris egal ist, wenn Ansgar andere Frauen neben ihr hat?«, endete sie.

»Schwierig zu sagen.« Auch Alma hatte dem Champagner gut zugesprochen und goss sich ungeniert nach. »Wollte Niko nicht ein Interview mit ihr machen?«

»Ja, schon. Aber was haben wir davon?«

»Ich könnte ihn bitten, sie ein bisschen auszuhorchen«, meinte Alma mit spitzbübischem Lächeln. »Er soll ihr ein paar private Fragen stellen. Wie das so ist, wenn man dauernd unterwegs ist, und wie sehr man die Familie vermisst. Wie oft man den Gatten sieht. Das macht man doch bei solchen Interviews, so etwas wollen die Leserinnen über eine Schauspielerin wissen.«

»Nein, nein!« Henni war aufgesprungen. »Das tust du auf gar keinen Fall. Und wenn du dich noch so gut mit meinem Ex verstehst. Ich habe mit Niko abgeschlossen, und ich werde ihn nicht in meine neue Beziehung hineinlassen.«

Alma sah sie betroffen an. »Ich wollte nur helfen.«

»Ich weiß.«

Warum war das alles nur so kompliziert? Niko und sein Ökopessimismus. Ansgar mit seiner Leidenschaft zum Theater.

Hatte sie überhaupt schon eine Beziehung mit ihm, konnte man das, was sie verband, so nennen?

»Wie war das früher bei euch?«, wandte sie sich an Alma. »Gab es ein funktionicrendes Rezept für die Liebe zu dritt?«

Ihre Tante nippte an ihrem Champagner, bevor sie antwortete. »Wir alle haben damals Federn gelassen«, gestand sie. »Nach einer Weile wurden die komplizierten Beziehungen emotional anstrengend, und Artur und ich haben wieder zu zweit zusammengefunden. Das ständige Verstehen, Teilen, Nichteifersüchtig-Sein zehrte an den Nerven. Ich erinnere mich noch gut an meinen letzten Abend mit Johannes. Er hatte für mich gekocht und wollte, dass ich über Nacht bei ihm blieb. Nach dem Essen fing er an, sein Bett zu beziehen, damit ich in frischer Wäsche lag. Bleib, bat er immer wieder, bleib bei mir. Ich sagte ihm, dass ich noch nicht wüsste, ob ich bleiben würde, und er fragte, wann ich mir darüber im Klaren sei.« Alma seufzte und nahm noch einen Schluck Champagner. »Ich half ihm, das Laken aufzuziehen, und versprach, eine Entscheidung zu fällen, wenn das Bett gemacht sei. Ich schüttelte das Kopfkissen auf, er zog die Decke glatt. Dann standen wir beide erwartungsvoll vor dem frisch bezogenen Bett.«

»Und was ist passiert?«, fragte Henni atemlos.

»Ich bin gegangen«, sagte Alma. Henni konnte sehen, dass sie still vor sich hin lächelte.

Achtzehn

Es war Giselles Kleid, das sie in Händen hielt. Von der Litze am Dekolleté hing ein Stück lose herab und musste wieder angenäht werden. Vermutlich war das Unglück beim An- und Auskleiden geschehen, da blieb oft nicht viel Zeit, und in der Eile zerrten die Schauspielerinnen schon mal zu fest an einem Kostüm oder blieben mit einem Schmuckstück daran hängen. Henni suchte nach dem passenden Garn, fädelte einen Faden in eine Nadel ein und begann mit feinen Stichen, die Litze zu befestigen.

Sie wurde wehmütig, als sie an ihren ersten Besuch in dieser Werkstatt dachte. Es war bei der Ama der Agatha gewesen, Mollie Ralston hatte in Monkswell Manor in Jeans auf der Bühne gestanden, und Henni war losgerannt, um ihr Kleid hier abzuholen, das Kleid, das sie gerade reparierte. Es kam ihr vor, als sei das eine Ewigkeit her.

Heute früh hatte sie, da Ansgar sie nun nicht mehr als seine Assistentin brauchte, im Festspielbüro um eine andere Arbeit gebeten. Eine Stelle als Aushilfskraft sei in der Kostümabteilung vakant, hieß es, ob das etwas für sie wäre. Es gäbe gerade viele Krankmeldungen, und man brauche schnellstens Ersatz. Henni durfte auch sofort einen Vertrag unterschreiben, und eine Kollegin, die nun in der Pause war, hatte sie vorhin kurz eingewiesen. Zu ihren neuen Aufgaben gehörte es, die Kostüme zu kontrollieren, verschmutzte Teile in die Reinigung zu bringen und kleine Schäden auszubessern. Außerdem würde sie helfen, die Kostüme für die jeweiligen Schauspielerinnen und Schauspieler zusammenzustellen. Was angezogen werden musste, wurde an einem fahrbaren Kleiderständer auf einen oder zwei Bügel gehängt, manchmal kam noch ein Schal hinzu oder eine Krawatte, gelegentlich baumelte neben einem der Kostüme an einem Band ein Hut. Schuhe oder Stiefel wurden ordentlich unter das Kleiderbündel gestellt, so war alles an seinem Platz.

Sie biss den Faden ab, als die Litze wieder festsaß. Ihr Blick fiel aus dem kleinen Fenster, vor dem der Tisch mit der Nähmaschine stand. Nur wenig Licht drang hier herein, das Gebäude der Zehntscheune, in dem die Kostümschneiderei lag, war alt und verwinkelt. Viel Holz, schmale Treppen. Und viel zu viele Kostüme auf zu engem Raum. Aber das alles würde sich bald ändern, denn sämtliche Werkstätten, darunter auch die Schneiderei, sollten in größere Räumlichkeiten umziehen.

Die Treppe knarrte, in den Tiefen des dämmrigen Raums rumpelte es. Zwei Kleiderständer wurden auseinandergeschoben.

Dann stand Ansgar vor ihr.

»Oh, hallo.« Henni spürte, wie ihr das Blut in die Wangen schoss. »Mit dir habe ich hier als Letztem gerechnet.«

»Ich habe die halbe Nacht vor deiner Haustür gesessen«, begrüßte er sie. Es klang nach einem Vorwurf und gleichzeitig so, als berichtete er stolz über ein Abenteuer. Das Gebälk der Zehntscheune schien ihm applaudieren zu wollen, es gab ächzende Laute von sich. Oder war das die Treppe? Henni horchte einen Moment in den mit Kleidern verhangenen Raum hinein, in der Erwartung, dass jemand zu ihnen käme, aber nun war es still.

»Das wollte ich nicht«, sagte sie. »Alma hat mir alles erzählt.«

»Ich hatte dich zum Essen eingeladen.« Ein trauriger Vorwurf lag weiterhin in seiner Stimme, der Stolz hatte sich verflüchtigt.

Henni hob bedauernd die Schultern. »Du hattest keine Uhrzeit genannt«, versuchte sie es mit ein wenig Humor.

»Du sollst mich nicht veräppeln.« Er schob die Nähmaschine zur Seite, setzte sich vor sie auf den Tisch und sah sie eindringlich an. »Ich liebe dich, Henni. Und ich möchte dich ständig um mich haben. Du inspirierst mich bei meiner Arbeit. Obwohl du trotz deines erwachsenen Alters recht kindlich sein kannst, erdest du mich. Oder vielleicht gerade deswegen. Bei einem zu ernsthaften Menschen hätte ich wohl immer das Gefühl, dass man mich erziehen will.« Er lachte heiser auf. »Komm mit mir nach London«, fuhr er fort. »Mein Gehalt reicht, wenn wir sparsam sind, für uns beide, und du kannst weiterhin meine Assistentin sein. Ich bringe dir alles bei, was du brauchst, um später als Quereinsteigerin selbst Regie zu führen. Na, wie klingt das?«

Es klang so gut, dass Henni vor Schreck die Worte fehlten. Ehe sie etwas erwidern konnte, beugte er sich vor, legte die Hand unter ihr Kinn und zog ihr Gesicht sanft zu sich.

»Sag bitte nicht Nein. Bevor du Nein sagst, muss ich dir den Mund verschließen.«

Sein Kuss erübrigte vorerst ihre Antwort. Er war heiß und fordernd und kribbelte bis in ihre Zehenspitzen.

»Shakespeare!«, schwärmte er, als sie sich voneinander lösten. »London ist die Stadt Shakespeares. Das Wintermärchen. Ein Sommernachtstraum. Romeo und Julia. Zu Shakespeares Zeit dauerte ein Theaterstück bis zu vier Stunden, und man hat sich währenddessen köstlich verpflegt. Muscheln, Austern, Obst, Nüsse und Konfekt wurden während der Vorstellung verspeist. Dazu gab es ein perlendes Bier. Wenn man die Flaschen öffnete, zischte es gewaltig, und man störte das übrige Publikum, wie es beim heutigen Kinobesuch mit dem Geraschel von Popcorntüten geschieht. Lass uns die Stücke wieder so inszenieren wie vor fast vierhundert Jahren. Mit Büfett und zischendem Bier.«

»Du bist unwiderstehlich, wenn du so schwärmst«, meinte Henni. »Aber nein, ich muss mir das erst gründlich überlegen. Ich kann nicht so einfach mit.«

»London«, sagte Ansgar noch einmal lockend.

»Wie lange bist du denn noch hier?«

»Drei Tage.«

»Dann habe ich also noch drei Tage Bedenkzeit. Was macht übrigens deine Hand?«

»Ist wieder halbwegs in Ordnung.« Wie zum Beweis hob er seine Hand und bewegte die Finger. Dort, wo der Verband gesessen hatte, war ein heller Streifen auf seiner sonnengebräunten Haut zu sehen. »Überleg es dir in Ruhe, ich melde mich bei dir.«

Henni nickte nur. Sie sah ihm schweigend zu, wie er zwischen den Kleiderständern verschwand.

Sie wollte das reparierte Kleid zurückhängen, als sie erneut eine Bewegung zwischen den Kleiderständern bemerkte. Diesmal war es Giselle, die zwischen den Kostümen auftauchte. Henni hatte sie gar nicht kommen hören. Nun stand sie vor ihr, zwirbelte ihre blonden Haare zu einem Knoten zusammen und hielt ihn mit einer Hand spielerisch auf dem Kopf fest.

»Hi, schaffst du jetzt hier in der Kostümschneiderei?«

»Mhm. Gerade habe ich etwas für dich repariert.« Henni hielt ihr Mollie Ralstons Kleid vor die Nase.

»Ach, super. Vielen Dank. Aber du siehst irgendwie so traurig aus.« Giselle ließ ihren Knoten los. Sie legte den Kopf schief, vielleicht um sie besser betrachten zu können, und ihre Haarpracht rieselte über ihre Schulter.

»Nein, alles gut«, log Henni. Jetzt bloß nicht in ein Liebeskummer-Geständnis verfallen! Vor allem nicht gegenüber Giselle, die den Meisterregisseur so sehr verehrte. Henni mochte gar nicht daran denken, wie stürmisch sie sich ihm an den Hals schmeißen könnte. Doch Giselle hatte längst erahnt, was mit ihr los war.

»Hast du Ansgar im Golfhotel gefunden, als du ihn neulich morgens gesucht hast?«, fragte sie mit argloser Miene.

Henni unterdrückte ein Seufzen. »Und du? Hast du das Mohnbrötchen für Aimée bekommen?«

Über Giselles Gesicht glitt ein Schmunzeln. »Nicht schlecht«, lobte sie. »Schlagfertig bist du.« Sie nahm ihr das Kleid ab und hängte es selbst zu ihren Sachen. »Du musst mir auch gar nichts erzählen. Das Schicksal will es so, dass mein zweiter Vorname Neugier ist.«

Hennis Puls beschleunigte sich. Was wusste Giselle über Ansgar? Und was konnte sie ihr über Doris verraten? Lohnte es sich, sich für ein paar Infos von ihr seelisch nackig zu machen?

»Ansgar ist ein sehr begabter Regisseur«, begann Giselle ungefragt zu erzählen. »Von ihm kannst du viel lernen. Wenn er mich als Assistentin haben wollte … Ich würde ihm bis ans Ende der Welt folgen.« Sie hielt kurz inne und räusperte sich. »Frosch im Hals«, erklärte sie, während sie mit der Hand wedelte, und schränkte rasch ein: »Vorausgesetzt, Aimée käme mit.«

»Du hast gelauscht«, sagte Henni rundheraus.

»Ja, das habe ich.« Giselle sah sie ruhig und freundlich an. »Du warst immer nett zu mir, hast ratzfatz mein Kleid geholt, als ich die Ama verpennt hatte. Und ich würde mich gern mit einem guten Rat bei dir revanchieren. Es gibt Entscheidungen, die wir privat fällen. Und solche, die man professionell betrachten sollte.« Sie sprach so klar und deutlich, als stünde sie auf der Bühne, nur die letzten Worte flüsterte sie fast: »Mach keinen Fehler!«

Henni suchte noch nach Worten, da umarmte Giselle sie mit einer Herzlichkeit, als würde sie sich für viele Jahre von ihr verabschieden wollen, und tat so, als spuckte sie ihr über die Schulter. »Toi, toi, toi.«

Sekunden später knarrte die Treppe.

Er liebt mich. Er liebt mich nicht.

Bei jedem Tritt in die Pedale dachte Henni diese Worte. Es war kindisch. Sie war kindisch. Doch sie stand dazu. Die Liebe machte sie kirre und bitzelte wie das bunte Brausepulver in ihrer Kindheit. Nur tat sie diesmal auch weh.

Sie nahm den Weg über die Felder und passierte den Dottenfelderhof. Auf einer weiten Ackerfläche war eine Blumenwiese als Insektenparadies angelegt worden. Wer wollte, konnte sich hier selbst einen Strauß pflücken und das Geld dafür in eine blecherne Spardose werfen. So weit das Auge reichte, standen blühende Prachtexemplare in allen Farben in ordentlichen Reihen. Fast beneidete Henni die Blumen. Sie mussten keine Entscheidungen fällen. Nirgendwohin reisen. Sie brauchten nur vor sich hin zu wachsen und zu gefallen.

Giselles Worte gingen ihr nach. Ansgar sei ein begabter Regisseur, von dem man viel lernen könne, hatte sie geschwärmt. Und dann gab es da Ansgars Versprechen, ihr sein Handwerk beizubringen. Was für eine Aussicht, später selbst einmal als Regisseurin arbeiten zu können! Aber was war mit seiner Idee, ihn mit Doris zu teilen? Wollte sie das?

Der Tag war wieder heiß gewesen, jetzt kühlte es nicht ab. Eine tropische Nacht stand bevor, und das Radfahren machte nicht wirklich Spaß. Feine Schweißperlen traten auf Hennis Haut. Sie wischte sich mit dem Ärmel über die Stirn und blies eine widerspenstige Haarsträhne aus ihrem Blickfeld.

Er liebt mich, er liebt mich nicht, begann sie erneut.

Warum nur wollte Ansgar zwei Frauen gleichzeitig lieben? Was hatte Doris an sich, dass er sie nicht loslassen konnte? Die Ungewissheiten lasteten so schwer auf Henni, dass ihre Gedanken für einen Moment stillstanden. Dann kam ihr eine Idee.

Alma hatte Niko dazu bringen wollen, Doris über ihre Gefühle auszufragen. Was, wenn sie das selbst erledigte? Wenn sie einfach mal mit Doris sprach? Womöglich war deren Liebe zu Ansgar ja längst abgekühlt, war über die Jahre und die Entfernung platonisch geworden. Die beiden waren nur noch gute Freunde.

Träum weiter, Henni, rief sie sich selbst empört zu. Doris würde Ansgars Küsse nicht mit geschlossenen Augen genießen, wenn sie nichts mehr für ihn empfände. Oder doch?

Es gab nur eines: Sie musste es herausfinden.

Er liebt mich nicht, er liebt mich.

Die letzten Meter vor ihrem Häuschen ließ sie ihr Fahrrad ausrollen und trat nicht mehr in die Pedale, damit es bei einem »Er liebt mich« blieb.

Neunzehn

Um nach Mainz zu gelangen, musste Henni in Frankfurt umsteigen. Die Fahrt mit der S-Bahn kam ihr wie eine Ewigkeit vor. Sie sah aus dem Fenster auf Bahnhöfe, Städte, Dörfer und Felder. Manchmal sah sie auch sich selbst, wenn sie durch einen Tunnel fuhren und die Scheibe ihr Bild widerspiegelte, weil es dahinter dunkel geworden war. In Gedanken wälzte sie die Fragen hin und her, die sie Doris stellen wollte. Und sie überlegte immer wieder, ob ihr Vorhaben überhaupt einen Sinn hatte.

Im Kleinen Haus hinter dem großen Mainzer Staatstheater spielte Doris in einem Stück mit, das nach einem Film von Aki Kaurismäki entstanden war. Ein Mann, der bei einem Überfall sein Gedächtnis verloren hat, beginnt in einer Containersiedlung ein neues, schwieriges Leben. Hilfe findet er bei Irma, einer Angestellten der Heilsarmee, deren Rolle Doris übernommen hatte. Schließlich werden die beiden ein Paar.

Die Liebe schien für Doris nicht nur im Leben, sondern auch auf der Bühne eine Herausforderung zu sein.

Allein der Titel des Stücks gab Henni zu denken: »Der Mann ohne Vergangenheit«. Was hatte Ansgar für eine Vergangenheit? Sie hatte das Internet längst nach ihm und Doris durchforstet, aber die beiden waren alles andere als Social-Media-Promis. Es fand sich kaum Privates über sie, keine Skandale, nicht einmal ein bisschen Klatsch. Es gab nur kurze Biografien, denen zufolge sie ein Lehrerkind war, während er aus einer Arztfamilie stammte. Schule, Abi, Schauspielschule, dann gleich erste Engagements. Eine kleine Bemerkung noch, dass das Paar sich schon in der Tanzstunde kennengelernt habe.

Den Weg zum Kleinen Haus ging Henni vom Mainzer Bahnhof aus zu Fuß. Am Schillerplatz kaufte sie sich ein Eis auf die Hand und aß es im Weitergehen. Drei Kugeln im Hörnchen, Vanille, Schoko und Erdbeere. Die klassischen Sorten, die bei fast allen Eisessern beliebt waren. In Karben hatte Henni einmal die Sorte »Eintracht« probiert und in Frankfurt ein Grüne-Soße-Eis. Die Eintracht war zuckersüß gewesen, das Grüne-Soße-Eis hatte förmlich nach Kartoffeln und hart gekochten Eiern verlangt. Der freundliche Eishändler hatte ihr ungefragt erklärt, dass es selten gekauft wurde und vor allem der Werbung diente. Henni fragte sich, ob es in Köln ein Eiscafé gab, das 4711-Eis anbot.

Sie drehte noch eine Runde um den Schillerplatz und betrachtete die Schaufenster der Modegeschäfte. Dann umkreiste sie den Fastnachtsbrunnen, das Symbol Mainzer Lebensfreude, und bestaunte die vielen närrischen und mythologischen Figuren. Schließlich bog sie in die Ludwigsstraße ein und stand zum Ende von Doris' Vorstellung pünktlich vor dem Kleinen Haus.

Nun komm schon raus, dachte sie angespannt.

Doch was war das? Wolken und gegenüberliegende Gebäude spiegelten sich in der gläsernen Fassade des Theaters und behinderten den Blick ins Innere. Es war nicht zu erkennen, wer drinnen die Treppe herunterkam, und Henni hatte Angst, Doris in dem kurzen Moment, in dem sie vor die Tür trat, zu verpassen. Dann überfiel sie eine andere böse Ahnung.

»Verzeihung, ist das hier der einzige Ausgang vom Kleinen Haus?«, fragte sie an einen Passanten gewandt. Der ältere Herr blieb verwundert stehen.

»Ei, horsche Se maa! Sie sinn wohl net von hier«, begann er im Dialekt, um sodann in vornehmes Hochdeutsch zu wechseln. »Das Kleine Haus und das Staatstheater sind mit gläsernen Brücken verbunden. Es gibt sogar einen unterirdischen Gang zwischen den Gebäuden.«

»Heißt das, man kommt überall heraus?«

»Und herein!«, lachte ihr Informant amüsiert.

Henni bedankte sich mit ungutem Gefühl. Das konnte ja heiter werden. Eine Weile starrte sie unentschlossen auf den Eingang und trat nervös von einem Bein auf das andere, während sie überlegte, ob sie besser zum Staatstheater hinübergehen sollte. Da kam Doris heraus. Sie hatte ihr langes Haar zu einem losen seitlichen Zopf geflochten und trug wohl noch ihr

Theater-Make-up, das Augen und Mund im hell geschminkten Gesicht aufleuchten ließ. Ein junger Mann, vermutlich ein Kollege, trat nach ihr auf die Straße, holte sie ein und hauchte ihr einen freundschaftlichen Kuss auf die Wange. Doris fasste ihn kurz an der Schulter. Noch ein Nicken, und die beiden trennten sich.

Henni zuckte es in den Beinen. Sie wollte auf Doris zulaufen, sie aufhalten, ansprechen. Aber ihr Unterfangen kam ihr mit einem Mal lächerlich vor. Was wollte sie denn von ihr? Eine Teilungserklärung zu Ansgar? Wer kriegt ihn wann und wie lange?

Es musste ihre fatale Neugierde sein, die sie dennoch dazu verführte, Doris wie von einem Magneten angezogen zu folgen. Die Szene im Golfhotel kam ihr wieder in den Sinn. Ansgar, der sie über Doris hinweg entsetzt anstarrte. Hatte Doris sie auch gesehen? Würde sie sich an sie erinnern?

Sie suchte Deckung hinter anderen Passanten, ließ sich ein paar Meter zurückfallen und holte wieder auf. Doris hatte einen flotten Gang, und mit einem Mal legte sie noch mehr Tempo zu. Henni befürchtete schon, von ihr entdeckt worden zu sein, und wartete kurz hinter einem Lieferwagen, bevor sie die Verfolgung wieder aufnahm. Es ging durch schmale Gassen und enge Einkaufspassagen. Die Läden, an denen sie nun vorbeikamen, wurden kleiner und exquisiter, Kneipen und Weinstuben schienen geradezu aus dem Boden zu schießen. Keine Frage, sie waren mitten in der Mainzer Altstadt gelandet.

Da! Schon wieder bog Doris um eine Ecke. Henni hastete hinter ihr her und rannte fast in sie hinein. Sie war abrupt stehen geblieben und starrte Henni aus engen Augen böse an.

»Oje«, murmelte Henni verwirrt.

In den letzten Minuten musste Doris um zehn, zwanzig Jahre gealtert sein. Ihr blondes Haar war von grauen Strähnen durchzogen, und ihr Mund lag in einem Krater aus Falten.

Himmel, das war gar nicht Doris! In ihrem Verfolgungswahn hatte sie Ansgars Frau verloren und war einer anderen gefolgt, deren Rückenansicht ihr entfernt ähnlich sah.

Enttäuscht und beschämt entschuldigte sie sich bei der Unbekannten und machte sich auf den Weg nach Hause.

***

Es war längst dunkel geworden, als Henni wieder vor ihrem Häuschen ankam. Sie hatte das Bedürfnis, sich bei Alma von ihrem Abenteuer zu erholen und sich ein klein wenig von ihr trösten zu lassen, aber ihre Tante öffnete nicht, als sie klingelte. Sollte sie sich schon schlafen gelegt haben? Normalerweise ging sie doch recht spät zu Bett.

Im Licht der Straßenlaterne betrachtete Henni den Blumentopf mit der Hortensie vor ihrer Haustür so nachdenklich und intensiv, als könnte er ihr eine Antwort geben.

Sie schaute ums Haus herum in den Garten, und da saß ihre Tante in einem gemütlichen Korbstuhl. Sie hatte eine dünne gehäkelte Decke über ihre Beine gebreitet und betrachtete ihre Apfelbäume, auf die ein schwaches Licht aus dem Wohnzimmer fiel. Henni zog sich den alten Gartenstuhl heran, den Alma gern als Beistelltisch benutzte. Es lagen Zeitungen und ein Buch darauf, und sie räumte alles beiseite, bevor sie sich setzte.

»Was machst du hier, Alma?«

»Ich denke nach. Wo warst du?«

»Ich war kurz in Mainz.«

»Du hast Doris nachspioniert.«

»Woher weißt du das?«

»Ein Vögelchen hat es mir gezwitschert.«

»Seit wann verstehst du Vogelsprachen?«

Alma kicherte. »Ich habe in der Zeitung gelesen, dass sie in Mainz Theater spielt. Und mir ist klar, dass du die Fronten zwischen euch klären willst, bevor du dich mit Haut und Haar auf Ansgar einlässt. Der Rest war geraten.«

»Du hast richtig vermutet«, meint Henni kleinlaut. »Ich habe sie vor dem Theater ansprechen wollen und sogar herauskommen sehen. Aber dann … Dann habe ich …«

»Du hast den Mut verloren.«

»Hm, ja, ein bisschen.« Dass sie eine fremde Frau verfolgt hatte, brauchte Alma nicht zu wissen. Das war Henni dann doch zu peinlich.

Ein schwarzer Kater strich über die Mauer zum Nachbargrundstück. Im Halbdunkel konnte man seine Umrisse kaum ausmachen, doch seine Augen reflektierten das sparsam vorhandene Licht. Mit einem geschmeidigen Satz sprang er zu ihnen herunter, fand langsam seinen Weg zu Alma und strich ihr um die Beine. Sie bückte sich und kraulte ihn hinter dem Ohr. Genüsslich legte er seinen Kopf zur Seite, und Henni glaubte ihn schnurren zu hören.

»Wie heißt er denn?«, wollte sie wissen.

»Der hat keinen Namen. Jedenfalls nicht bei mir.« Alma schien einen Augenblick nachzudenken und setzte hinzu: »Der Nachbar lockt ihn immer nur mit ›miez, miez, miez‹.«

»Dann heißt er vielleicht so?«, mutmaßte Henni.

»Ach was, bestimmt nicht. So nennt man einen so prächtigen Kater doch nicht. Außerdem ist Miez-Miez-Miez als Name viel zu lang.«

Henni betrachtete den Garten, der sich immer mehr im Dunkeln verlor, je weiter sie blickte. Jetzt erst fiel ihr auf, dass in jedem von Almas Apfelbäumen ein kleines weißes Schild baumelte. Konnte ihre Tante sich die Apfelsorten schon nicht mehr merken? Sie stand auf und näherte sich den Bäumen. In dem fahlen Lichtschein, der aus dem Wohnzimmer in die Baumkronen fiel, ließen sich die schwarzen Buchstaben gerade noch entziffern.

Artur, stand auf einem der Schildchen. *Johannes*, auf dem nächsten. Auf einem dritten las sie: *Mike.*

Überrascht drehte sie sich zu Alma um. »Mike? War das der Mann hinter der Tür, die Artur eingetreten hat?«

Alma lachte leise. »Ja, das war er.«

»Aber warum benennst du deine Apfelbäume nach deinen Verflossenen?«

»Ach, weißt du …« Alma zupfte verlegen an der Häkeldecke über ihren Beinen. »Wenn es den Bäumen gut geht, weiß ich immer, dass es ihnen auch gut geht. Egal, wo sie jetzt sein mögen.«

»Und wenn es den Bäumen mal nicht so gut geht?«, fragte Henni verwundert.

»Dann dünge und gieße ich sie«, erklärte Alma bestimmt.

»Du nimmst mich auf den Arm, oder?«

»Ich meine das alles nicht so ernst«, schränkte Alma ein. »Es ist nur eine vergnügliche Schrulle, die ich mir leiste. Das Leben fällt leichter, wenn man es spielerisch nimmt.«

»Ja, vielleicht hast du recht.«

Eine Weile betrachteten sie einträchtig die Apfelbäume, dann wandte Henni sich zum Gehen.

»Gute Nacht, ich lege mich mal schlafen. Bleib nicht mehr zu lange hier draußen, heute ist es ausnahmsweise mal etwas kühler.«

»Es ist immer zu kühl oder viel zu heiß«, erwiderte Alma. »Normales Wetter war früher, so langsam gewöhne ich mich dran. Schlaf du auch gut.«

Es waren nur ein paar Schritte zu ihren Häuschen, und im Näherkommen fiel ihr Blick auf die Hortensie, die die Treppe schmückte. Alma hatte sie am Tor stehen gehabt und ständig das Gießen vergessen, weshalb Henni den Topf auf die Treppenstufen zu ihrem Häuschen gestellt hatte, wo man die Pflanze nicht so schnell vergaß und auch das Wässern einfacher war. Leider stand der Topf hier schief und ungünstig. Er drohte abzurutschen, weil die Stufen nicht ganz gerade waren, und er war auch ein wenig im Weg. Der Tag würde kommen, an dem ihn versehentlich jemand umwarf.

Wenn dieser kipplige Blumentopf gleich von der Stufe rutscht, fahre ich mit Ansgar nach London.

Die Straßenlaterne strahlte den Kübel romantischer an, als jeder Theaterscheinwerfer es vermocht hätte, und sie behielt ihn so fest im Blick, als könne sie ihn hypnotisieren. Nun mach schon, fall schon um, flehte sie innerlich.

Doch das blöde Teil wollte ihr den Gefallen einfach nicht

tun. Als sie die Treppe erreicht hatte, tippte sie mit dem Fuß gegen den Topf. Ganz leicht nur, aber – tadaa! – der Feigling gab sofort nach und krachte ohne Vorwarnung von der steinernen Stufe. Tonscherben klirrten im Hof. Auf der gegenüberliegenden Straßenseite wurde ein Fenster geöffnet.

»Ruhe!«, rief jemand energisch in die Nacht hinaus.

Henni nahm ihr Handy und wählte Ansgars Nummer. »Ich komme mit«, sagte sie nur.

Er lachte glücklich. Eine kleine Pause entstand, in der er sich offenbar von der Überraschung erholte. Seiner verschlafenen Stimme nach lag er schon im Bett. »Okay, pack schon mal deine Koffer. Die Abfahrtzeit maile ich dir noch. Ich freue mich.«

»Ich bin auch froh. Bis bald, schlaf gut.«

Henni schob die Scherben des Blumentopfs mit dem Schuh zusammen. »Morgen stecke ich dich in frische Erde«, versprach sie der Pflanze. »Alles wird gut.«

Ihr Orakel hatte gesprochen.

Zwanzig

Am nächsten Morgen saß Henni in der Kleiderwerkstatt am Fenster und tippte ihre Kündigung. Die Nähmaschine hatte sie auf dem Tisch ein wenig zur Seite geschoben, um Platz für ihren Laptop zu haben, den sie eigens zu diesem Zweck mitgebracht hatte. Die Arbeit bei den Burgfestspielen machte ihr nach wie vor Freude, doch Ansgars Angebot, mit ihm nach London zu gehen und das Regiehandwerk von ihm zu erlernen, war zu verlockend. Und wenn sie es annehmen wollte, musste sie loslassen.

Sie setzte ein paar private Zeilen unter ihr Schreiben, beteuerte, wie dankbar sie war, gleich zwei Jobs hintereinander bekommen zu haben – als Ansgars Assistentin und nun in der Kostümschneiderei –, und als ihr bewusst wurde, dass dies ihr letzter Tag in der Wasserburg sein würde, wurde ihr wehmütig zumute. Einen Moment lang schaute sie aus dem Fenster und ließ Szenen ihrer Theaterzeit an sich vorüberziehen. Ansgar als Ritter. Giselle ohne Kleid. Schnee auf der Bühne, mitten im Sommer. Und all die Bühnenstücke! Sie war tief in die Theaterwelt eingetaucht und hatte das Gefühl, dabei selbst eine andere geworden zu sein.

Sie wollte eben ihre Kündigungsmail abschicken, als der Akku ihres Laptops aufgab. Mist, sie hatte kein Kabel dabei. Na gut, dann würde sie die Mail eben heute Abend von daheim losschicken.

Sie stand auf und sah nach den Kostümen für das Kinderstück, das bald aufgeführt werden sollte. War alles in Ordnung? Hatte sie auch keinen Fleck, keinen losen Knopf übersehen? Eine junge Kollegin führte Regie, und derzeit war das Dschungelbuch noch in der Probenphase, aber allen Mitwirkenden war jetzt schon klar, dass es eine großartige Inszenierung werden würde. Es gab eine sattgrüne Kulisse, die den Dschungel darstellte, und mitten auf der Bühne lag ein einzelner, gewaltiger Baumstamm. Das reichte an Ausstattung, um die Phantasie des

Publikums zu entfachen. Und da alle Schauspielerinnen und Schauspieler auf der Bühne ihre Gesichter zeigten und niemand eine Tiermaske aus Latex oder irgendeinem anderen Material trug, konnten sie ihr Mienenspiel voll entfalten und mit dem jungen Publikum Augenkontakt aufnehmen.

Henni hatte die Aufsicht über die unzähligen Kostüme für die wilden Tiere des Dschungels. Schwarze Lederhosen für den Panther Baghira, eine Fellweste für den Bären Balu und spitze graue Ohren für die Wölfe – alles hing bereits wohlgeordnet an diversen Kleiderständern. Das Kostüm der Schlange Kaa imponierte Henni besonders. Es bestand aus Hut, T-Shirt und Leggins im Schlangenmuster, der lange Schlangenkörper wurde wie ein riesiger langer Schwanz um die Hüften geschnallt. Es war sicherlich nicht einfach, ihn über die Bühne zu ziehen und dabei auch noch lebendig aussehen zu lassen.

Ob sie das auch konnte? Wie fühlte es sich wohl an, eine Schlange zu sein?

Henni ritt der Teufel. Sie ging hinter einem Kleiderständer in Deckung, nur für den Fall, dass jemand die Treppe heraufkommen würde, und ehe sie sich's versah, schlüpfte sie aus ihren Klamotten und in das Schlangenkostüm. Der umgeschnallte Hauptkörper war nicht so schwer, wie er aussah, aber er war unglaublich voluminös. So zu tun, als sei er ein Teil von ihr, war gar nicht so leicht. Sie probierte ein paar Bewegungen vor dem großen Spiegel, der hinter dem Kleiderständer an der Wand lehnte, zog die Schwanzspitze zu sich und legte sie sich über den Arm. Gespannt fixierte sie ihr Spiegelbild, warf sich in die Brust und atmete tief ein. Die unzähligen Kostüme verbreiteten einen leicht pudrigen Geruch. Es war still hier oben, nur eine Fliege summte, und von draußen drangen gedämpft die Stimmen der Bühnenarbeiter zu ihr herein, die vor der Zehntscheune mit den Kulissen kämpften.

»Beeil dich, Papa«, hörte sie eine helle Kinderstimme rufen. »Bis du endlich hier oben bist, sind zehn Regenzeiten vergangen.«

Eine kleine dunkle Hand schob einige Kostüme auf dem

Kleiderständer zur Seite, der Henni verbarg, und ein dunkles Kinderauge spähte vorsichtig durch die entstandene Lücke.

»Die Schlange Kaa!«, flüsterte das Kind ehrfürchtig. »Gleich hypnotisiert sie mich.« Dann zog es die Hand zurück, und die Kostüme rutschten wieder zusammen.

»Hallo, Henni? Bist du hier?« Das war Leos Stimme.

Henni blieb bis zum Hals hinter ihrem Kleiderständer in Deckung, lugte aber vorsichtig darüber hinweg. Leo hatte ein kleines Mädchen dabei. Das musste seine Tochter sein. Dass Fee fünf Jahre alt war, wusste sie ja schon, aber sie war doch überrascht, wie hübsch die Kleine war. Sie hatte dunkle Haut, dunkles feines Haar, das sich leicht kräuselte, und ihre Pupillen waren im schwachen Licht der Kostümschneiderei so groß, dass ihre Augen fast schwarz wirkten.

»Einen Moment, ihr Lieben!« Henni beeilte sich, aus dem Schlangenkostüm herauszukommen, und schlüpfte wieder in ihre eigene Kleidung. Als sie bei ihrem Besuch stand, stellte Leo ihr das kleine Mädchen vor.

»Das ist Fee, meine Tochter. Eigentlich heißt sie Emefa.«

»Ein selten schöner Name«, fand Henni.

»Ja, er stammt aus Ghana, so wie die Familie meiner Ex-Frau.«

»Und ihr habt euch dort im Urlaub kennengelernt?«

Leo schüttelte den Kopf. »Libby lebt schon seit ihrer Kindheit in Frankfurt. Wir haben uns auf so einer Freitagabendparty am Friedberger Platz kennengelernt, wo die Leute nach dem Wochenmarkt zusammenstehen, schwätzen und trinken. Ich hatte versehentlich ihr Glas umgeworfen.«

»Soso. Und was wollt ihr jetzt hier bei mir umwerfen?«

»Wir wollen die Kostüme für das Dschungelbuch anschauen«, sagte Fee mit Nachdruck.

Henni drohte ihr spielerisch mit dem Finger. »Als ob hier jeder so einfach reinschneien und Kostüme angucken dürfte!«, protestierte sie lachend. »Am Ende wollt ihr auch noch welche anprobieren?«

Fee nickte begeistert. »Das von Mogli. Das ist ja nur so ein

Tuch, oder?« Sie tat so, als wickelte sie sich eine Schärpe um die Hüfte.

»Du meinst einen Lendenschurz«, sagte Leo.

Henni machte eine präsentierende Geste in Richtung der Kleiderständer. »Hier hängt alles, kleine Fee. Aber schau es dir bitte nur mit den Augen an. Nicht mit den Händen.«

Fee tapste von Kostüm zu Kostüm. »Die sind alle so groß«, meinte sie verwirrt. »Was hat denn der Mogli an?«

»Das Stück wird von großen Leuten gespielt«, stellte Henni klar. »Den Mogli gibt ein junger Mann.«

»Den Mogli will ich spielen!«, rief Fee temperamentvoll.

»Aber, aber! Für Kinder wären die vielen Aufführungen doch viel zu anstrengend. Außerdem müssen die ja in die Kita oder in die Schule.«

»Ja, das sehen wir ein.« Leo sprach gleich für Fee mit. Liebevoll fuhr er der Kleinen über den Kopf. »Du kannst ja zum Theater gehen, wenn du etwas älter bist.«

»Das mache ich.« Fee nickte glücklich, ihre Blicke wanderten zwischen Henni und Leo hin und her. »Dann sind wir alle drei beim Theater. Aber ansehen darf ich mir das Stück jetzt schon.«

»Ja, sicher«, stimmte Henni zu. »Es ist ja ab fünf, und so alt bist du doch schon, oder?«

Fee nickte stolz.

»Und unsere Karten haben wir längst gekauft.« Leo zwinkerte seiner Tochter zu und rieb sich dabei freudig die Hände. »Die Premierenplätze im Dschungel sind uns sicher.«

»Hast du auch eine Karte? Kommst du auch?« Fee schaute Henni erwartungsvoll an.

»Ja, mal sehen«, wich Henni aus. In ihrem Magen glaubte sie einen Knoten zu spüren. Sie würde in London sein, wenn Mogli hier durch den Urwald turnte, aber sie brachte es nicht übers Herz, das Kind zu enttäuschen.

Fee stöberte noch ein wenig in den Kostümen herum.

»Vorsicht, Vorsicht«, kam es von Henni. »Nicht dass ich noch etwas reparieren muss.«

»Doch, das musst du. Hier ist was kaputt«, stellte Fee fest.

Henni sah sich an, was sie entdeckt hatte. Und tatsächlich, bei einem grauen Wolfsmantel war die Naht aufgerissen.

»Herrje. Das wird gleich in Ordnung gebracht.« Sie nahm das Kostüm, setzte sich an den Tisch und zog die Nähmaschine zu sich heran. Mit ein paar Stecknadeln schloss sie die defekte Naht und legte sie unter die Maschine. »Es wird hier gleich etwas laut«, warnte sie ihren Besuch. »Die Nähmaschine rattert ein wenig.«

»Lass mal sehen.« Fee trat neugierig neben sie und fasste nach dem Stoff. »Soll ich dir helfen? Alle für einen, einer für alle.«

»Danke, das ist lieb von dir, aber ich schaffe das schon«, wehrte Henni ab.

»Komm, Fee, lassen wir Henni, die Schlange, mal in Ruhe ihre Arbeit machen.« Leo lachte und wollte seine Tochter mit sich davonziehen. Doch Fee blieb neben Hennis Nähtisch stehen.

»Ich hab Hunger«, flüsterte sie leise. »Kann ich was essen?«

Henni überlegte. War das ein kindlicher Vorwand, um länger bei den Kostümen bleiben zu können? Sie sah die Kleine prüfend an. Doch Fee legte ihre Hände in einer so herzergreifenden Geste auf ihren Bauch, dass sie ihr den Hunger abnahm. Nur hatte sie selbst nichts Essbares hier. Meist nahm sie etwas Obst und ein Butterbrot mit zur Arbeit, das war preiswerter, als in der Stadt etwas auf die Hand zu kaufen. Aber gerade heute hatte sie vor lauter Aufregung über ihre baldige Abreise nach London nicht daran gedacht, sich etwas mitzubringen. Sie sah zu Leo hinüber und hatte eine Idee.

»Wisst ihr was? Im Burghof gibt es Stände, die allerlei Speisen verkaufen. Lasst uns nachsehen, ob die was für uns haben. Ich lade euch ein.«

Fee machte vor Freude einen kleinen Hüpfer, Leo nickte ergeben, und gemeinsam gingen sie hinunter in den Hof. Leider musste Henni bald feststellen, dass ihr Vorhaben nicht so einfach umzusetzen war. »Frankfurter Würstchen mit Kartoffelsalat«, las sie von einer mit Kreide beschrifteten Tafel ab, »Mozzarella-Tomaten-Basilikum-Pesto, marinierter Schafskäse mit Oliven.« Allerdings erübrigte sich die Frage, was Fee davon gern essen würde, weil keine Bedienung in der Nähe war. Die Stände wurden nur besetzt, solange die Vorstellungen liefen, und derzeit gab es tagsüber keine. Das Dschungelbuch stand zwar als Nächstes an, hatte aber noch keine Premiere gehabt.

Henni machte kehrt und hastete durch den Burghof. Eine ältere Frau kam ihr entgegen. Sie steckte in einer weißen Kittelschürze und schleppte sich mit einem Eimer Mayonnaise ab, der von der Größe her einem Putzeimer in nichts nachstand.

»Oh, Sie müssen mir helfen«, sprach Henni sie an. »Ich brauche unbedingt ein Frankfurter Würstchen.«

»Unbedingt? Ei, so verhungert sehn Se mir gar net aus«, kam es mit hessischem Humor zurück.

»Es ist für ein Kind«, erklärte Henni stur.

Der Zug um den Mund ihres Gegenübers wurde weicher. »Warm machen kann ich Ihne Ihr Würstche abber net.«

»Nein, schon recht. Wenn Sie mir einfach etwas Kartoffelsalat dazugeben.«

»Un e bissje Mozzarella?«, tönte die Frau belustigt. »Verleicht auch noch e Klacks Pesto?« Sie ging zu dem Verkaufsstand, an dem Henni die Speisen auf der Tafel gesehen hatte, und schob ihr auf einem Teller ein Würstchen über die Theke. »Ich hab die Kass net auf und kann net abrechne. Nemme Se es halt so.«

»Danke.« Henni verzichtete darauf, für Leo und sich auch noch etwas bestellen zu wollen, und dirigierte alle an einen der Tische im Burghof. Leo zog ein Schweizer Messer aus seiner Hosentasche und zerschnitt Fees Würstchen, sodass sie es in kleinen Happen mit den Fingern essen konnte.

»Hm, schmeckt's?«, fragte Henni.

»Ja, und dem Mogli schmeckt das bestimmt auch«, beteuerte Fee gestenreich über ihren Teller hinweg. Es gab ein Klirren, dann lagen Teller und Würstchen unter dem Tisch.

»Jesses, nee!« Leo legte eine Hand über die Augen und tat, als wollte er das Elend nicht sehen. Henni krabbelte unter den Tisch, um zu schauen, ob man von dem Würstchen noch etwas retten konnte. Auf Händen und Knien begutachtete sie die Lage. Der Teller war wie ein Wunder auf seiner Unterseite gelandet, und ein paar Würstchenstücke lagen noch darauf. Die anderen hatten sich über das Kopfsteinpflaster verteilt. Sie hob den Kopf und blickte in die Augen von Fee, die ihr gegenüber ebenfalls auf allen vieren unter den Tisch gekrochen war.

»Zwei Hunde und ein gefundenes Fressen«, murmelte Henni.

»Wau, wau!«, machte Fee und pickte Würstchenstücke auf, allerdings nicht vom Teller, sondern vom Kopfsteinpflaster. »Mach mal den Mund auf.«

Henni gehorchte wie in Trance, bekam von Fee einen Würstchenzipfel in den Mund geschoben und kaute brav. Und obwohl es zwischen ihren Zähnen knirschte, schluckte sie tapfer alles hinunter.

»Lecker?« Fee fuhr sich mit der Hand über das erhitzte Gesicht. Feiner Sand aus den Rillen zwischen dem Pflaster klebte an ihren Fingern und verteilte sich auf ihrer dunklen Haut. Galaktischer Sternenstaub, dachte Henni amüsiert.

»He, was macht ihr da unten?«, ließ sich Leo vernehmen.

»Wir essen«, teilte Fee ihm ungerührt mit.

Henni krabbelte unter dem Tisch hervor. Den Teller mit den unversehrten Würstchenstücken stellte sie vor Fee hin, die schneller wieder auf ihrem Platz saß, als sie gucken konnte.

»Ich muss mal weiterarbeiten«, meinte sie entschuldigend. Ein neues Würstchen wagte sie nicht zu bestellen.

»Geht schon klar«, sagte Leo warm. Mit nur drei banalen Wörtern konnte er Trost spenden. »Und vielen Dank. Wir sehen uns.«

»Beim Dschungelbuch!«, rief Fee übermütig. Die Würstchenkatastrophe hatte ihr nichts von ihrer guten Laune genommen.

Henni kehrte seltsam berührt in die Kostümschneiderei zurück. Die Treppen unter ihren Füßen knarrten, die Luft schmeckte so pudrig wie immer, und bald lullte sie das Summen der Nähmaschine ein. Zwischen Stecknadeln und Nähten flammte Fees Bild vor ihr auf. Auf Hennis Zunge lag noch immer der Geschmack von Würstchen mit Sand. Sie fuhr sich mit der Zungenspitze über die Zähne und fand noch ein paar Körnchen.

Noch nie hatte sie eine so merkwürdige Mittagspause erlebt.

***

Am Abend begann Henni mit dem Packen. Was brauchte sie in London, was konnte sie hierlassen? Und überhaupt: Sie hatte gar keinen richtigen Koffer, nur ein paar übergroße Shopper und ihre Umzugskisten. Sie lief zu Alma hinüber.

»Ich gehe mit ihm nach London, ich hab mich entschieden«, sprudelte es aus ihr heraus, als ihre Tante die Tür öffnete. »Morgen schon.«

Alma nickte nur.

»Kann ich den größten Teil meiner Sachen vorerst in deinem Häuschen lassen? Und hast du einen Koffer für mich – oder besser noch zwei?«

Wieder ein Nicken. »Das Häuschen braucht momentan niemand anderes als du. Und zwei Koffer habe ich noch von meinen Reisen mit Artur. Sie müssten im Abstellraum stehen, komm rein.«

Alma tappte vor ihr her zum Abstellraum, öffnete die Tür und knipste das Licht an. Sauber und ordentlich stand hier alles in Reih und Glied, was sie nicht ständig benötigte. Das Arsenal reichte von Tupperware über eine alte Küchenmaschine bis hin zu zusammengeklappten Gartenstühlen aus Plastik. Henni betastete gedankenverloren eine der Lehnen.

»Die waren für die Partys, die wir früher hier gefeiert haben«, erzählte Alma. Ich habe es nie übers Herz gebracht, sie wegzugeben, es hängen zu viele Erinnerungen daran.«

Die Koffer, von denen Alma gesprochen hatte, entpuppten sich als Hartschalenkoffer auf Rollen, verziert mit ein paar Aufklebern von Fluglinien und Hotels.

Henni wurde neugierig. »Wo seid ihr denn damit gewesen?«

Alma hievte einen der Koffer aus dem Abstellraum und

machte eine Kopfbewegung zu dem anderen hin, woraufhin Henni diesen am Griff packte und heraustrug. Dann standen die beiden Koffer im Flur, einer grau und einer rosa. Artur und Alma.

»Artur mochte besondere Orte«, begann Alma. »Er liebte es, wenn er sich vorstellen konnte, welche außergewöhnlichen Menschen vor ihm dort gewesen waren.«

Sie schwieg einen Moment, war wohl in Gedanken auf einer ihrer Reisen, und Henni wartete darauf, dass sie weitersprach.

»In Bagni di Lucca, das ist so ein kleiner Ort in der Nähe von Florenz, war Artur fasziniert von der Idee, dass Mary Shelley dort die Rezensionen über ihren Roman ›Frankenstein‹ gelesen und sich bei Spaziergängen am Fluss davon erholt hatte, dass die meisten Zuschriften negativ waren. Und erst Vinci! Da stand Artur stundenlang auf der Anhöhe und sah in das neblige Tal. ›Ich sehe, was Leonardo vor fünfhundert Jahren gesehen hat‹, behauptete er zufrieden.«

»Das nenne ich mal romantisch«, meinte Henni. Ihre eigenen Vorstellungen von Ferien waren weniger intellektuell. Meer, Strand, Müßiggang und gutes Essen standen im Urlaub bei ihr im Vordergrund. »Dann muss Artur doch auch der Glauberg gefallen haben. Die Vorstellung, dass dort früher Druiden und Fürsten lebten.«

»Sagen wir lieber: hochgestellte keltische Persönlichkeiten und vielleicht deren geistige Führer«, stellte Alma richtig. »So viel wissen wir ja gar nicht über die Kelten. Jedenfalls viel weniger als über Leonardo da Vinci oder Mary Shelley. Aber wolltest du nicht packen?«

»Klar! Und danke für die Koffer.« Henni fuhr die Griffe der Plastikungetüme heraus und zog sie zu ihrem Häuschen. Die Rollen ratterten rhythmisch über den Hof.

»Warte!« Alma hatte ihre Haustür noch einmal geöffnet und streckte den Kopf heraus.

»Oh, Verzeihung. Bin ich zu laut?«

»Vielleicht«, flüsterte Alma, »aber darum geht es mir nicht. Ich wollte dir das hier noch geben.« Sie hielt ihr ein Buch hin.

Henni ließ die Koffer stehen, eilte zu ihr zurück und nahm das Buch entgegen. Es war ein alter Reiseführer über London, schon reichlich zerlesen. Sie bog eines der unzähligen Eselsohren gerade.

»Die hat Artur reingekniffen, damit er die wichtigen Seiten wiederfindet«, erklärte Alma.

Henni unterdrückte ein Schmunzeln. So zerknittert, wie das Teil aussah, waren alle Seiten für Artur wichtig gewesen.

»Und wem wolltet ihr in London nachspüren?«, fragte sie neugierig. »Shakespeare oder der Queen?«

Alma hob nur lächelnd die Schultern. Henni fragte sich, warum ihr Vater ihr nie von den merkwürdigen Hobbys seines Schwagers erzählt hatte, aber womöglich hatte Artur ihn einfach nicht interessiert. Ein Mann, der in Italien Tomaten züchtete, hatte wohl anderes im Kopf als einer, der auf den Spuren von Frankensteins Erfinderin unterwegs war.

Henni beschloss, nur das Nötigste in die Koffer zu packen. Aber was war das? Würde sie mit Ansgar auf Premierenpartys gehen und mit berühmten Schauspielerinnen Small Talk machen? Oder würde sie die meiste Zeit neben ihm im Zuschauerraum sitzen, das Textbuch auf dem Schoß, und weiterhelfen, wenn auf der Bühne jemandem die Worte fehlten? Sie suchte ein paar bequeme Hosen und T-Shirts heraus, dann sichtete sie die Kleider aus ihrer Boutiquenzeit.

Was hatte Leo noch gesagt? »Du hast so viele Kleider und ziehst immer dasselbe an.« Aber das ließ sich ändern.

Sie kramte ihren langen schwarzen Spitzenrock hervor, der nur zum Teil unterfüttert war. Den konnte sie mit einem ärmellosen Shirt tragen oder zu einem derben Strickpulli und Boots. Und in dem nachtblauen Schlauchkleid, das sie zum halben Preis auf der Düsseldorfer Modemesse ergattert hatte, würde sie mit den gleichfarbigen High Heels auf jeder Cocktailparty eine gute Figur machen.

Die meisten Kosmetika aus dem Bad wanderten in die Koffer, Schlafanzüge, Unterwäsche. Aufräumen musste sie auch noch ein wenig. Nicht dass Alma hier auf ein großes Durcheinander stieß, falls sie mal herkam, um nach dem Rechten zu sehen. Das wäre mehr als undankbar ihr gegenüber.

Sie spülte das benutzte Geschirr ab und räumte es weg, säuberte die Küchenzeile. Auf dem Dachboden sammelte sie letzte Gräser des vom Wind zerstobenen Taubennestes ein, öffnete das Dachfenster zum Lüften, hob die Matratze an und schob sie in eine Ecke. Ein warmes Gefühl der Vorfreude durchflutete sie, als unter der Matratze eines von Ansgars Sommerjacketts zum Vorschein kam. Westen, Blazer, Anzugjacken – er zog sie aus, wenn der Tag wärmer wurde oder die Arbeit ihn erhitzte, und dann vergaß er sie gern irgendwo. Dieses hier musste er vergessen haben, als er nach ihrer gemeinsamen Nacht zur Arbeit fuhr.

Henni ließ sich auf ihre Matratze fallen, Ansgars Jackett im Arm. Ganz leicht roch es noch nach ihm, und sie drückte ihre Nase in den Stoff. Etwas knisterte seltsam. Sie tastete danach. In der Innentasche steckte Papier. Ein Brief! Sie zog ihn heraus.

Durfte sie ihn lesen? Sicher nicht.

Sie faltete das Papier auf und überflog die Anrede. *Lieber Ansgar*, las sie wie erwartet. Die Härchen auf ihren Unterarmen stellten sich auf, als sie die Unterschrift sah: *Doris.*

Nein, diesen Brief durfte sie garantiert nicht lesen.

Es kostete sie viel Überwindung, aber sie steckte den Brief wieder dorthin, wo sie ihn gefunden hatte. In die Innentasche von Ansgars Jackett.

Einundzwanzig

Früher Morgen. Die Kirchturmuhr verkündete die Uhrzeit mit sechs Schlägen, ansonsten war es noch ruhig im Dorf. In der Gasse hallten Schritte von einzelnen Menschen von den Hauswänden wider, die frühzeitig zur Arbeit mussten. Ein Automotor wurde eine Straße weiter angelassen. Ein Hund bellte.

Henni saß auf dem rosa Koffer in Almas kleinem Hof, den grauen Koffer dicht neben sich, und wartete auf Ansgar. *Um kurz nach sechs hole ich dich ab*, hatte er ihr gemailt. Aber wie kurz war »kurz nach«? Sie hielt sein Jackett in den Armen. Das würde sie ihm sofort geben, wenn er hier auftauchte, schon allein um sich selbst nicht länger in Versuchung zu führen, Doris' Brief doch noch heimlich aus der Innentasche zu ziehen und zu lesen.

Sie wartete brav weiter. Sah auf die Uhr. Fünf nach sechs.

Der schwarze Kater des Nachbarn sprang über das Tor und strich an ihren Beinen entlang. Im Tageslicht sah er alt und grau aus. Henni streichelte ihn und redete beruhigend auf ihn ein, doch im Grunde wollte sie sich selbst Mut zusprechen. Ihr »Ja, geht schon alles gut« galt genauso ihr wie dem namenlosen Tier.

Zehn nach sechs. Henni atmete tief durch.

Um Viertel nach sechs beschloss sie, dass die Wartefrist, die man Besuchern und Gästen höflicherweise einzuräumen pflegte, nun verstrichen war.

Sie zog Doris' Brief aus Ansgars Jackett.

Lieber Ansgar, las sie, *ich bin mit meinem Latein am Ende.*

Ein seltsamer Anfang für einen Liebesbrief.

Du bist ein Träumer. Du glaubst, wenn du mit deiner Liebe die ganze Welt umarmst, umarmt sie dich auch. Doch so einfach ist es nicht. Es gibt Menschen, die können mit anderen auf Abstand leben, denen reicht es, sich hin und wieder zu sehen. Katzenmenschen, so nenne ich sie mal. Aber ich bin ein Hundemensch. Ich brauche deine Nähe, deinen Geruch, deine

Streicheleinheiten. Wir kennen uns nun schon so viele Jahre, und immer habe ich versucht, dich zu verstehen und dich zu nehmen, wie du bist. Liebschaften, Flirts und Seitenblicke habe ich dir verziehen und stets einen Neubeginn mit dir gewagt. Jetzt reichen meine Kräfte nicht mehr für die Überwindung deiner Eskapaden.

Hier hatte Doris einen Absatz gemacht, und Henni verschnaufte kurz, bevor sie sich getraute weiterzulesen. Was sie gerade tat, war absolut verboten. Aber es war auch ungemein erhellend.

Nun willst du auch noch eine Art Ehe zu dritt, schrieb Doris weiter. Und sie warnte Ansgar: *Das werde ich nicht mitmachen. Lass diese kleine Assistentin laufen. Sie wird auch so ihren Weg zum Theater finden. Ich erwarte dich in London, und zwar allein.*

Unterschrieben war der Brief mit einem einfachen *Doris*. Nun zitterte er in Hennis Händen, und ihre Gedanken rasten. Ansgar musste Doris von ihr erzählt und ihr ebenfalls eine Dreierbeziehung vorgeschlagen haben. Nur wollte Doris das genauso wenig wie sie selbst. Aber Doris wollte Ansgar auch nicht verlassen. Sie wollte ihn wiederhaben.

Was Henni verstörte, war, dass Doris anscheinend in London auf Ansgar wartete. Es kam ihr so vor, als sollte sie buchstäblich in eine Ehe zu dritt hineinfliegen. Während Ansgars Erstfrau weiterhin auf eine Ehe zu zweit hoffte. Obendrein war in Doris' Brief von Liebschaften, Flirts und vielen Neuanfängen die Rede. Was die Frage aufwarf, wie treu Ansgar einer oder auch zwei Frauen überhaupt sein konnte.

»Was hältst du davon, Miez-Miez-Miez?«, fragte sie den Kater, der sich zu ihren Füßen eingekringelt hatte. »Denkst du wie ich: Wenn Ansgar Doris fremdgegangen ist, dann geht er mir eines Tages auch fremd?«

Der Kater blickte stumm zu ihr hoch und leckte sich das Maul.

»Bah, schon fast vergessen: Du bist ja auch nur ein Mann«, giftete Henni.

Aber ja, das war der bitterste Teil der Erkenntnis: dass sie Doris' Schicksal eines Tages teilen würde.

Die Kirchturmuhr schlug ein weiteres Mal. Halb sieben. Gleich mehrere Autos fuhren nacheinander durch die Straße. Und Ansgar hielt in seinem offenen Sportwagen vor Hennis Häuschen. Er schwang sich aus dem Auto und kam freudig auf sie zu. Sein Blick unter dem verstrubbelten Haar war ansteckend optimistisch und selbstbewusst. Ein Hauch von Abenteuer umwehte ihn, er versprühte die Energie eines Mannes, dem nichts misslingen konnte.

»Ich komme doch nicht mit«, sagte Henni zur Begrüßung.

Er blieb irritiert vor ihr stehen und runzelte die Stirn. »Aber wieso denn? Du sitzt doch auf gepackten Koffern.«

»Als wenn das etwas zu bedeuten hätte!« Wortlos streckte sie ihm Doris' zusammengefalteten Brief entgegen.

Ansgar schüttelte kaum merklich den Kopf. Vielleicht glaubte er, sie hätte ihm etwas aufgeschrieben, das ihr für eine mündliche Kommunikation zu heikel erschien. Jedenfalls sah er sehr besorgt auf das Papier in ihren Händen und machte keinerlei Anstalten, es entgegenzunehmen. Erst als Henni den Brief auseinanderfaltete und Doris' Handschrift sichtbar wurde, schien er zu begreifen, was für ein Schreiben das war.

»Du hast ihn gelesen«, sagte er vorwurfsvoll.

»Ja, Gott sei Dank. So weiß ich wenigstens, wie Doris die Sache sieht. Und was mir bevorsteht.«

Auf seiner Stirn vertieften sich die senkrechten Furchen. »Wie soll ich das denn verstehen?«

»Ich will keine Doris sein.« Hennis Stimme kündigte Tränen an, die ersten rannen ihr bereits über die Wangen.

»Aber Schneewittchen, das sollst du doch auch nicht. Doris ist Doris, und du bist du.«

»Ich will nicht betrogen und enttäuscht werden, so wie Doris«, präzisierte Henni. Ihre Finger fuhren nervös über das Relief des rosa Schalenkoffers, auf dem sie saß.

Ansgar stellte den grauen Koffer in angemessenem Abstand

vor sie hin und setzte sich ebenfalls. Sie erwartete schon, dass er, wie so oft in schwierigen Situationen, ihre Hände ergriff, aber das wagte er diesmal nicht.

»Wir haben doch alles besprochen. Goethe, die Stella. Eine Wohnung, ein Bett, ein Grab. Nicht wortwörtlich«, räumte er ein, »aber doch sinngemäß. Und nun stellt ihr euch beide gegen mich?«

»Ich weiß nicht, was du mit Doris besprochen hast.« Hennis Stimme hatte wieder an Festigkeit gewonnen. »Aber für mich wird es nichts mit deiner Dreieinigkeit. Und sieh mal, der Goethe hat ja auch nur dazu gestanden, als er noch blutjung war. In den späteren Fassungen hat er Fernando einfach sterben lassen.«

»Ist das dein letztes Wort?«, fragte Ansgar dumpf.

»Womit ich nicht meine, dass du sterben sollst«, wiegelte Henni ab. »Ich weiß sowieso nicht, wieso in den Dramen immer alle sterben. Egal ob in Stella oder in Romeo und Julia …«

»Vergiss Titanic nicht«, meinte Ansgar grimmig. Er stand abrupt auf, und der graue Koffer fiel krachend um. Der Kater, der inzwischen am Tor saß, ergriff die Flucht. Ansgar war im ersten Moment leicht zusammengezuckt, fing sich aber rasch wieder. »Gib mir eine letzte Chance. Lass uns zusammen frühstücken und noch einmal über alles reden. Ich buche um auf einen späteren Flug.«

»Was ist mit deinem Sportwagen?«, fragte Henni. Es tat gut, für einen Moment wieder über ganz Alltägliches zu sprechen.

»Der Roadster gehört Doris«, sagte Ansgar. »Sie leiht ihn mir gelegentlich. Wir werden ihn am Flughafen abstellen, wenn wir losfliegen.«

»Sagtest du *wir*?«

»Doris holt das Auto dann ab, wenn sie wieder hierher zurückfliegt. Hast du eine Idee, wo wir hingehen könnten? Gern in Frankfurt, dann haben wir schon ein Stück Weg hinter uns.«

»Schwedlersee«, hörte Henni sich sagen. Der Vorschlag war ihr ohne großes Nachdenken über die Lippen gekommen. Vielleicht, weil sie ihr Abendessen mit Leo und die Fahrt über den Main in so guter Erinnerung hatte.

Ansgar nickte. Er ergriff ihre Koffer und zog sie in Richtung des Roadsters.

»Halt«, rief Henni. »Nicht so schnell. Ich komme mit zum Frühstücken, aber meine Koffer bleiben hier. Du fliegst auch erst einmal allein nach London und redest Tacheles mit deiner Frau. Alles andere sehen wir später.«

Er ließ von den Koffern ab und zog den Kopf ein wie ein getretener Hund. Als wäre es die Aufforderung zu einem Duell, überreichte Henni ihm Doris' Brief. Sein Jackett warf sie ins offene Auto.

Ins Dorf kehrte nun Leben ein. Schulkinder liefen plappernd und kichernd zur Bahn. Tauben, die Fressbares auf der Straße aufpicken wollten, flatterten knatternd vor herannahenden Autos davon. Henni schleppte die beiden Koffer in ihr Häuschen zurück. Einen Moment lang blieb sie nachdenklich in ihrem kargen Wohnzimmer stehen. »Simultanbühne« hatte Ansgar es genannt. Sie könnte nun die Tür von innen schließen. Einfach hierbleiben und ihn für immer vergessen. Doch es erschien ihr fair, ihm noch eine Chance zur Aussprache zu geben. Das hat er verdient, redete sie sich ein. Gleichzeitig wusste sie, dass es nur die halbe Wahrheit war. Sie wollte ihn einfach nicht loslassen. Sie war noch nicht so weit.

Sie nahm ihre Handtasche und trat nach draußen, warf die Haustür hinter sich zu und setzte sich zu Ansgar ins Auto.

Das Navi hatte sie von der Stadt aus zum Schwedlersee geführt und ihnen den Weg durch das Gewerbegebiet erspart. Fast vermisste Henni den Anblick der vielen Container und parkenden Lastwagen, die Industrieromantik, wie Leo die Szenerie lachend kommentiert hatte. Auf dem schmalen Weg zum Restaurant warf sie einen Blick in das große Hafenbecken. Hier hatte das Boot gelegen, mit dem sie über den Main geschippert waren. Ob es wieder neben dem Wellblechschuppen am Steg festgemacht war? Sie spähte durch das eiserne Gittertor die Treppe hinab, und tatsächlich, dort unten dümpelte das Boot, das Leo einmal gehört hatte, friedlich im Wasser.

»Was ist?«, fragte Ansgar. »Was schaust du dir dort unten an?«

»Ach, nichts«, gab Henni zurück.

Er legte ihr eine Hand auf den Rücken und schob sie sachte weiter.

Jeden zweiten Sonntag Brunch am See, verkündete ein buntes Plakat am Eingang zum Restaurant: *Harmonie für die Seelen.*

»Super, das passt ja.« Ansgar betrat das Seegelände mit euphorischen Schritten. Er wollte Henni an den kleinen Tisch am Seeufer führen, an dem sie mit Leo gesessen hatte, doch sie zögerte.

»Was hast du denn?«, fragte Ansgar besorgt.

»Lieber nicht so nah am Wasser«, wehrte sie ab, um den Platz zu verhindern. »Die Mücken …«

»Aber hier sind doch gar keine Mücken.« Er sah sich kurz um, dann stellte sein Zeigefinger ein sirrendes Insekt dar, das auf Hennis Nase landete. »Falls du Angst hast, in den See zu fallen, Schneewittchen … Ich würde mich augenblicklich ins Wasser stürzen und dich retten.«

Sie unterdrückte ein Seufzen. Das Restaurant war eine schlechte Wahl gewesen. Sie hatte es vorgeschlagen, ohne groß nachzudenken, nun kam ihr die Szene vor wie ein Déjà-vu mit ausgetauschten männlichen Partnern.

»Am Wasser ist es doch am schönsten«, beharrte Ansgar arglos.

Henni gab mit einem Nicken nach, schon allein weil ihr die Argumente ausgingen, und schwups, saßen sie an dem Leo-Tischchen. Sie beugte sich noch über die einfache Karte, die die Köstlichkeiten des Brunchs anpries, als der Kellner zu ihnen kam.

»Ich nehme den Schwedler Spezial«, bestellte sie tapfer. Orangen- und Cranberrysaft mit Campari, Aperol und hoffentlich viel Gin war genau das Richtige für dieses unwirkliche Date. Jede weitere Aussprache mit Ansgar würde angeheitert leichter zu ertragen sein. Was gab es überhaupt noch mit ihm zu diskutieren? Je öfter sie an Doris' Brief dachte, desto klarer wurde ihre Entscheidung. Sie würde ihm vorerst nicht nach London folgen. Sie brauchte Zeit. Viel Zeit zum Nachdenken und noch mehr Zeit, um zu sich selbst zu finden.

Der Kellner drückte die Serviette, die über seinem Arm lag, etwas fester an sich. »Entschuldigen Sie bitte, aber heute haben wir eine geschlossene Gesellschaft. Ein Geburtstag mit Improtheater.«

»Improtheater? Wie interessant!« Ansgar klang erfreut. Offenbar ließ die Nachricht den Regisseur in ihm erwachen.

Der Kellner hüstelte vornehm. »Ja, ich muss Sie leider bitten zu gehen.«

Auf Ansgars Gesicht breitete sich ein strahlendes Lächeln aus. »Aber ein Glas werden wir doch trinken dürfen? Hier, so abseits an unserem Katzentischchen? Wir sind eigentlich auf dem Weg zum Flughafen. Wenn Sie wüssten, wie sehr so ein Drink gegen Flugangst hilft!«

»Ja, also ich ...« Der Kellner wurde unsicher und schien mit sich zu ringen.

Ansgar sah ihn weiter freundlich an und blieb seelenruhig sitzen.

»Also gut, ich bringe Ihnen ein Getränk«, gab der Kellner nach. »Was soll es denn sein?«

»Champagner«, orderte Ansgar. Noch ein Blick in die Karte und er nickte die einzige Marke ab, die es hier gab.

»Was haben wir denn zu feiern?«, zischte Henni, als der Kellner gegangen war. »Etwa unsere Probleme?« Sie sah Ansgar vorwurfsvoll an, doch er winkte ab.

»Ach komm«, meinte er treuherzig. »Lass uns auf einen Neuanfang trinken.«

»Wie meinst du das?«

»Ganz einfach: Du kommst, so schnell du kannst, nach London nach, und wir fangen neu an.«

Henni spürte, dass sie kribbelig wurde. Doris' Brief hatte das ganze Dilemma ihrer Verstrickung offenbart, und Ansgar bestand immer noch darauf, dass sie freudig zu ihm nach London kam.

»Ich brauche erst einmal Abstand von dir.« Ihre Worte hörten sich härter an, als sie gemeint waren.

Ansgar holte tief Luft. Er wollte etwas erwidern, doch er kam nicht mehr dazu. Über Lautsprecher wurde die Stimme einer Frau übertragen. Henni sah sich erstaunt um, um herauszufinden, wo sie herkam. Da! Eine Frau, die sie entfernt an Anke Engelke erinnerte, hatte eine schwimmende Plattform betreten, die nahe dem Ufer im See lag. Ihr war diese Seebühne bislang gar nicht aufgefallen, vielleicht, weil sie die Farbe des Wassers hatte, vielleicht, weil ihr anderes im Kopf herumging.

»Ich möchte Ihnen ein paar kurze Regeln erläutern, bevor wir anfangen.« Anke, wie Henni sie nun bei sich nannte, hatte eine melodische Stimme. »Die wichtigste Regel beim Improtheater lautet: Sag Ja! Sag Ja zu den Angeboten deines Partners.« Sie machte eine dramaturgische Pause, die Ansgar dazu nutzte, Henni bestätigend zuzunicken. »Wenn Sie Ihrem Partner ein Nein geben«, erklärte Anke weiter, »schneiden Sie die Handlung damit ab. Ein Nein bedeutet, dass es nicht mehr weitergeht. Versuchen Sie daher aufzugreifen, was Ihr Partner vorhat. Führen Sie seine Ideen fort. Aber sagen Sie nie Nein und lassen Sie Ihren Partner niemals dumm dastehen. *Let your partner shine.*«

»So manche Theateranweisung gilt auch für das richtige Leben«, flüsterte Ansgar eindringlich.

»Ich plädiere auf unschuldig«, wisperte Henni scharf zurück. »Ich habe dich immer gut aussehen lassen und sogar deine Generalprobe gerettet.«

»Jetzt nicht zanken!«, bat Ansgar. »Ich will zuhören.«

»Ich gebe Ihnen ein Beispiel«, ging es auf der Seebühne weiter. »Nehmen wir an, die Anweisung lautet: Erzählt über euren letzten Urlaub.« Anke drehte sich zur Seite und wandte sich an einen imaginären Partner. »Weißt du noch, wie wir damals mit dem Boot auf die Insel fuhren?« Sie sprang zwei Schritte zurück und mimte nun den Gesprächspartner. »Ja, genau! Und wie wir dann das Loch in dem Boot entdeckten.« Erneuter Sprung mit Personenwechsel. »Ja, es war mitten im Boden, und das Wasser drang ein wie die Fontäne eines Springbrunnens.«

So ging es eine Weile weiter, bis Anke die beiden Bootsinsassen vor Verzweiflung ins Wasser hüpfen und neben dem Boot herschwimmen ließ.

Das Publikum applaudierte frenetisch.

»Die zweite Regel!« Anke schwenkte ihr Mikrofon einen Moment neckisch hin und her, bevor sie weitersprach. »Gehen Sie niemals mit einer vorgefertigten Idee auf die Bühne. Vergessen Sie Ihre ausgedachte Geschichte, die Sie unbedingt vorspielen wollen. Gehen Sie lieber mit einem Gefühl auf die Bühne und lassen Sie die Handlung aus diesem Gefühl heraus geschehen.«

»Das erklärt sie ziemlich gut«, meinte Ansgar bewundernd.

»Die dritte Regel!«, rief die See-Anke fröhlich. »Feiern Sie auch sich selbst. Sie dürfen alles behaupten. Nichts ist falsch. Es gibt keine Fehler. Und wenn doch, wollen wir uns nicht über die Fehler ärgern, sondern darüber lachen.«

»Bitte schön!« Der Kellner brachte ihren Champagner und blieb so lange bei ihnen stehen, bis Ansgar die Rechnung beglichen hatte. Vermutlich wolle er damit klarmachen, dass dieses eine Glas wirklich die Ausnahme war.

»Ich werde jetzt drei Paare zusammenstellen«, kündigte Anke auf der schwimmenden Bühne an. »Paar eins beginnt. Wenn Paar eins sich verheddert und nicht weiterkommt, darf Paar zwei es abklatschen und weiterspielen. Das gilt natürlich auch für Paar drei. Wer hat denn Lust mitzumachen?«

Etliche Hände wurden in die Höhe gereckt, und Henni hatte den Eindruck, dass Ansgars Hand kurz zuckte. Er folgte dem Spiel inzwischen mit so großem Interesse, dass sie sich fragte, ob er ihr eigentliches Thema vergessen hatte. Vermutlich hatte er zu viel Theater im Blut, um sich einer Aufführung zu entziehen.

Drei Paare wurden von Anke ausgesucht, und das erste Paar betrat die Seebühne, ein schlanker Mann mit Mozartzopf und eine kleine quirlige Frau mit nervösen Gesten, beide in mittleren Jahren.

»Das Publikum darf jederzeit Vorschläge reinrufen«, erläuterte die Anke-Moderatorin, »einen groben Rahmen möchten wir aber setzen. Euer Thema lautet: Aufbruch ins Abenteuer. Habt Spaß!«

Ein paar Sekunden waren die beiden auf der Bühne ganz still. Die Frau knibbelte an ihren Fingern, der Mann ließ seine Arme hängen. Offenbar wussten sie nicht so recht, wie sie loslegen sollten.

»Ich weiß gar nicht, ob wir überhaupt wegfahren sollen«, begann die Frau übertrieben laut und warf die Arme in die Höhe. »Wenn wir aus dem Urlaub wiederkommen, sind unsere Blumen vertrocknet, Berge von Zeitungen liegen vor der Tür, und im ganzen Haus hat sich Staub angesammelt.«

»Typisch Hausfrau«, gab der Mann zurück, und im Publikum kamen ein paar Buhrufe auf. »Du kannst ja gern hierbleiben, Zeitung lesen, Blumen gießen und Staub putzen. Dann fahre ich eben allein in die Ferien.«

Die Frau lief mit kleinen Schritten auf und ab, soweit es die schwimmende Plattform erlaubte. Schnaufend drehte sie den Kopf hin und her, womit sie wohl ihr Unbehagen ausdrücken wollte. »Und wenn du unterwegs jemanden kennenlernst?«

»Wen meinst du mit jemand?«

»Na ja, im Urlaub trifft man doch schon mal jemanden.«

»Meinst du etwa eine andere Frau?«

»Krokodil«, schallte es aus dem Publikum.

»Was, wenn du auf ein Krokodil triffst?«, nahm die Frau auf der Bühne das Stichwort brav auf. »Was, wenn es dich frisst?«

»Dann weiß es, wie ich schmecke«, gab der Mann zurück.

Ansgar lachte laut auf.

»Hast du überhaupt schon getankt?«, fragte die Improfrau.

Henni gab die Frage an Ansgar weiter. »Und du? Hast du noch genug Sprit im Tank? Nicht dass wir auf dem Weg zum Flughafen stehen bleiben.«

»Ich denke, du willst nicht mit zum Flughafen.«

»Nein, aber du willst doch dorthin!«

»Ja doch, ich habe getankt«, sagte der Mann auf der Bühne.

»Kühlschrank!«, rief jemand aus dem Publikum.

»Hast du den Kühlschrank abgetaut?«, fragte die Frau auf der Bühne.

»Ich dachte, das machst du.« Der Mann zupfte nervös an seinem Zopf. Er schien zu spüren, dass er das Publikum nicht wirklich mitriss.

Seine Partnerin rettete sich zwei Oktaven höher in Hysterie. »So kenne ich dich. Immer muss ich alles machen!«

Eine Weile zankten sich die beiden auf der Bühne, ihre Dialoge klangen immer mehr wie im wirklichen Leben, und das Improstück wurde immer langweiliger. Auch Ansgars Aufmerksamkeit ließ nach, und sein Interesse kehrte zu Henni zurück.

»Wann, denkst du, wirst du nachkommen?«, fragte er ernst. »Hast du schon bei den Burgfestspielen gekündigt?«

»Ich habe eine Kündigung gemailt«, sagte Henni und erschrak im selben Moment. Oh Gott, hatte sie ihre Kündigung tatsächlich abgeschickt? Der Akku ihres Laptops war leer gewesen, als sie die Mail in der Kostümschneiderei geschrieben hatte. Sie hatte kein Kabel dabeigehabt und beschlossen, das Schreiben von daheim abzuschicken. Aber hatte sie das auch getan? Sie konnte sich nur noch daran erinnern, zu Hause gleich mit dem Packen begonnen zu haben.

Sie nippte an ihrem Champagner und fand, dass er fad schmeckte. Irritiert hob sie das Glas ein wenig hoch. Sie mochte es, wenn sie die Perlen im Wein aufsteigen sah, nur stimmte ihr Anblick sie heute nicht froh.

Es hatte schönere Champagnermomente mit Ansgar gegeben.

Auf der Bühne klatschte das zweite Paar das erste ab, ein Mann mit pechschwarzem Haar und eine rundliche Frau in einem zu engen roten Kleid.

»Liebesbrief!«, rief ein vielleicht vierzehnjähriges Mädchen zur Bühne hin. Sie war von ihrem Stuhl aufgestanden, hielt ein orangefarbenes Tandoori-Hühnerbein in der Hand und knabberte es nach ihrem Zuruf im Stehen ab.

»Kühlschrank abtauen?«, schimpfte die Frau im roten Kleid, ohne das neue Stichwort zu beachten. »Hab ich doch längst gemacht.« Sie tat, als reiße sie die Tür eines Kühlschranks auf.

»Sieh nur, wie proper hier drinnen alles ist. Kannste sorglos reinkriechen.«

»Und dann stellst du den Kühlschrank wieder an? Brr …« Ihr Mitspieler schien ein Fan von Mr. Bean zu sein. Er faltete seinen Körper so eng zusammen, als sollte er für eine Weile im Kühlschrank gelagert werden, presste die Hände zwischen die Knie und zog vor Kälte zitternd eine angstvolle Grimasse.

»Liebesbrief!«, rief das Mädchen mit dem Hühnerbein lauter.

Endlich griff die Frau im roten Kleid ihren Zuruf auf. »Na, so was, hier liegt ja ein Brief im Kühlschrank. Ist der etwa von dir, mein Schatz?«

Mr. Bean rollte mit den Augen. »Ja, der Brief ist von mir.«

»Oh, mein Engel! Hast du mir einen Liebesbrief geschrieben? Willst du mich endlich heiraten? Soll unsere Reise eine Hochzeitsreise werden?« Ihre Stimme überschlug sich vor Freude, und in einer überraschend gekonnt wirkenden Pantomime faltete sie den Brief auseinander, las ihn mehrmals durch und ließ ihn schließlich mit einer theatralischen Geste sinken. »Kannst du mir sagen, warum du mir einen solchen Brief in einen abgetauten, sauber ausgewaschenen, leeren Kühlschrank legst?«

Mr. Bean nickte eifrig. »Ich wollte, dass du ihn findest, wenn wir wiederkommen. Genauer: bevor du nach den Ferien das nächste Mal einkaufen gehst.«

»Gute Idee, das ergibt Sinn.« Die Frau hob den Brief hoch und las ihn fürs Publikum laut vor. »Ich liebe …«, begann sie. Alle erwarteten nun ein »dich« und noch mehr, aber der Satz endete unromantisch und banal. Im Ganzen lautete er: »Ich liebe Emmentaler Käse.«

Die Menge johlte und klatschte sich auf die Schenkel, und auch Ansgar wollte sich vor Lachen ausschütten. Henni fühlte sich immer unwohler. Was hatte dieses Improstück mit ihr zu tun? In einem Zug trank sie ihr Champagnerglas leer. »Komm, lass uns hier weggehen.«

»Was, schon? Wir haben doch noch gar keinen Plan, wie es mit uns weitergeht«, meinte Ansgar erstaunt.

»Nein, aber ich habe jetzt einen Plan.« Sie war vom Stuhl

aufgesprungen und hatte ihre Handtasche unter den Arm geklemmt. »Nimm mich bitte bis zum Ostbahnhof mit, von da aus fahre ich mit der S-Bahn nach Hause.«

Er blieb wie gelähmt am Tisch sitzen und sah enttäuscht zu ihr auf. Henni deutete auf ihre leeren Gläser.

»Danke für den Champagner. Ich bin mal so frei und fühle mich eingeladen.«

»Ja, nach London!« Er versuchte ein naives Lächeln.

Henni schüttelte den Kopf und schluckte hart. »Eine Wohnung, ein Bett, ein Grab. Der liebe Goethe kann seine Jugendphantasien für sich behalten. Ich brauche so was nicht.«

»Na ja, du vergisst den zweibeweibten Grafen von Gleichen. Ein Wandteppich aus dem 16. Jahrhundert zeigt ihn, wie er zum Kreuzzug aufbricht und seine Familie verlässt. Der Teppich zeigt aber auch, wie der Graf mit der Sarazenin heimkommt, die dann seine Zweitfrau wird. An der Geschichte muss also was Wahres dran sein.«

»Ich bin keine Sarazenin, und ich will auch keine Zweitfrau werden«, entgegnete Henni bestimmt.

»Scht! Nicht so laut.«

Im Lokal erregten sie inzwischen mehr Aufmerksamkeit als das Duo auf der schwimmenden Bühne. Die Gäste der geschlossenen Gesellschaft reckten ihre Hälse und sahen zu ihnen herüber. Henni fragte sich, warum sie nicht einfach als nächstes Paar auftraten und ihr Dilemma vor allen Leuten ausbreiteten.

Selbst Ansgar schien die Situation langsam peinlich zu werden. »Gut, wir gehen«, entschied er mürrisch.

Schweigend trotteten sie zu Doris' Sportwagen zurück. Den Weg bis zum Ostbahnhof empfand Henni als Tortur. Sie war froh, dass Ansgar das Verdeck offen gelassen hatte und sie ihren heißen Kopf im Fahrtwind kühlen konnte.

»So sollten wir aber nicht auseinandergehen, Schneewittchen.« Er beugte sich zu ihr herüber, als sie am Ostbahnhof ankamen und Henni nach der Türklinke griff. »Nach allem, was zwischen uns war.«

»Du hast recht, ich fürchte nur, es muss so sein. Vielleicht schreibe ich dir mal. Oder du schreibst mir, meine Adresse kennst du ja, sie wird sich nicht so bald ändern.«

Aus den Augenwinkeln sah Henni, dass er mechanisch nickte. Sie atmete ein paarmal tief durch, dann stieg sie aus. Ansgar schaute aus dem Auto zu ihr hoch, und sein wehmütiger Blick traf ihren. Henni sah Ansgar, wie er sich über Doris beugte und ihr Gesicht mit Küssen bedeckte. Sie sah ihn in ihrem Simultanbühnen-Wohnzimmer sitzen und Champagner in zerknautschte Plastikbecher gießen. Und sie sah ihn, wie er sie in blecherner Rüstung durch die Wasserburg führte.

»Behaltet mich in guter Erinnerung, Ritter Bechtram.« Sie fiel in Schweigen, bevor ihre Stimme brach.

Auch ihm fehlten nun die Worte. Er räusperte sich, nickte erneut und schaute stur geradeaus, als er den Motor anließ und davonfuhr.

Auf dem Heimweg fühlte Henni sich wie ein nasser Waschlappen, den niemand auswringen wollte. Mit leerem Blick starrte sie aus dem Fenster der S-Bahn in das sonnige Frankfurter Umland. Wovon zum Henker hatte sie eigentlich die ganze Zeit geträumt? Mit Ansgar die Liebe zu feiern Tag für Tag und immer so weiter? Mit ihm von Stadt zu Stadt zu reisen, von Theater zu Theater, und an seiner Seite Regiekarriere zu machen? Offenbar war nichts davon möglich, ohne ihn mit Doris zu teilen. Und mit Gott weiß wem noch. Sowieso gehörte sein Herz vor allem der Bühne. Eine kleine Improeinlage konnte ihn von all seinen Beziehungsproblemen ablenken.

Sie zwang sich, nicht mehr an ihn zu denken, während sie in Almas Dorf zu ihrem Häuschen lief. So rasch wie heute hatte sie ihre Haustür noch nie aufgerissen. Auf ihrem kleinen Tisch sah sie ihren Laptop stehen und stürzte darauf zu. Um Gottes willen. Hatte sie ihre Kündigung gestern noch abgeschickt? Oder hatte sie das vor lauter Kofferpacken und Reisefieber vergessen? Sie klappte den Laptop auf und suchte im Gesendet-Ordner nach ihrem versandten Text. Nein, er lag noch bei den Entwürfen. Sie hatte nicht gekündigt. Was wohl hieß, dass sie ihren Job bei den Burgfestspielen noch hatte. Erleichtert machte sie sich auf, um nach Alma zu suchen.

Ihre Tante saß in ihrem Lieblingssessel im Garten, auf ihrem Schoß hatte sich Miez-Miez-Miez zusammengerollt und schlief den Schlaf der Gerechten.

»Sag mal, Alma, ist es nicht heiß genug, um ohne ein wärmendes Katzenfell auszukommen?«, begrüßte Henni sie.

Alma strich dem schwarzen Kater über den Kopf und kicherte leise. »Er heizt mir schon ganz schön ein«, gab sie zu. »Aber ich mag ihn nicht wegschicken. Mir ist lieber, er liegt auf meinem Schoß, als dass er mir von links begegnet.«

»Aber du bist doch nicht abergläubisch?«

»Nein, bestimmt nicht. Ich spiele eher damit, als dass ich daran glaube. Ich hatte aber mal einen Teenager in der Klasse, der viel zu spät in meinen Unterricht kam, weil eine schwarze Katze seinen Weg kreuzen wollte. Als er sie auf der linken Straßenseite entdeckte, lief er in Panik zurück und versuchte, über eine Parallelstraße weiterzukommen. Der schwarze Teufel war unterdessen durch eine Gasse in diese Parallelstraße gelangt und drohte ein zweites Mal, seinen Weg von links nach rechts zu überqueren.«

»Und dann?« Selten hatte Henni Almas Anekdoten so sehr genossen. Sie spülten ihr Hirn frei von all den Gedanken an Ansgar und ihr Liebesleid.

»Mein Schüler hat eine weitere Parallelstraße genommen, um dem Kater zu entkommen. Und wieder ist das Tier ihm gefolgt. In der Klasse hat seine Geschichte dann großes Gelächter ausgelöst, und ich hatte Mühe, alle wieder zu beruhigen. Natürlich konnte ich die Gelegenheit auch nutzen, um in Sachen Aberglauben zu erklären, was es mit den schwarzen Katzen von links auf sich hat.«

»Da bin ich aber gespannt«, meinte Henni.

»Es hat mit dem Mittelalter und der Kirche zu tun«, sagte Alma. »Katzen galten als Abbild des Satans, und Schwarz stand für das Dämonische. Zudem ging die Sage, dass Hexen die Gestalt von Katzen annehmen konnten.«

Der Kater riskierte ein Auge, das Thema schien auch ihn zu interessieren.

»Und was ist mit der linken Seite?«, fragte Henni.

»Beim Jüngsten Gericht sollen sich die Guten rechts und die Bösen links aufstellen, so steht es in der Bibel.«

Miez-Miez-Miez kratzte sich nachdenklich am Kopf.

»Wir könnten dein Häuschen renovieren«, wechselte Alma das Thema. »Das Dach dämmen und besser isolierte Fenster einsetzen. Was meinst du?«

»Hm, ja, aber …«

»Ein bisschen Geld habe ich noch auf der hohen Kante. Wenn du mir etwas Miete bezahlst, rechnet sich das für uns beide.«

»Aber wie kommst du jetzt darauf? Ich wollte doch mit Ansgar …«

»Sicher, aber wie ich sehe, bist du noch hier.«

»Ja, das stimmt. Ich meine, ich will mal sagen …«

Nun war ihr Gespräch doch noch bei der Liebe angekommen. Henni überlegte, wie sie Alma alles erklären sollte, aber ihre Tante schnitt ihr das Wort ab.

»Nimm es nicht so schwer, Kind. Du kommst darüber hinweg. Und irgendwann kreuzt jemand anderes deinen Weg.«

»Aber Alma!«, rief Henni entsetzt. »Ansgar lässt sich doch nicht so einfach durch einen anderen ersetzen!«

»Das sicherlich nicht. Aber dein Leben geht weiter. Und wenn der richtige Josef kommt, sagt Maria nicht Nein.«

Zweiundzwanzig

In der Kostümschneiderei gab es am nächsten Tag ein paar Kleinigkeiten zu reparieren. Das Dschungelbuch näherte sich seiner Premiere und wurde nicht mehr ohne Kostüm geprobt. Bei all dem hurtigen Klettern und Tanzen riss dann schon mal eine Naht, oder ein Knopf ging verloren. Vom Leib der Schlange Kaa bürstete Henni etwas Staub ab. So riesig lang, wie er war, fing er sich gern ein bisschen Dreck ein, wenn die Schauspielerin ihn auf der Bühne hinter sich herschleifte.

Das Knarren der Treppenstufen kündigte einen Gast an, und Henni hob den Blick.

»Hi. Schon wieder so fleißig?« Giselle war die Treppe hochgekommen. »Ich dachte, du wärst längst nicht mehr hier.«

»Das dachte ich auch.« Henni schnitt eine Grimasse. Längst musste sie nicht mehr auf Giselles Muttermal schauen, um sie von Aimée unterscheiden zu können. Ihre Augen hatten die Farbe von blassblauem Vergissmeinnicht, und ihr Blick erinnerte an durchsichtiges Glas. Sie hatte eine schmale Nase und eine hohe Stirn, während Aimées Gesicht eher rundlich war und ihre Augen wie dunkelbraune Kastanien glänzten.

»Schade.« Giselles Hand glitt über den Schlangenleib, den Henni vor sich liegen hatte. »Dabei hätte ich dir durchaus zugetraut, mit Herrn Kaa fertigzuwerden.«

»Wie meinst du das?«

»Im Originaltext des Dschungelbuchs ist Kaa keine weibliche Pythonschlange«, sagte Giselle. »Sie ist eine faszinierende männliche Persönlichkeit, die einen hypnotisiert. Und dann auffrisst.«

»Netter Vergleich«, meinte Henni wenig amüsiert. »Aber im Stück will sie doch den armen Mogli fressen.«

»Mogli vor allem, aber nicht nur den.«

»Ihr seid noch eine Weile hier, nicht wahr?«, versuchte Henni das Thema zu wechseln.

»Ja, das Dschungelbuch wird noch den ganzen Sommer gespielt.«

»Und dann?«

»Dann habe ich ein Engagement in Köln, und Aimée geht nach Berlin zurück. Sie hat dort eine feste Freundin.«

»Das wird auch nicht leicht werden, hm?«

»Nein, bestimmt nicht.« Giselle sah bedrückt zu Boden.

Henni wollte etwas Tröstliches erwidern, doch noch ehe sie die richtigen Worte fand, fasste Giselle an ihre Schulter, und sie spürte den kraftvollen Druck ihrer Hand.

Nach dieser Geste des Abschieds ging Giselle wortlos davon.

Henni hatte den Schlangenleib wieder an seinem Platz deponiert, als ihr Handy klingelte. Für ein paar Sekunden lauschte sie den Signaltönen und ging in Gedanken ihre Telefonkontakte durch. Alma rief sie nie auf ihrem Handy an. Auf eine Diskussion mit Ansgar hatte sie so spontan keine Lust. Blieb noch Leo. Aber was konnte der von ihr wollen?

Sie nahm das Gespräch an.

»Sie haben ein Problem mit Ihrem Computer«, sagte ein Mann mit indischem Akzent. »Wir helfen Ihnen mit Ihrem Computer.«

»Ich habe einen Laptop.« Henni überlegte, ob sie damit nicht schon zu viele Informationen von sich preisgab.

»Ihr Computer hat einen Fehler.« Der Anrufer nannte den Namen einer Softwarefirma, den Henni in ihrem aufsteigenden Ärger nicht richtig mitbekam. »Wir sagen Ihnen, was zu tun ist. Machen Sie Ihren Computer an.«

»Ganz bestimmt nicht«, gab Henni zurück.

»Ihr Computer hat einen Fehler«, beharrte der Anrufer. »Machen Sie Ihren Computer bitte an.«

»Glauben Sie, ich wüsste nicht, was hier gespielt wird?«, fauchte Henni. Ihre ganze Wut auf ihre Misere mit Ansgar entlud sich, ehe sie sich's versah, ungefiltert auf den unbekannten Anrufer. »Wetten, dass Sie aus Bombay telefonieren? Mit der SIM-Karte eines armen Teufels, der sein Handy in Kalifornien beim Surfen verloren hat? Und Sie wollen nichts weiter als meinen Computer hacken. Ihre Betrügereien stehen längst in allen Internetforen, darauf fällt hoffentlich niemand mehr herein. Suchen Sie sich doch bitte einen anständigen Job.«

»Ist Ihr Computer an?«

Sie drückte den Anruf weg, bevor der Mann weiterreden konnte, aber ihr Handy klingelte erneut.

»Ja, was noch?«

Diesmal hatte der Anrufer einen bayerischen Akzent. Wieder wurde vorstellungsbedingt ein Name gemurmelt, es klang wie »München«.

»Nein, nein und noch mal nein«, brüllte sie. »Ich mache meinen verdammten Computer bestimmt nicht an!«

»Das ist auch gar nicht nötig.« Der Anrufer blieb trotz ihrer Schimpferei höflich. »Ich wollte Ihnen nur sagen, wie gut mir gefällt, was Sie geschrieben haben.«

»Ich habe Ihnen gar nichts geschrieben.«

»Oh, habe ich womöglich eine falsche Nummer?«

»Davon gehe ich mal aus.«

»Hallo?« Die Verbindung wurde schlechter. Womöglich telefonierte der Mann aus einem Auto heraus, das gerade in ein Funkloch fuhr. Die nächsten Sätze kamen nur noch zerstückelt bei Henni an.

»Man sagte mir, dies sei … die Nummer von der Autorin … Fetter Stoff, sehr kühn geplottet. Na ja, dann … den Überbringer des Stücks noch mal fragen. Entschuldigen Sie vielmals.«

Sie hatte das Gespräch schon weggedrückt, als die Wörter »Autorin« und »Stück« in ihr nachhallten. Hatte der Anruf vielleicht doch etwas mit ihr zu tun gehabt? Andererseits kannte nur Leo ihr Theaterstück, und der pflegte, soweit sie wusste, keinen Kontakt zu Leuten, denen man Drehbücher überbrachte.

Sie steckte ihr Handy kopfschüttelnd weg.

***

In den nächsten Tagen widmete Henni sich mit Haut und Haar ihrer Arbeit bei den Festspielen. Sie ging auf in der Welt der Theaterfiguren, flickte hier ein Wolfsohr, putzte dort ein Paar Bärenklauen. Der Platz am kleinen Fenster der Kostümschneiderei wurde ihr zweites Zuhause, und all die Kleidergestelle mit den vielen Kostümen wurden zu Mauern aus Stoff, die sie vor wirren und traurigen Gedanken abschirmten. Gelegentlich lauschte sie den Geräuschen, die zu ihr drangen. Die Stimmen der Bühnenarbeiter, die sich beim Tragen der Kulissen Anweisungen zuriefen, das Lachen der Helfer, die vor der Burg Pause machten und einen Schluck Wasser tranken. Manchmal knarrte auch die Treppe, und jemand kam, um nach einem Kostüm zu sehen, etwas zurückzubringen oder anzuprobieren.

Einmal hatte Alma ihr die Tageszeitung auf die Stufen zu ihrem Häuschen gelegt. Im Feuilleton hatte Niko endlich sein Porträt über Doris nachgeholt. Er hatte sie im Frankfurter Flughafen interviewt, kurz vor ihrem Abflug nach London. Das dazugehörige Foto musste einen Steinwurf von Hennis ehemaligem Arbeitsplatz entfernt aufgenommen worden sein, in der Nähe der Boutique, in der sie sich so wohlgefühlt hatte. Doris war auf dem Foto kaum wiederzuerkennen. Ihre Gesichtszüge wirkten verhärmt und erinnerten kaum noch an ihr weiches Kussgesicht im Golfhotel. Sie klammerte sich an den Riemen ihrer geschulterten Reisetasche wie jemand, der lustlos mit kargem Gepäck auf Achse war. Ihr Interview brachte keine neuen Erkenntnisse über sie, es drehte sich hauptsächlich um das Stück, das sie in Mainz gespielt hatte. Immerhin hatte der schlaue Niko in der Überschrift eine listige Frage gestellt: *Wie schwierig darf ein Mensch sein, den man liebt?* Im Text war er nicht weiter darauf eingegangen, und Henni begriff, dass sich die Frage auf den Protagonisten bezog, um den sich Doris' Figur im Theaterstück kümmerte. Sie wunderte sich, wie seltsam teilnahmslos der Artikel sie zurückließ.

Die Tage glichen sich wie ein Ei dem anderen. Wenn Henni freihatte, machte sie lange Spaziergänge und erkundete die Gegend.

Das Dorf, das einmal ein kleiner Weiler gewesen war, wuchs in die Äcker hinein, immer mehr moderne Bauten entstanden. Der alte Dorfkern mit seinen wenigen Herrenhäusern war längst nicht mehr der Mittelpunkt, und die historische Dorfmauer kam Henni in all dem städtischen Gepräge wie eine kleine Kuriosität vor.

Zu ihrem Erstaunen stieß sie eines Morgens bei einer längeren Wanderung am Ortsrand auf eine ganz andere Mauer. Sie war groß und hoch und aus Beton. Graffitikünstler hatten sie bemalt, sie leuchtete ihr schon von Weitem über die Felder hinweg entgegen. Die meisten Motive erinnerten Henni an Schwarz-Weiß-Fotos. Sie zeigten einen indianisch wirkenden Mann und indigene Menschen aus aller Herren Länder. Es waren friedliebende Wesen, die eine Menschenkette bildeten, und Kinder, die musizierten und tanzten. Die Bilder hatten etwas Mahnendes, wenngleich die dargestellten Personen Lebensfreude und Optimismus ausstrahlten. Es war, als wollten sie sich allen Unbilden der Welt widersetzen. Philosophische Weisheiten und nachdenkliche Gedichte umrankten die Gemälde.

Was ist die Liebe?, fragte der Künstler auf einem Bild. Darunter stand: *Wie komisch anders man alles sieht, wenn man traurig ist durch die Liebe.*

Wie wahr das ist, dachte Henni betroffen.

Ihre Schritte wurden immer langsamer. Mit einem Mal blieb sie abrupt stehen. »Was ist das denn?«, rief sie laut.

»Das ist die Schallschutzmauer zur B 3.« Ein älterer weißhaariger Mann war näher gekommen und stand neben ihr. Der Schäferhund, den er an der Leine führte, betrachtete sie argwöhnisch. »Der tut nichts«, sagte sein Herrchen. Fast entschuldigend fügte er hinzu: »Hier gehen viele mit ihren Vierbeinern Gassi.«

Henni hatte nur Augen für das Gemälde auf der Schallschutzmauer. Bei seinem ersten Anblick hatte sie laut auflachen wollen, doch das Lachen war ihr im Halse stecken geblieben. Da prangte ein Bild von ihr und Leo auf dem Beton! Sie saß mit ihm bei den Festspielen in der Burg, Regen fiel auf sie herab, und Leo hielt das Plastikcape über sie beide. Er sah lachend vor sich hin, und sie lehnte ihren Kopf an seine Schulter. Sie erinnerte sich, dass die Geste dem Regen geschuldet gewesen war, sie hatte nicht nass werden wollen. Aber auf diesem Gemälde wirkten Leo und sie wie ein Liebespaar. Nun wusste sie auch wieder, wo das Motiv herkam. Der Künstler hatte sich das Pressefoto aus der Zeitung zum Vorbild genommen.

Leo! Henni spürte, wie ein Ruck durch ihren Körper fuhr. War heute nicht die Premiere des Dschungelbuchs? Fee hatte sie gefragt, ob sie das Stück mit ihr und Leo ansehen wollte. Und sie war nicht dort!

Der Mann mit dem Hund stand immer noch neben ihr. Inzwischen hatte er ihre Ähnlichkeit mit der Frau auf der Betonwand erkannt und sah schweigend zwischen ihr und ihrem Abbild hin und her.

»Das sind doch Sie?«

»Ja, das bin ich.«

»Das Bild war in der Zeitung.«

»Stimmt.«

Dem Hund war langweilig geworden. Er hatte sich hingesetzt und gähnte demonstrativ. Noch ein Hecheln, dann legte er sich ganz auf den Boden und bettete seinen Kopf auf den Pfoten.

»Wie komme ich in die Stadt?«, stieß Henni hervor. »Ich muss zur Burg.«

Der Hundeführer sah sie einen Moment lang verwundert an. Dann wies er mit einer weiten Armbewegung über die abgeernteten Felder. »Den Abhang hinunter und dann nach rechts.« Ein prüfender Blick auf ihre Sneakers, gefolgt von einem zufriedenen Nicken. »In einer guten halben Stunde sind Sie dort.«

Der Hund hatte an der Stimme seines Herrn erkannt, dass es weiter nichts zu sagen gab. In Vorfreude auf die Fortsetzung seines Spaziergangs erhob er sich wieder und wedelte dezent mit dem Schwanz.

»Oh, danke!«, rief Henni euphorisch. Ihre Stimme überschlug sich fast. Dann rannte sie los.

Wenn ich noch rechtzeitig in der Burg ankomme, wird alles gut, versicherte sie sich selbst.

Die Zuschauerränge waren voll besetzt. Auf der Bühne prüfte ein Mitarbeiter, ob der schwere Baumstamm, über den gleich die Tiere des Dschungels balancieren würden, auch fest genug saß. Henni getraute sich, vor die Bühne zu laufen, um zu sehen, wo Fee und Leo saßen. Fees samtbraunes, von dunklen Haaren umrahmtes Gesicht war in der Menge leicht auszumachen. Das Mädchen entdeckte sie im selben Moment.

»Henni!« Sie rief ungeniert ihren Namen und deutete auf einen freien Platz zwischen ihr und Alma. Leo saß direkt neben Fee. Aber was war das? Er unterhielt sich angeregt mit seiner Sitznachbarin, einer jungen Frau mit einer Igelfrisur. Maja! Ihre Ponysträhne war diesmal schneeweiß.

Fee und Alma, Leo mit Maja. Du lieber Himmel, was für ein Festival war hier im Gange? Fee klopfte energisch auf den frei gehaltenen Platz, und Henni beeilte sich, dorthin zu kommen.

»Da bist du ja«, rief Leos Tochter aufgeregt. »Wir haben schon so auf dich gewartet!«

»Da bist du ja, Kind!« Alma klang wie Fees Echo. »Wo hast du nur gesteckt?«

»Vor der Schallschutzmauer«, meinte Henni abwesend. Sie sah das Bild von ihr und Leo vor sich. Wie sie sich unter dem Regencape aneinanderkuschelten. Vorsichtig blickte sie zu ihm hinüber, und er spürte wohl ihren Blick, denn er beugte sich leicht vor und lächelte ihr vertraulich zu. Aber wieso hatte er Maja neben sich? Andere Bilder schoben sich vor Hennis Augen. Maja, die Leo zum Lastwagen nachlief. Leo und Maja im Führerhaus des Lkw. Tuschelnd. Maja, die ihm ihre Visitenkarte reichte.

»Es fängt an!« Neben Henni klatschte Fee begeistert in die Hände. Auf der Bühne erschien der Panther Bagheera und warnte die Bewohner des Dschungels vor Shir Khan, dem Inbegriff allen Bösen. Die Schlange Kaa kam mit ihrem langen Leib aus einem Loch gekrochen, um Mogli zu fressen. Das arme Menschenkind hatte alle Mühe, im grausamen Dschungel erwachsen zu werden. Immerhin heiterte der Bär Balu den Kleinen auf, und die Wölfe beschützten ihn.

Fee fieberte so sehr mit, dass sie an ihren Fingern knabberte, und Alma war ganz still. Henni verbot sich, noch mal zu Leo hinüberzuschauen. Sie mochte nicht mit ansehen, wie er fröhlich mit Maja tuschelte. Schließlich wandte sie sich leise an Alma.

»Wie bist du hergekommen?«, wisperte sie.

»Leo hat mich abgeholt«, flüsterte Alma zurück.

»Hast du auch Angst um Mogli?« Fees kleine Hand hatte in ihre gefunden. Henni drückte sie tröstend.

»Ja, natürlich. Und wie.«

Fee zog die Nase hoch.

»Brauchst du ein Taschentuch?«

»Nein, es geht schon.«

In der Pause fanden sie im Gänsemarsch ihren Weg hinaus in den Burghof. Kinder jeden Alters tummelten sich hier, mit Strohhüten oder falsch herum aufgesetzten Baseballcaps vor der Sonne geschützt. Eltern und Großeltern stürmten an die Verkaufsstände, um den Nachwuchs mit Wasser und Limo zu versorgen. Der Stand vom letzten Mal war nun geöffnet, und neben mariniertem Schafskäse mit Oliven fanden die Frankfurter Würstchen reißenden Absatz. Ganz offensichtlich machte Theater nicht nur Spaß, sondern auch hungrig.

»Was möchtest du denn haben?«, wollte Henni von Fee wissen. »Noch mal ein Würstchen?« Sie glaubte, Sand zwischen ihren Zähnen zu spüren, als sie an ihr letztes Würstchenmahl dachte, bei dem die Kleine sie mit unter dem Tisch gestrandeten Stückchen gefüttert hatte.

Fees Stirn kräuselte sich sorgenvoll. »Ich will nichts essen. Aber die Schlange soll auch nichts essen. Besonders den Mogli nicht«, meinte sie leise.

»Das wollen wir alle nicht«, sagte Henni.

»Du auch nicht, Papa?«

Leo stand hinter ihnen.

»Natürlich nicht«, beteuerte er. »Die Wölfe müssen Mogli retten.« Er strich Fee sanft über den Kopf, dann sah er Henni an. »Wie wär's mit einem Glas Sekt? Es gibt etwas zu feiern.«

»Was denn?«, erkundigte sich Alma neugierig.

»Maja …«, begann Leo, »also Maja und ich, wir sind damals bei deinem Umzug ins Gespräch gekommen.«

»Und jetzt seid ihr ein Paar?« Es hatte witzig klingen sollen, aber es kam patziger heraus, als Henni wollte.

»Wie kommst du denn darauf?« Leo lachte verwundert und sah sich kurz um. »Wo steckt Maja überhaupt?«

Die junge Filmschaffende trug von einem der Verkaufsstände vier leere Gläser auf einem kleinen Tablett herbei. Sie hielt es in einer Hand, in der anderen eine Flasche Prosecco. »Nehmt Platz, ich schenke euch ein.«

Henni setzte sich mit einem unguten Gefühl zu den anderen an einen der langen Tische im Burghof. Sie fragte sich, was hier gerade gespielt wurde. Im Stillen bereitete sie sich auf die Frage vor, ob sie bei Leos und Majas Hochzeit Trauzeugin werden wollte. Und es wunderte sie selbst, was für ein Bauchgrimmen sie bei dieser Vorstellung bekam.

»Maja studiert doch Filmwissenschaft«, holte Leo aus, als alle ihn erwartungsvoll ansahen. »Und da lernt sie die verrücktesten Typen kennen, hat sie mir erzählt.«

»Stimmt«, übernahm Maja, die inzwischen die Gläser gefüllt hatte. »Gleich am ersten Tag habe ich ein paar Jungs von einer Start-up-Filmproduktion kennengelernt, die Low-Budget-Filme machen. Und denen habe ich dann Hennis Skript mit der modernen Fassung von der Marquise von O… gegeben.«

Henni hielt den Atem an. »Du hast was?«, platzte sie heraus, um sich gleich darauf an Leo zu wenden: »Wie konntest du nur mein Stück aus der Hand geben?«

»Stimmt, ich hätte dich vorher fragen müssen«, gab er unverblümt zu. »Aber alles ging so furchtbar schnell. Und irgendwie sollte es ja auch eine Überraschung werden. Immerhin hätte es sein können, dass es gar nicht klappt.«

»Na ja, wie gesagt, Low Budget«, räumte Maja ein. »Das

bedeutet, es ist eine Filmproduktion ohne viel Aufwand. Also eher so eine Art Arthousefilm. Aber die Crew ist sehr engagiert, und sie haben bereits die ersten Zuschüsse beantragt. Du musst nur noch zustimmen.«

»Großer Gott!«, rief Alma halblaut. »Das ist ja wunderbar.«

»Na, freust du dich?«, wollte Leo von Henni wissen.

»Ich … ja, sicher«, stammelte sie. Sie musste ihre Gefühle erst sortieren. Wogen des Glücks und der Verwirrung brachen abwechselnd über sie herein.

»Dann lasst uns mal darauf anstoßen.« Maja zupfte ihre schneeweiße Ponysträhne zurecht. Sie hob ihr Glas und suchte Hennis Blick. »Prösterchen. Ich bin echt froh, dass mein Vater meine Wohnung ausgerechnet an dich vermietet hatte.«

Henni war kurz davor, heftig zu nicken. Womöglich musste man das tatsächlich so sehen.

Fee schob protestierend die Unterlippe vor. »Ich will den Mogli weitergucken!«

»Wir machen doch nur eine Pause. Gleich geht es weiter.« Leo zog seine Tochter tröstend in den Arm. »Und wenn du willst, geht es noch viel, viel weiter.« Er sah Henni bei den letzten Worten an, und sein Blick ließ offen, ob sein Angebot Fee oder ihr galt.

»Ich mag den Mogli *noch mal* anschauen«, variierte Fee ihre Bitte.

»Noch mal? Du meinst, nicht nur heute?«

»Nein, nicht nur heute.«

»Du kannst dir die Kostüme noch mal ansehen«, bot Henni an.

»Au ja!« Fee klatschte erfreut in die Hände. »Und dann nehme ich mir das Schlangenkostüm.«

Henni lag auf der Zunge, dass ihr das vermutlich nicht passen würde, aber sie wollte das Kind nicht enttäuschen. Leo schien Fee von ihrem Vorhaben ablenken zu wollen.

»Wir könnten mal zusammen zur Lochmühle fahren«, schlug er vor. »Das ist ein riesiger Abenteuerspielplatz in der Nähe der römischen Saalburg. Da darf man sogar Butterbrote mit hinnehmen, wenn man das Geld für Eis und Fritten sparen will.«

Fee schüttelte stumm den Kopf. Vermutlich schmeckten Eis und Fritten ihr besser als Butterbrote.

Henni musste lachen.

»Selbstredend bekommst du Eis und Fritten«, verkündete sie.

Fee schaute sie mit großen Augen an. »Du kommst mit und bezahlst alles?«, versicherte sie sich.

»Ja, das mache ich.«

»Schwörst du es?«

»Ja, warum?«

»Wir beide brauchen dein feierliches Versprechen«, übersetzte Leo.

Henni dachte an die Schwüre, die sie in ihrer Kindheit beim Winnetou-Spielen vor den Nachbarsjungen hatte ablegen müssen. Rasch leckte sie über Daumen, Zeige- und Mittelfinger und reckte sie in die Luft. Dann sagte sie ernst: »Versprochen und nie gebrochen!«

Sie war sich zwar nicht ganz sicher, was genau sie da versprochen hatte. Aber es fühlte sich gut an.

Nachwort

Alle Handlungen und Personen dieses Romans sind rundum erfunden. Falls du dennoch jemanden zu erkennen glaubst, so betrachte meine Figuren als Avatare, die dir einen freundlichen Gruß zuwinken.

Ernst gemeint ist meine Geschichte auch nicht immer. Ich habe sie mit einem Augenzwinkern geschrieben, auf der mutwilligen Jagd nach so manchem Klischee. Nicht jeder Regisseur ist ein träumerischer Feingeist, wie auch die meisten »Ökos« voller Lebensfreude und Familiensinn stecken.

Historische und literarische Fakten, insbesondere meine Anmerkungen zu den Theaterstücken, habe ich nach bestem Wissen recherchiert.

Alle Handlungsorte kenne ich seit vielen Jahren, die meisten habe ich für diesen Roman noch einmal begangen. Lediglich das Bauernhäuschen meiner Protagonistin gibt es so nicht, wenngleich mehrere reale Gebäude meiner Phantasie Pate standen.

Für Szenen rund um die Burgfestspiele durfte ich den Festspielintendanten befragen, er war sehr geduldig mit mir und führte mich auch durch die Burg. Herzlichen Dank dafür!

Ich freue mich, wenn mein Büchlein dir Lust aufs Theater macht und deine Neugierde auf das Romantische und die Romantik weckt. Und ich möchte dich auch in meine Wahlheimat locken: in die Stadt, in der Goethe aufwuchs, und in die Landschaft, in der Römer und Kelten ihre Spuren hinterließen. Komm her und schaue. Komm zu den Burgfestspielen!

Uli Aechtner

LEISE RIESELT DER TOD

Broschur, 240 Seiten

ISBN 978-3-7408-0948-5

Weihnachten allein daheim zu sitzen, weil einem der Mann davongelaufen ist? Kommt für Jennifer nicht in Frage. Stattdessen quartiert sie sich bei Tom ein, einem guten Freund und frischgebackenen Landarzt. Doch aus den erhofften ruhigen Feiertagen wird nichts: Erst kündigt seine komplette Familie ihren Besuch an, dann trübt ein Mord die dörfliche Idylle. Als Tom in den Fall verwickelt wird, beginnt Jennifer nachzuforschen – und landet ausgerechnet in einem Weihnachtsflirtkurs für einsame Herzen ...

www.emons-verlag.de

Uli Aechtner
TODESRAUSCHER
Broschur, 256 Seiten
ISBN 978-3-95451-789-3

»Uli Aechtner hat mit ihrem aktuellen Kriminalroman ›Todesrauscher‹ wieder ein echtes Lesevergnügen für Krimifans geschaffen.«
Frizz

Uli Aechtner
MORDSWETTER
Broschur, 224 Seiten
ISBN 978-3-7408-0160-1

»Wetterwissen, skurrile Morde und ein sympathisches Ermittlerteam lassen eine Vorhersage zu: Der Krimi wird für anregende Stunden sorgen.« Frankfurter Rundschau

www.emons-verlag.de

Uli Aechtner
DIE BACH RUNTER
Broschur, 224 Seiten
ISBN 978-3-7408-0497-8

»Uli Aechtner ist wieder ein spannender Regionalkrimi gelungen.«
Wetzlarer Neue Zeitung